Best Time

白马时光

L'AMERICANO

典藏版

那不勒斯的萤火

〔意〕马西米利亚诺·威尔吉利奥 著　　武苏 译

天津出版传媒集团
百花文艺出版社

图书在版编目（CIP）数据

那不勒斯的萤火：典藏版 /（意）马西米利亚诺·威尔吉利奥著；武苏译．-- 天津：百花文艺出版社，2024.8

ISBN 978-7-5306-8539-6

Ⅰ．①那… Ⅱ．①马… ②武… Ⅲ．①长篇小说－意大利－现代 Ⅳ．① I546.45

中国国家版本馆 CIP 数据核字 (2023) 第 170710 号

天津市版权局著作权合同登记号：图字 02-2023-039

那不勒斯的萤火：典藏版

NABULESI DE YINGHUO：DIANCANG BAN

〔意〕马西米利亚诺·威尔吉利奥 著　武苏 译

出 版 人： 薛印胜

责任编辑： 赵　芳　　**特约编辑：** 沐　妍　刘　晓

特约策划： 董　妍　　**封面设计：** TAODABAO 桃大宝设计工作室 DESIGN STUDIO QQ:646185617

出版统筹： 魏　青　胡晓童

出版发行： 百花文艺出版社

地址： 天津市和平区西康路 35 号　　**邮编：** 300051

电话传真： +86-22-23332651（发行部）
+86-22-23332656（总编室）
+86-22-23332478（邮购部）

主页： http://www.baihuawenyi.com

印刷： 天津融正印刷有限公司

开本： 880 毫米 ×1230 毫米　1/32

字数： 193 千字

印张： 8.75

版次： 2024 年 8 月第 1 版

印次： 2024 年 8 月第 1 次印刷

定价： 45.80 元

如有印装质量问题，请与天津融正印刷有限公司联系调换
地址：天津市武清区森森道东 A2 门
电话：022-29353509　　邮编：301707

献给我的朋友们，以及他们永恒的青春。

没有什么国界能斩断你的根基

推荐序

迷失之地

童年是一个从未被遵守的诺言。

当银行职员的儿子马尔切罗与帮派分子的儿子利奥相遇，“好孩子”和“坏小子”的经典故事开场了。马尔切罗跟着利奥学坏，他们扎遍了那不勒斯的汽车轮胎，骚扰遍了沿海街区的女孩，甚至一起纵火烧了利奥母亲偷情的流浪汉食堂，这种破坏感让马尔切罗陷入了巨大的幸福。然而命运很快让马尔切罗明白了一个真理：一切幸福都是残酷的，因为自己喜欢的女孩凯瑟琳竟然主动爬上了利奥的床。

背叛、性和终究未上膛的怒火，所有人都迷失在一个没有出口的躁动的青春期。如果利奥和马尔切罗真的可以像童年誓言里说的那样对对方保持坦诚，或许，他们会一起再穿上衣服，再抛弃凯瑟琳，那摩托座上将只有他们两个人，船长和水手，像以前任何时候那样。但人生很多时候，最难受的就是那种想说却说不出口的感情。

马西米利亚诺·威尔吉利奥，这位“那不勒斯最好的作家之一”开始举起他的摄像机，不动声色地记录下那不勒斯这片土地上两个男人从孩童起的命运变迁，以及与他们及周围的人无从察觉的被偷走的生活碎片，让观众欲罢不能地看着这些故事角色在道德、成长、伦理与社会秩序失控的大背景下，独自哆嗦着承受孤独这种刑罚，在其中辛苦摸索着却找不到出口。威尔吉利奥非常有耐心地对这桩宏大的命运灾难进行了细致入微的描述，也因此建立起自己在国际上的文学地基。

我们由此清晰地看到两个男人跨越三十年的友谊和蜕变，是怎样让充满时代变迁的那不勒斯一步一步成为他们的迷失之所；在经历意大利政要被暗杀、黑手党被严打、欧洲货币危机，甚至 9 · 11恐怖袭击的外部动荡，以及来自个人命运旋涡中的背叛、性爱、抢劫、杀人、埋尸、复仇后，两个男人又是如何守护着彼此给对方的微光，负重前行。最终作者让我们明白：每个人的孤独背后，都印着另一个人的名字。这个世界能成长为最优秀的人的，一定是那些曾经迷失过的人，而非那些在人生中从未迷失过的人。

在《那不勒斯的萤火》一书里，作者让那不勒斯成为故事的“原乡”，让“好孩子”马尔切罗和“坏小子”利奥的童年友谊成为故事的“原罪”，用他们三十年的跌宕人生做“金线”，继而编织起那不勒斯乃至整个意大利的历史变迁，让小说史无前例地达成了一种人物命运和历史格局的完美平衡，也让威尔吉利奥真正享誉国际文坛。

更加值得一提的是，威尔吉利奥在描述让你目瞪口呆的种种人物命运起伏时，与生俱来的那种幽默感。那种幽默感让故事和人物不会掉落进日常的空虚里，反而烘托出一种关于命运的眷恋，而不仅仅是失败的气息；也不会让你感到轻浮，只是购物般游走在故事的商场回廊，而是很容易在你微微一笑的刹那陷你于罪恶的腹地，从而让你真切感受到在人性的深渊里那些永远被铭记在心的人情之暖，并在灵魂的缝隙里能够清楚地丈量其深浅。

跟《追风筝的人》一样，这个世界之所以有人岁月静好，往往是有人曾经为你负重前行，甚至不惜“为你，千千万万遍”。但比《追风筝的人》更残忍的是，已经成为中产阶级的马尔切罗把利奥当成练习本上的一道错题永久擦除了。直到从埋尸地逃亡的利奥像堂吉诃德般再度闯入他的生活以及罪恶的对立面，他才百般不情愿地与之重新见了一面，在两人无话可说的尴尬之后，全剧的高潮也就此诞生。

那种压抑之后的爆发，就像是电影《性、谎言和录像带》里最后的场景一样：女主角安果断地离开了喜欢控制自己的丈夫约翰，来到备受世人争议的偷窥癖情人格雷厄姆的门前，他们并排坐在台阶上，放松地等待着一场大雨的到来。

威尔吉利奥从不吝啬让两人头顶上的暴雨下得更加猛烈，并且不露声色地将两人重逢的“命运站台”同时设定为起点站和终点站。但营造完这该死的氛围之后，威尔吉利奥却并没准备一场刀刀见血的高潮戏。人生中的很多账是算不清的，那些说不清道不明的才是心灵真正的负重。

当利奥再一次解下脖子上的绳套，当马尔切罗为自己的双胞胎孩子不顾体面地哀求着妻子，当利奥的母亲在蜘蛛侠的葬礼后要利奥发誓不去找石头脸复仇，当马尔切罗的父亲在那个令他极度愤怒的禽兽面前掏出了人生最后的勇气……我们看到每个人最终都走出了被自我罪恶和恐惧所封印的“心魔之地”，而威尔吉利奥终于在那不勒斯这块迷失之地里展露了通关的钥匙：

在诸善之间，妥协比胜利更值得庆祝。

李国靖
白马时光创始人

自　序

文学的魔法

阿尔贝·加缪在他最著名的诗中写道："在隆冬，我终于知道了，我身上有一个不可战胜的夏天。"几年前，当我开始构思《那不勒斯的萤火》时，这句诗成为了故事的萌芽，并随着人物的成长在我心中演变。夏天之所以美好，是因为在这个季节，一切都有可能发生。青春不灭、梦想永燃，就是这个小说的核心。

听闻《那不勒斯的萤火》在中国迎来了典藏版，我非常高兴。对作者来说这是个好消息，对像我这样性格内向的人来说更是如此。知道在异国他乡有这么多读者，这种超越了地理和文化差异的心灵碰撞让我感到温暖，而这是只有文学才能创造的。

二〇一九年，当我有幸到中国，在这片古老而神秘的土地上做客，我才真正意识到书中的很多人物如此鲜活，他们与我记忆中的邻居相重合，而我则无限接近利奥和马尔切罗，他们是我成长中重要的组成部分。没有他们，就不会有现在的我。

作家伯纳德·马拉默德曾经说："在写作时，我必须叙述自己的真实经历，同时又得表现得好像是凭空杜撰出来的一样。"这种魔法，我们称之为"文学"。亲爱的读者们，你们是唯一能够让作家梦想成真的人，因此，这个任务就交给你们了：去验证一下这本小说的魔法是否也属于你们。至少，我希望它能稍微触动你们。祝你们阅读愉快。

Massimiliano Virgilio

CONTENTS

目　录

序　幕

黑暗中，他拖着一具尸体走在河边，泥泞的石头小路荆棘丛生，血腥味像溢出瓶子的墨水般弥漫。

把尸体扛在肩上会更吃力，还会弄脏胳膊和脸。咬牙发力，他登上了一座小山丘，用手揽住尸体的脖子，慢慢地把它靠放在地上，像把婴儿放入摇篮。

他四处张望，心跳剧烈。河水如同黑色的线条在移动。

他握住铁锹柄，开始挖坑，手上的老茧很疼。每铲一次，土壤就越发潮湿松软，清新的泥土气息飘散出来。

他把尸体放进坑里，再小心翼翼地把坑用土填平，一切又恢复了原样。他洗了手。告诉他一切，你要活下去，告诉他一切。他的脸上闪过一丝微笑。那一瞬间，他蓝色的双眼粉碎了笼罩山谷的黑暗，像是一道闪电穿透了他的身体，像是一股能量从远方传来又传向更远的远方。他感到了快乐。

终于，轮到他完成这个魔法：用埋葬去照亮残存的世界。

第一部分

喊叫大厅

1984—1991

童年是一个从未被遵守的诺言。

——肯·希尔[①]

① 肯·希尔（1937—1995）：英国剧作家和戏剧导演。

01

美国小鬼，美国仔。那个时候还没人这样叫他。对所有人来说，他不过是个整日在街上胡混的小痞孩[①]。八岁的时候，他是学校里唯一没人接送的学生。而我们其他人都有人陪，要么是父母，要么是爷爷奶奶，再不济也有开辆脚臭味弥漫的脏兮兮的小校车，每天重复测量学生家和学校之间距离的唐·米米大叔做伴。

有时候，我隐约看见他走在人行道上，低着头，单肩背着书包。那种我从未享受过的自由让我忌妒。每个孩子都被父母用可怕的口吻警告说，街上有很多强盗、毒贩、强奸犯在暗中窥视，伺机伤害孩子，但利奥从没遇到过。

有他在的地方，所有人的举止会变得古怪，老师们会假装看不见他，他在教室里的时候大家会异常安静。课间休息，孩子们会聚集在庭园里，那是一个小广场，水泥地面，四周长满了大叶植物，我们

① 小痞孩：scugnizzo，指在街上游荡的坏小孩。那不勒斯方言，有说为那不勒斯黑社会用语，后也在意大利语中使用。

三五成群地玩耍，像是禁锢在时间里，与世隔绝。当利奥靠近，等着荡秋千的队伍会安静下来，默默给利奥让出位置。

所有人都清楚这是为什么。

大约十年前，被那不勒斯银行雇用后，我父亲去了巴里[①]。不过，那并非他自愿，所有新人都要去远离银行总部的基层服务至少两年。一般说来，那不勒斯本地人在被雇用后会去罗马或者巴里分行做文书，那是银行行业里最底层的职位，二十四个月之后才能申请回调，接着是令人筋疲力尽的漫长等待，再加上信念，最终才可能回家。对于我父亲，那是整整十年的时光。

就这样，一九八四年夏末，我的父亲爱德华多回到了我们在斯帕拉诺街的家中，让我和母亲坐上那辆菲亚特 127，那是他两年前分期付款买下的。就要上车的那一刻，我有点不知所措地问道："我们要去哪儿？"

"我们回家，"我母亲低声回答，"回那不勒斯。"

"这里难道不是我们的家吗？"

"不。"我父亲插话进来，"这里是炼狱。"

我们上了高速公路往西开，没过多久，仿佛置身西部片的场景中，一种莫名的悲伤涌上我的心头。我想哭。我才六岁，却要面对这种荒诞，我要移民到我出生却没生活过的那座城市。

在近三个小时的旅途中，爱德华多不停地拧着收音机旋钮，大

① 巴里：意大利东南部港口城市，濒亚得里亚海。历来为与巴尔干地区贸易和政治文化交往的要冲，商业传统深厚。今为同名广域市和普利亚大区首府，意大利南部仅次于那不勒斯的陆上经济中心。

谈特谈在接下来的日子里要买这个、要买那个。这次工作回调也意味着他的工资会上涨。“明天我要买辆阿尔法苏德，先把首付交了，我想要辆米色的。我受够了现在这辆破车，每次超车都得求上帝之手帮忙……你觉得呢，娜娜？”

我母亲眼望窗外，随口附和。他每要买一样东西，她都为自己要求另一样，总是价值相当。爱德华多的一辆阿尔法苏德意味着她得到她梦寐以求的斯卡沃里尼家具的权利已确立无疑。无须多费话，他们的婚姻就是建立在这些物件上的。

晚上，我们到了那不勒斯。我后来才明白，对这座城市，每有一个人像爱德华多这样不惜一切代价要来，就有一千个人想要尽快逃离。我父母常说这里就像是黄金国埃尔多拉多，我的第一印象恰恰相反。这里充斥着汽油和塑料燃烧散发的恶臭，像个巨大的下水道系统，昏暗的街道上到处是在阴影中移动着的令人不安的东西。

我们钻入市中心的街道，开到火车站附近，爱德华多的脸色渐渐好转。接着，我们的车从卡波迪蒙特山上一路下坡，最后停在一栋住宅楼前。我数了数，住宅楼十层高。它像艘偏航的巡洋舰。菲亚特 127 的车门被猛地推开，我父母喘着粗气钻了出来。

一下车我们便看到一个小男孩，比我大两岁的样子，正踢着足球。让人觉得诡异的，不仅仅是他在这个点儿在街上踢足球，以及身上鲜红的球衣和脚上带钉的球鞋，还有他每次起脚都能精确地击中住宅楼大门上方的玻璃窗。他浑身散发着斗犬般的凶狠气息。那时我还无法预知他对我今后的人生能产生多么大的影响。

“哎！”我父亲大声冲他喊，“你会打碎那玻璃！”语气粗暴。

母亲一脸失望——我们还没搬入新家，父亲便开始得罪邻居。

小男孩抱着足球，转身面向爱德华多，露出挑衅的姿态。他橄榄色皮肤，黑色寸头，蓝眼睛让我想起波利尼亚诺的大海。“你为什么不滚开，去其他地方搞破坏呢？”爱德华多继续冲他喊。

这时，小痞孩毫不犹豫地从袜子里掏出一把弹簧刀，猛地刺进足球，再把足球向爱德华多扔过来，满脸轻蔑。接下来的几秒钟里，他站在那儿，狠狠地盯着我们，目光里充满了威胁。这是我第一次目睹有人胆敢挑战爱德华多的权威。他开始慢慢地向后退，忽然一闪，消失在住宅楼大门里：他登上大理石台阶时制造出踢踏舞般的声音，而我们立在原地，说不出话来。

他消失得如此之快，在霓虹灯的冷光下，我只隐约看到那双蓝眼睛如一道蓝光一闪而过。

那是一种我无法理解的感觉，无法用语言描述。如果我是在学校走廊里遇到他，我会低下头回避他。如果那足球是向我飞过来，我不会想要把球再还给他。但那个小痞孩跟我父亲作对，带着一把弹簧刀在街上闲逛，既不像混混，也不像真的犯罪分子，大概能算两者之间吧。如果这样说还不够清楚，那么，我换个说法：他的家庭是“那些家庭”中的一个。

他母亲叫埃丝特，是一位来自美国康涅狄格州的准修女，为了结婚，她放弃了自己的宗教誓言。那场婚礼其实是他们最后的希望，她的父母也是如此。在她启程前往意大利时，她母亲对她低声说：“不要担心，你不会因为嫁为人妻就停止对十字架的拥抱。”而埃丝特为了不让她母亲失望，两次拥抱了十字架，私下一次献给了耶稣，公开一次为了丈夫。

丈夫名叫文森佐，一个狂妄的那不勒斯人，远涉重洋到新大陆迎娶她。“跟我回意大利吧，我们结婚。我向你保证，你父亲余生都不用再铲粪。”

有些男人擅长用简洁有力的话语征服女人的心，就像上帝之子那样令人信服，就这样，一个关于新生活的诺言打动了埃丝特，她相信这种新生活对她和她的家庭都有好处。唯一的不同寻常之处是她得跨越八千海里才能拥有它。

文森佐有一头金发、一双蓝眼睛和一张干净的少年般的脸庞。有人叫他“捡纸箱的人”，这个外号源于他父亲利奥纳多，他父亲经常在夜里到大街上收集废纸箱，装进小三轮车，再运到拉齐奥南部卖给造纸厂。

二十世纪七十年代末，文森佐放弃了没前途的拳击手职业，效力于一个刚刚得势的外号“石头脸”的年轻大佬。石头脸禁了街上的海洛因和皮肉生意，这一决定为他与其他势力更好地合作扫清了障碍。

石头脸和唐·拉法埃莱·库托洛打过赌并且赢了。他因此和最有势力的家族结了盟，现在经营着半个城市的地下赌场。他做的这一切都避开了他自己生活的街区，这为他赢得了大多数人的尊重和所有人的沉默。真正做生意就一定要远离自己的出生地，这是他的座右铭。

正是因为这一点，文森佐非常看好石头脸，决定为他效力。尽管这样一来，文森佐自己可能永远没机会做大佬了，但他不在乎。如果说他最不缺哪样天赋，那便是谦逊。一开始他只是个打手，接着被提拔为收钱人，再到石头脸的贴身跟班，直到某一天联盟派他带一个谈判团去美国，跟布鲁克林的卡莫拉[①]谈几笔买卖。

石头脸感兴趣的几处房地产都在康涅狄格州，那正是埃丝特出生和成长的地方。她的家庭三十年前从意大利移民到美洲大陆，一直以铲粪为生，先是在阿根廷的牧场，然后是墨西哥，最终在哈特福德郊区一个大型农场安定了下来。

文森佐和埃丝特是偶然相遇的。有一天，文森佐在几个老乡陪伴下到康涅狄格历史博物馆看塞缪尔·柯尔特上校的武器收藏展[②]，他被深深地震撼了。说到武器，最愚蠢的美国人都比他在行。

晚些时候，他坐在咖啡馆里，和他的客人们说着去武器商店逛逛，这时，他留意到吧台后面有个女孩在听他们聊天。她有着深色的皮肤和头发，黑橄榄似的双眼，那双眼睛正如一把口径四十五毫米的手枪，一击将你贯穿。

“你是意大利人吧？”他问道。

“我在这儿附近出生，纽黑文人，”她答道，“我父母是意大利人。”

---

① 卡莫拉：意大利黑手党类型的犯罪组织。推测起源于坎帕尼亚。雏形可追溯至 17 世纪，第一个有章程的实体则出现于 19 世纪。现代卡莫拉是一些各自为政的“家族”，有时组成松散的联盟，“生意”包括贩毒、敲诈勒索、造假、洗钱等，渗透地盘政治亦不鲜见。迄今为止，坎帕尼亚各地仍活跃着一百五十个以上家族。布鲁克林的卡莫拉是美国大纽约，尤其是布鲁克林的类似犯罪组织，出现于 19 和 20 世纪之交，成员主要是来自那不勒斯及坎帕尼亚的移民，以及他们在美国出生的后代。1910 年代在当地有组织犯罪中扮演了重要角色。1918 年后在警察和司法力量打击下瓦解。此后，大纽约地区那不勒斯人或坎帕尼亚人的犯罪团伙并入当地西西里黑手党，在此基础上形成了现代意裔美国人黑手党。

② 塞缪尔·柯尔特（1814—1862）：哈特福德出生的美国枪械制造商，柯尔特制造公司前身柯尔特专利武器制造公司创立者，左轮手枪重要的改良者和普及者。极擅广告营销，在其左轮手枪产品与美国的“爱国主义、自由和个人主义”之间建立联系，对枪支成为美国身份象征起到重要推动作用。柯尔特专利武器制造公司工厂的收藏品于 1957 年赠送给康涅狄格州历史博物馆，此后，该博物馆成为枪械爱好者和美国历史专业学生必游之地。

“你太美了，不可能是美国人。”

“我可不是那种金发女郎，如果你是那个意思。来块核桃蛋糕吗？”

“告诉我这儿的老板是谁，我为你买下这家店。”

埃丝特和她的家人回意大利的旅费全部由石头脸承担，算是他给自己亲信的结婚礼金。接下来的几年里，美国女人生下了两个孩子，利奥纳多和皮奴西娅——女孩的名字承自外婆，男孩的名字则跟爷爷，那个捡纸箱的老人。

在一个小孩最可爱的年纪，利奥已显现小痞孩的潜质。他不肯老老实实待在家里，每天在街上游荡，虚度着光阴，就像是在驳斥我父母的谬误或谎言——街上的生活不会吞了谁。

02

渐渐地，我开始习惯新生活，过程并不轻松，而我父亲立刻重拾了旧日的生活节奏。他每时每刻都在炫耀回家的喜悦，完全不像是刚结束十年炼狱生活的人。他过去曾想放弃回家的念头，但他没能做到。

事实上，一九七八年的冬末，有两件事彻底改变了我们在巴里的生活。一件是我的出生，那天夜里我父亲飞车开回那不勒斯，赶到娜娜生产的医院。在阵阵嘶吼中，我母亲凭直觉喊出了我的星座："马尔切罗是双鱼座！上升星座是双子！"另外一件则是一封迟到的电报，银行总部的人事管理部门接受了我父亲的回调申请。

那封电报被关在巴里分行经理卡塔尔多·罗洛办公室的抽屉里大约一周，大家都猜得到它的内容，但没人在意这事并通知爱德华多，因为就在那几天，整个意大利陷入了混乱。

我父亲认为，除了可怜的阿尔多·莫罗[①]，唯一可能为这场动乱付

① 阿尔多·莫罗（1916—1978）：意大利政治家，天主教民主党创立人之一及该党"中左"翼领袖。曾两次出任意大利总理。1978 年 3 月被"红色旅"成员绑架并于 5 月 9 日被杀害。

出代价的人就是他自己。他也明白这样抬高自己夸张了些，毕竟他比不上莫罗，没人绑架和折磨他。然而，如果历史向另一个方向发展，国家继续动乱下去，如果恐怖分子最后赢了，罢工仍然继续，谁能说清楚那封电报最终会落得怎样的下场？

政治专家们预计动乱很快会结束，无论天主教民主党党魁最终命运如何，整个国家会在短时间内恢复正常，所以民众们都放松了下来，对事态的发展草草关注一下。在这样的氛围中，那不勒斯银行巴里分行历史上某个不足道的经理，打开了他办公室里某个不足道的抽屉。

整整五十四天，周五除外，每天下午，我父亲在办公室与三百米外的阿巴特・吉玛街上的公寓之间来回奔波，那时他还在忙着提交回调那不勒斯的申请；他会打开收音机，随时关注可怜的阿尔多・莫罗的处境，当然，还有他自己的处境。五十四个下午，他哭泣过也绝望过，有时看到希望，但加倍的失望总是接踵而至。终于，第五十五天早上，疯狂的电话铃声停止了，染了头发的秘书从经理办公室走出来向大家宣布，在一辆雷诺 4 的后备厢里发现了莫罗的尸体。

在这次丑陋的动乱中，我父亲毫无疑问是支持国家的，然而，当这场悲剧落幕，他却感到如释重负，并试图去理解那些扣动扳机杀死阿尔多·莫罗的恐怖分子，他们所做的事情对于他，对于整个意大利，也许是一个合理的命运。

至少他相信是这样，直到罗洛把他叫到经理办公室去。我父亲系着一条鲜红的领带，却无精打采，面如死灰，考虑到当时的社会秩序仍旧一片混乱，他觉得回调彻底没戏了。

“你这样看着我没用。”经理说道，深吸了一口萨维内利磨砂烟斗，那是他收到的圣诞礼物，“我知道现在整个社会都乱作一团，这栋楼里也一样，但我不是负责维持秩序的那个人。”他拉开办公桌的一只抽屉，掏出那封总部经理签过字的电报。“刚刚从那不勒斯传来消息，所有在三月十六日之前提出的回调申请都被冻结了。”他摊开双手，一脸忧伤，“现在我们只能祈祷那些可恶的红色恐怖分子早点被抓起来……”

那天晚上，我父亲把自己锁在卧室里，跪在圣尼古拉[①]像前祈祷，那圣像是他刚搬到这里时在厕所里发现的。他三个室友都是那不勒斯人，都是如他一样在等待回调的银行员工，他们邀请他一起去巴里古城吃生海鲜，他以发烧为由推掉了。当整个公寓里只剩下他一个人，他拿起电话，拨出号码，等待着。

“喂？”我母亲在电话另一头说。

“喂，安娜。”我父亲开始说道，“你先坐下，认真听我说。”

他能感觉到我母亲的心跳在加速，只有在有不好的事发生时，他才会叫她的全名。“明天就打包行李吧，让孩子也准备好，晚上我过去接你们。”这么多年来他内心积聚的愤怒在说出这句话后都消融了。“不要担心。”他继续说道，“我现在能挣不少钱，我们会找到属于我们的新家。城市不大，但让人感觉亲切，人们都很和善。而你的占

---

① 圣尼古拉（270—343）：每拉城（位于今土耳其安塔利亚省代姆雷）主教。罗马天主教会、东方正教会及其他几个基督教教派崇奉的圣人。巴里等许多意大利城市、商人等许多行业从业者的主保圣人。其圣髑之大部于1087年被带到巴里，1089年移至专为此兴建的圣尼古拉大教堂地下墓室保存，该教堂也因此成为基督教不同教派信徒为数不多的共同朝圣地之一。

星学知识，能让你毫不费力地交到新朋友。你还会发现，这儿是孩子成长最理想的地方……”

挂上电话，爱德华多抬起头，盯着面无表情，白色胡子，黄色主教冠，右手捧着福音书，左手握着三颗金球的圣尼古拉。他伸出双手，一左一右用力钳住石膏像的头，接着拎起它，用力向墙上甩去，甩出满地碎片。

03

我们搬回那不勒斯差不多两个月了，而那一天发生的事，将永远改变我们家和利奥家的关系。

一段时间以来，我母亲每个月给工人协会的期刊写一篇文章，专栏名叫《安娜的占星学》。而我们家更像是一个占星大舞台，我母亲在这里模拟着太阳、月亮以及不停穿梭的天体之间的关系。占星学是连接着我们家和现实世界的唯一纽带，不管在哪种环境里，总有人想要通过占星预知未来，尤其是那些穿皮衣的老妇人和伤透了心的年轻姑娘。

经银行里工会领导人介绍，我母亲结识了工会期刊的负责人，周旋了几个星期，她拿下了这个专栏，写些诸如‘你将会参与一笔意外的经济交易”或者“你将会遇到一个特别的人”之类的文章。一份没人看的杂志，编辑并不关心为什么巨蟹座的人，比如我父亲会有更顺利的职业生涯。不能提感情，最好别让一个男人心血来潮，也不能提身材，她的爱德华多现在这样就很帅气，只谈工作和金钱就够了。再说，有什么想知道的他会主动问。

“接下来几天我运势怎么样，娜娜？”

“不怎么样。你正受木星逆行影响。”

“下星期有场国库券拍卖会，我挺感兴趣。”

“最好再等等。很快就是火星和金星双星伴月了。”

那是秋天里的一个星期二，我母亲像往常一样用打字机打好这个月的占星专栏，去杂志社交稿。总经理乔治正等着她，迫不及待要跟她分享个新点子：去采访银行所有员工的妻子，让她们谈谈她们生活其中的街区、街道，把这些记录下来。我母亲也被要求投入一个星期的时间观察我家所属街区、附近街道的状况，写下自己的想法。

接下来的几天，我母亲充满了干劲儿。回到那不勒斯之后，这还是她第一次离开自己的小窝去尝试融入街区的生活。整整一个星期，她都在街区里转悠，俨然视察者，最后一晚，她甚至让我父亲做晚饭并哄我入睡。那一夜，她坐在厨房里她的奥利维蒂打字机前忙活，次日，一篇长长的纪实文章诞生了。文章激烈抨击了那些光秃秃的街道，从没什么名气的街角一直数落到卡波迪蒙特公园，这座公园曾是国王的夏日度假地，如今沦为一片公共垃圾场——

比起其他事情，我最想强调的是，地震[①]已经过去四年了，灾民们

① 指 1980 年 11 月 23 日发生在意大利南部伊尔皮尼亚（历史地理区）的地震，震级达里氏 6.9 级，几乎波及整个半岛中南部地区，在全国范围造成两千九百余人遇难，约二十八万人流离失所。那不勒斯数十座建筑在地震中被夷为平地，包括一栋十层公寓楼。

仍然生活在那些破烂的棚子里，服务设施付之阙如，他们被所有人遗忘了，尤其是被政府机关遗忘了。

文章所表达的对于民生的关注以对当权者的强烈谴责收尾，坐在工会办公室落满灰尘的写字桌后面的乔治，将其定义为帕索里尼式的文字，尽管我母亲承认她并不了解那位来自弗留利大区的作家。“老实说，”她补充道，“我没读过这个帕索里尼半句话。”

几天后，期刊分发到整个意大利半岛的所有分行。表示祝贺的电话接踵而至，并且响个不停。赞誉包括这是一篇“有分量”的文章，具有“深刻的社会价值”，等等。我母亲的成功也在父亲的同事间传开，连我父亲回调后所属的流动小组副负责人也给她发了一条信息：我们对政府的疏忽大意感到震惊，您的文章是一个里程碑式的贡献。

我父亲为妻子的成功感到骄傲。所有能在同事面前展现优雅的事都让他感到得意，但很快他就不再关注这件事，而是重新转向他的信息数据管理工作。自从有了图文电视[①]这项新技术，他可以在办公室里远程观看这只那只股票的起伏。菲亚特、忠利、意大利航空、中期银行，公司名字旁边的加号让他开心，减号令他难过。但也不总是这样——有时候减号让他开心，加号令他难过。

与此同时，我交了个新朋友，他叫达尼艾尔，是艾达老师的儿子。

---

① 图文电视：将文字、简单图形编码，叠加在电视广播信号的场逆程中与普通节目一同发送，经电视机解码设备解码，供用户选择观看的技术。内容可包括即时新闻、股市信息、交通情报、生活资讯，等等。20 世纪 70 年代初发轫于英国，英国广播公司最先在 1976 年推出该附属服务。80 年代在全球得到普及。在意大利，意大利广播电视公司率先于 1984 年推出该服务，至今仍在运营。

每逢代课老师缺席，学校也不去找临时老师，就让我们在课堂上两两组队，自己打发时间。年纪大的学生负责照看年纪小的。跟我配对的就是小达尼艾尔，他特别信任我。

尽管只有四岁，他不像同龄的其他小毛孩那样哭闹不停。我们在一起，大部分时间都在玩拍卡片游戏，那是些印着足球运动员照片的卡片，或者一起欺负他的斯普莫内——一个布洋娃娃，那个年代很流行的一款。因为他总是和他的娃娃形影不离，同学们便开始取笑他，叫他“男洋娃娃”和“小达尼艾尔·男洋娃娃”。其他人待他不怎么友好，因为他不和我们住同一个街区，但在我看来，他还是挺讨人喜欢的。

圣诞假期刚过的某一天，天气特别好，我的游戏伙伴突然消失了。他的母亲艾达老师也消失了。校长告诉我们说他们搬家去了北方，但没具体说去了哪儿。

生活照旧进行，直到几个月后的某一天，电视上突然开始讨论一九八〇年的地震灾民，住在桥下破烂棚子里的，或者住在西班牙人街区废弃的学校里的，尤其是住在卡波迪蒙特公园里的。卡波迪蒙特公园是整座城市最著名的遗迹之一，电视新闻里不停地重复，这里曾是国王的公园，如今沦为了公共垃圾场。你能在电视上看到推土机疯狂工作，政府工作人员疯狂驱赶灾民。

接下来的几秒钟里，娜娜一动不动，像是瘫痪了一般。

早知道事情会发展成这样，她绝不会写那篇文章，再说，在占星分析里她也发出过警告：**水星逆行，可能会导致人们思维混乱，与他人交流变得困难**。现在，那些可怜的灾民被驱赶，流落街头，无处可去。如果谁都能把别人的话语拿来卑鄙地恣意利用，写作还有什么意义？她决定与期刊划清界限，也不再写《安娜的占星学》了，即使是乔治也无法劝阻。我父亲则以他自己的方式反驳她：“别说蠢话，娜娜。你真相信电视上那些人读了你的文章？你知道那期刊的副本最后都派什么用场了吗？工会不过是寄生在银行身上的垃圾……”

没人理解她的痛苦，愧疚感淹没了她。她不习惯这种感觉。那天之前，她一直试图做个隐形人，只想安心度日。一个女人不能自以为很强势或者很有能力。事情发生之前，她就像个乖女儿，尽自己最大努力去学习，然后安心生活在一个男人的阴影下。一九六八年她十八岁。她成功避开了这个世界的混乱，嫁了人，然后生下了一个儿子。她从不反抗，从不任性，总是衣着得体，总是包容大男子主义。她以为所有女人都这样，但真相是她也无法预测今天。这一次，就只有这一次，她抛弃了过去的自己，去追随个人野心这个恶魔。接着便是一场灾难。

有一个法利塞党人，名叫尼苛德摩，是个犹太人的首领。有一夜，他来到耶稣前，向他说：……“人已年老，怎样能重生呢？难道他还能再入母腹而重生吗？”耶稣回答说：“我实实在在告诉你：人除非由水和圣神而生，不能进天主的国：由肉生的属于肉，由神生的属于神。你不要惊奇，因我给你说了：你们应该由上而生。风随意向那里吹，你听到风的响声，却不知道风从哪里来，往哪里去：凡由圣神而生的就是这样。”[①]

① 《新约·若望福音》3∶1—8。

又过了几个月，街区里新来了一位神父，唐·卡洛。因为进步主义思想，他在教区里并不受爱戴。有一次去听唐·卡洛布道，我母亲得知，有几位忠实的信徒为无家可归的灾民新成立了一个食堂。“最近这段时间，尤其是在电视上那些人无耻地驱赶灾民之后，”神父说道，“街区里明显多了很多在街上游荡的人。恶主宰了这个世界，但这个食堂是善对恶的一次有力回应，因为圣神无处不在。”

唐·卡洛看过她那篇文章的可能性极小，但母亲觉得他所说的那些话都是针对她的，教堂里聚着的人的目光都是投向她的，每一次窃窃私语也都是议论她的，她就是所有法利塞党人中最卑鄙的那一个。

第二天她来学校接我，让我陪她去一个地方，我跟上她，没问问题。那是六月初的一天，风和日丽。我们开车去了庞蒂·罗西街，那是条有很多弯道的上坡路，穿过一大片摇摇欲坠的古罗马水渠，一直通到卡波迪蒙特公园，或者说卡波迪蒙特树林——人们都这样称呼它。车沿着公园外围疾速前行，从窗外涌进的热风让我有些头晕。

我们在一栋像是废弃了的矮楼前停下来。我们走进庭院，顺着一条楼梯钻进地下室。迎接我们的首先是一阵食物的香气。往里走，一张塑料桌旁围坐着一些身体虚弱、无精打采的男人。其中一些快要吃完饭了，另外一些则趴着打盹儿。再往里走，是令人毛骨悚然的沉寂。我当时感到极度惊慌和不知所措。我转身面对我母亲，惊讶地发现她的眼睛再次有了光，就像她第一次走进工会杂志社时那样。

她走向一个留着长胡子的人，他看起来比其他人稍微精神一点。“我想找这里的负责人。”她说道。那个人用长满脓包的食指指指厨房，就在那个当儿，从厨房里走出来一个女人，看着挺正常。她系一条沾满油渍的围裙，哼着那不勒斯民歌金曲，她注意到我们，马上不唱了，把歌词像藏碎骨头那样藏在嘴里。

“您好。”她用严肃的口吻跟我们打招呼，“我可以为你们做点什么？”她一边把头发往帽子里塞，一边认真地打量着我们。就是在那个时候，我认出来她是埃丝特，利奥的妈妈，那个美国女人。“您是住在三层的夫人，对吗？”她问我母亲。

“您是四层的那位……”两个女人都顿住了，交换着尴尬的眼神。“我想在这里帮忙，出份力。”我母亲低声说道。

美国女人脱下围裙，向衣帽架上一扔。“这里什么时候都需要人们来帮上一把。”她说道，“食堂的消息传得很快，城市各个角落的流浪汉都来了。现在我们急需手脚麻利的人盛饭……”

“一般来说，午饭前我都有空。”我母亲回答道，一副随时都可以开始干的样子。

美国女人开始收拾餐桌。“不过我得先和唐·卡洛说一下。这样吧，一有消息，我就去你们家……”

我母亲的脸色突然变得惨白。有那么一瞬间，她的目光无助地落在我身上。尽管我还只是个小孩子，也立刻明白过来她给自己找了怎样一个大麻烦。但跟即将发生而我们目前还茫然无知的事相比，父亲吵架时的喊叫根本不算什么。我们即将被拖进一个全新的世界，那里晚上睡觉不关阳台门。

04

文森佐睁开双眼，望了望四周。突然，一顿拳头狠狠砸在门上，然后是大喊大叫：“开门，宪兵！”

他的妻子从房间里溜出来，来到走廊上。“他们来了。”她压低声音跟他说，“你快跑。”先取下小链子，再拧钥匙，“咔嗒”一声。

“完蛋了，”男人自言自语，“完蛋了。”

然而并没有。

他站起身，来到阳台上，向下望去：闪烁的警灯反而唤醒了他骨子里的桀骜不驯。他顺着栏杆往下爬，周围阴暗、寒冷。这些该死的条子，他想着，总挑这个点儿下手。他松手一跳，在三层的阳台上着陆。

这家人真牛，这么冷的天气，阳台的门居然开着，天知道他们是不是真在睡觉。不能停，塞尔吉奥正在楼下等着他。一旦到了他家，就可以从室内暗道逃离，暗道通向旁边另一栋楼——武装宪兵眼皮子底下竟然有条秘道，太酷了。

厨房里站着个小男孩，七八岁的样子，戴一副牙套，像是被封住了嘴。“嘘……”男人把手指压在嘴唇上，“嘘……”但小男孩并没有发出声音的意图，只是往杯子里倒着牛奶。

“快回床上去。”男人低声说，“我现在就离开了，我命令你听牙医的话坚持戴牙套，以后你会有特别美丽的笑容。”

男人疾步穿过走廊，停下，从大门上的猫眼向外瞅了瞅，然后取下小链子，“咔嗒”一声开了锁。他打开门，一个跨步，便消失了。

“哎！”一个看守楼道的宪兵冲他大喊，“站住，我要开枪了！”

“真开枪啊，浑蛋。”男人回到屋里，用肩膀把门关上并顶住。完蛋了，他想，落入圈套了。从楼梯下去找塞尔吉奥行不通了。那个条子正像疯子一样大喊：“在这儿，你们快来！在三层！他正躲在公寓里！”

又是一顿拳头狠狠砸在门上。“快开门，宪兵！开门，不然我们就要撞门了！”

有人在卧室里打开了灯。男人疾步穿过走廊，来到厨房，站到阳台上。小男孩也在那里，手举牛奶杯。“让开。”男人对小男孩说，开始助跑。

“站住，我要开枪了。”一个宪兵赶了过来，用枪指着男人大喊，“举起双手，抱头蹲下，不然我就要开枪了！”

男人看了小男孩一眼，对他微微一笑。

“真开枪啊，浑蛋。”

男人跳了下去。

05

文森佐，“捡纸箱的人”，他拒捕并跳楼的消息几分钟内传遍了社区。不过几个小时，他就得到了一个全新的外号：蜘蛛侠。没什么人有勇气从三楼跳楼逃跑，蜘蛛侠文森佐做到了。但最终他还是被捕了，在医院里监禁治疗了两个月。他被送到医院的时候，股骨骨折，手臂骨折，七根肋骨骨折。

我父母则被迫面对宪兵的逼问：“你们和四层的租户什么关系？那么冷的天，为什么阳台的门开着？”

“因为习惯。”我母亲据理力争。“室内外的空气要保持流通。”她补充道。

父亲瞥了她一眼，那意思是这事不用强调。宪兵知道有什么地方不对，却也没深究。他转向我。我把看到的一五一十都说了。与此同时，我脑子里一直在想，要是我在学校里把自己亲历的这件不寻常的事讲给大家听，大家会是怎么个表情。原本我还想把事情讲得更活灵活现一点，可惜不到两分钟，宪兵就打断了我。冲我微笑，然后戴上警帽，边向大门走，边为他同事撞飞大门道歉。他跟我父亲说道：“把工人修大门的收据拿到警局来，我们会赔偿的。”

“您客气了。”父亲回答道，想赶紧结束这场闹剧。

“撞坏了门就大摇大摆走了，我们真是感激不尽！”安娜吼道。

紧接着，我父亲给银行打电话请了一天病假。他也同意我待在家里不用去学校。

整个早上我们都待在家里，窗户关着，遮阳卷帘也放下了。我父母都不说话，母亲一直在灶台边忙活，父亲则盯着电视新闻。就这样过了几个小时，他如释重负地叹口气：还好，新闻里没提。

下午，他接到电话，通知他第二天去警察局做笔录。“不是什么大不了的事，”宪兵说道，“只是个形式，走个过场。”父亲挂上了电话，从沙发上站起来，走进厨房，母亲正坐在饭桌旁等着他。最终他们还是吵了起来。

他们压低了嗓门吼着，父亲的声音冷漠而又专横，不停地指责母亲，直到她流下泪水，乞求原谅。“再不能有下次了，”他重复着，“再不能。”他不能接受再发生类似的事情。但母亲坚决反对父亲破坏她的这个机会，尤其是在她为他牺牲了一切之后——先是在那不勒斯的生活，再是巴里。食堂需要她帮忙，美国女人是个圣女，请她帮忙，而她也答应了。

“圣女？如果真是圣女，怎么会嫁给魔鬼？”我父亲不依不饶。

“嘘！什么魔鬼？别人的生活你又知道多少？”

“某些人的生活我知道得足够多！”

“他不是魔鬼，你问问孩子，”她打断他，“他说咱们的孩子以后会有特别美丽的笑容。”

接下来的几个小时，他们一直这样吵着，直到母亲走进我的房间，吩咐我去肉食店加埃塔诺大叔那里取肉。这是我第一次被委以重任。“没什么可怕的。”她一边安抚我，一边递给我一万里拉。她已经给肉食店打过电话了，加埃塔诺大叔会在店门口等着我。

我走在回家的路上，购物袋里装满了我们根本不需要的东西。我知道那只是一个让我走开的借口，而我也决定配合他们的谎言——其实，根本不需要找借口。这时，一个足球滚到了我的脚下，是利奥的。我一脚把球踢还给他。

“你就是那个叫达什么的……的玩伴，”他说道，“小达尼艾尔·男洋娃娃的玩伴？”

我点头。尽管住同一栋楼，我们的母亲每天都见面，我们之间还没说过半句话，一点不了解。或者说，他对我一无所知，而我知道他有六套足球服。

“你有看到今天早上的大场面吗？”

他用一只脚练传球，好像发生的一切对他没有丝毫影响，好像所有人都听到了的那极端痛苦的叫声并不是他父亲发出的。

“我母亲会在医院待一整天，告诉你母亲，我不认为她明天能去食堂。”足球又一次向我滚过来，这次球没能准确滚到我脚下，我被迫移动身体才接住。“所以，你会跟她说吗？”

利奥看着我回传，脸上露出奇怪的冷笑。“听着，你当时真和他在一起吗？”他用脚停住球，“我的意思是，在他跳下去之前……”

我站在那里动弹不得，像是石化了一般。一整天我都扬扬自得于整个街区会知道我是那件事最重要的见证者，但消息传到了利奥那里，还是把我吓坏了。早上经历的一幕又一次在我脑中浮现，牙套对腭部的压力，黎明时醒来，一玻璃杯牛奶，男人的微笑。然后是宪兵的大喊大叫，我母亲穿着睡衣坐在厨房门槛上。

“他死了吗？”我问道，声音颤抖。

利奥脚下一个盘带，又开始练传球，这一次是左右脚交替。

“谁？我父亲？”他得意地微笑着，“我不觉得。文森佐是个极其强壮的人……”

真是个奇怪的人，对自己的父亲直呼其名，我就从没有这样的念头。我知道我父亲的名字是爱德华多，所有人都这样叫他，但对我来说，只是对我来说，他就是“爸爸”。

“你想踢两脚吗？”利奥问我。他把目光从球上移开，仔细地打量着我。他的蓝眼睛让我想起回到那不勒斯的第一晚他挑战我父亲时高傲的样子。

“我不能。”

“就两脚。”

“我得回家，再说，我还有一袋东西要送回去。”

他却一把抓住我的夹克。“你会守门吗？”

我感到自己全身上下每个细胞都在东躲西藏。他脸上满是灰尘，散发热汗的味道，我很怕他会掏出那把弹簧刀，但我确实有留下来跟他一起玩的欲望。“我需要一个人来接球。”他补充道。

“我不会守门！”我回答道。我用力一甩挣脱了他，向住宅楼大门冲去。

“哎！”他大喊，“回来。哎！”

我不想被看成胆小鬼，因此我停下了，转身面向他。他的轮廓在红色夕阳的映衬下，仿佛日本动画最后的定格。

“怎么了？”

“你知道为什么小达尼艾尔·男洋娃娃再也没回来上学吗？”

“他家搬去了北方，校长说的。”

“啧啧。”他感叹着，“怎么可能呢。”

“为什么不可能？你知道原因？”

利奥用头示意我家阳台。“他们永远也不会告诉你的。”

的确如此，每当我问我父母知不知道小达尼艾尔和艾达老师到底在哪儿，他们会立刻岔开，去说别的事。

“那到底怎么回事？”

利奥用手抓起球，冷笑了一下，说道：“你明天下来守门，我就告诉你。”

编个理由溜出家门并不难，那个时间段，我父母极少在家，尤其是我父亲。

对他来说，银行的工作比什么都重要。事实上，就是在那一时期，父亲掌握了维持一个稳定职业的必要技能。一个好员工要有很多品质，比人们想象的要多：要能用最少的付出换取最大的回报；要能在湍流中游泳，然后在正确的时间上岸；要能在服从命令的同时为自己留后路。但做好所有这些，前提是要去领悟。

就这样，他很快便领悟到他所要做的工作的本质，被分配到其他的岗位上另当别论。每天早上，事实上，都会有一定数量的员工生病，或者请假，他们分散在那不勒斯银行的各个分行，而位于托莱多街的银行总部每天都得派人去顶缺。像他这样在流动小组工作的预备员工，任务就是奔赴各个前线堵枪眼，时刻准备着去打所有战争中最经典的那一仗：意大利人的省钱大战。

因此，每一天，等待召唤的预备员工们还在一层大厅打盹儿的时候，公司已经给他们订好主要航线的头等舱了：一个飞米兰；另一个飞都灵；驶往巴勒莫和卡利亚里的航船要一间双人舱；开往罗马的潘多利诺火车则要一整节车厢。银行有能力在二十四个小时内派人抵达伦敦、巴黎、柏林的分行，如果再提前点规划，甚至可以直抵香港、布宜诺斯艾利斯或者纽约的公园大道分行。中央支持地方以防后者人手不足，毫不在意开销的巨大。

接着，我父亲领悟到，比如说，在退休之前他会喝下比他预想得多得多的咖啡因。在银行工作的人每隔一个小时就要喝咖啡休息一下，出于各种各样的理由。咖啡本来就是甜的，因为银行附近那家斯普兰朵咖啡馆的老板喜欢先偷偷在咖啡杯底注入一点奶油，再装满咖啡端给顾客。如果这一惯例被打破，那就意味着与整个国家信用系统的支柱——那些奶油人为敌。但长远来看，这会让血糖严重超标。

他还领悟到吸入超量尼古丁的前景。在巴里人们抽林达牌软包烟，但这里到处是斯刀普牌无滤嘴香烟。每次他跟帕斯夸雷还有其他同事一起从咖啡馆回来，进办公室前，他们会在一个小广场上抽两口。那是一座死气沉沉的庭院，长满了上百岁的九重葛。一面墙上有一扇门通往一间办公室。随着时间推移，我父亲才了解到，一个脸色苍白的人在那里面做着最让人厌恶的工作之一。事实上，那间办公室里存放着准备拿去拍卖的家具，都是从无力偿还债务者那儿没收的。

又过了几周，我父亲又领悟到下面这一点：当一名顾客请求贷款时，总会表现得似乎不缺钱，但当还款日到来，之前隐藏起来的吝啬鬼的面目就暴露无遗。

在理解中寻求理解，他又领悟到预测一笔贷款最终能否收回其实是占卜艺术，差不多就是娜娜的占星学。因为唯一的真理是这个：踏进银行的门槛后，每一个人在做并永远做下去的便是撒谎。

“这就是为什么在拿出哪怕一里拉之前，我们都会要求顾客去填成堆的表格。”帕斯夸雷反复向他说。这样的教导从他踏进流动小组的工作间那一刻起便没停过，而其他人却对我父亲毫不在意。他们在工作间里漫无目的地打转，窃窃私语。所有人都戴相同的领带，穿相同油亮的皮鞋。

他算幸运的了。帕斯夸雷·索马是老熟人，主教座堂街上肥皂匠的儿子。贫苦的童年生活，那种收废品的童年生活，就像噩梦一样缠着他。多年前他们那次见面，是肥皂匠带着儿子来他家取走洗衣机：唐·杰皮诺，爱德华多的父亲，没能及时还上那台洗衣机的欠款。

“仅有表格还不够，要想真正了解一个顾客，你必须用鼻子去闻，不然，你永远不知道站在你面前的是什么人……”帕斯夸雷又开始教导他，用手指指写字桌前坐着的一个苍白的小伙儿，“你无法想象拍卖会开始时那些豺狼在这里走来走去，随时准备扑上去撕咬一番的那个样儿。事实是，在一家银行里，每样东西，甚至是最不幸的事，都可能转化为财富。”

对这个，一个像我父亲这样的人却永远都无法领悟。他知道财富有时会在不幸中蒸发掉，但要说在不幸中有可能冷凝出财富，怎么可能？他贫困了太久，再之前是他的父亲长期处于贫困中，他无法想象会有这样的事情。

随着时间的推移，他又领悟到从银行顺走文具是一个固有习俗。那些文具从此走上了不寻常的道路，以植入式广告的形式蔓延到各个地方，推广了那不勒斯银行本身不具有的华丽形象。理论上来说，这是盗窃公家财产，实际上，却是一种市场营销策略。几年中，每星期有一天，父亲下班回家会带着数量惊人的回形针、订书钉、订书机、取钉器、包装纸、打孔信封、邮寄表格、钢笔、铅笔、橡皮擦、橡皮筋、胶带、白纸、备忘录、记事本、铅笔芯、自动铅笔、钢笔替芯和剪刀，等等等等，以满足任何需求。最辉煌的时刻，是他带回两台奥利维蒂书信 22 型便携打字机。

接着，他领悟到工会代表和公司领导之间的争吵只是演戏，在幕后，他们相亲相爱，就像度蜜月的情侣。回调总部之前，帕斯夸雷在罗马分行担任文书超过十年。那是整个庞大帝国的倒数第二阶层，倒数第一阶层是那些没文凭的小职员。浪费了那么长时间，要想在职业生涯中混个模样出来，已经很渺茫了。总之，大概两年前，他找到工会代表，用五个月的工资换来流动小组经理这一职位。在那些不能明说的事当中，单就出差补助和灰色收入而言，这投资也算有回报。去年元旦，公司甚至让他带上家人去巴黎游玩，算他的出差任务，也算他的奖励。“香榭丽舍大街上的烟火，孩子们那瞪大了的眼睛，你想要这些吗，爱德华？”

出差任务。我父亲立马领悟到，那会带来问题。流动小组员工大部分时间远离家庭，这会影响到家庭婚姻的稳定。全家一起去女神游乐厅[①]是一面，孤身在外，深夜在皮加勒区[②]寻觅漂亮小姐是另一面。他隐隐约约感觉到其中的危险。在这类原则问题上，他的岳父对他有过告诫：“爱德华，如果你要回家，就真的回家，否则你最好留在巴里。在那里，他们也许能让你当经理，但也可能派你去北方某个城市当高管，甚至是国外……”

所有那些，不管怎么说，都只是一些可能性。从个人角度说，我父亲对一个可能多彩然而昂贵的职业生涯缺乏兴趣。于是他向自己妥协，接受了流动小组的工作，但拒绝了去皮加勒区出差。

“你做得很好，”有一天帕斯夸雷再次教导他，“因为第一，是不是离开这里你就一定能拥有多姿多彩的职业生涯，没人说得准；第二，多姿多彩的职业生涯并不总能带来财富；第三，如果你有能力，即使没有多姿多彩的职业生涯也能获得财富。重要的是留在这里，因为这里真的有商机……那句话怎么说来着？如果你在火山口造房子，可以确定，迟早有一天你会被烧着……”

我父亲扔掉斯刀普牌香烟的烟蒂，一声不吭地穿过大理石走廊，大理石下层是阿比西尼亚黑，上层则是彩色的。刚才帕斯夸雷的一番

---

① 女神游乐厅：巴黎第九区的卡巴莱歌舞夜总会。1869 年开张，19 世纪 90 年代至 20 世纪 20 年代达到极盛，今仍营业。巴黎生活的重要象征之一。

② 皮加勒区：巴黎第九区和第十八区的一个观光区，包括皮加勒广场及其周围地带。夜总会、歌舞厅、酒吧云集之地，也是色情业中心。

话他没太明白，不过没什么好担心的。肥皂匠的儿子会一直在那里教导他该做什么，就跟过去很多日子里一样。

“这是件好事吗？”他问道，推开了工作间的门。有那么一瞬间，他面前的大团烟雾让他感觉自己站在了地下赌场的入口处。

“视情况而定。”帕斯夸雷用一只手理着他那蓬乱的红发，“如果你喜欢火，那就是好事。”

06

当大人们的生活向另一个星系迁移，我和利奥渐渐找到了属于我们自己的一颗荒芜的星球。

一九八五年夏天，我们的友谊忽然变得炽热起来，就像森林大火那样熊熊烧着。那时学校正放假，他父亲在监狱里，我父亲在银行里，我俩的母亲们则在食堂帮助流浪汉——我母亲最终还是说服了我父亲让她回到食堂，而我和利奥开始天天见面。我们一直在探讨小达尼艾尔·男洋娃娃的事。

他并没像其他人说的那样搬去了北方，而是和他的母亲、姐姐一起在904次列车惨案中遇难了，那是那不勒斯直通米兰的快速列车。一九八四年十二月二十三日，当列车通过亚平宁大隧道时，被引爆的炸弹撕裂了9号车厢，造成十七人死亡，三百人受伤。[①]

圣诞假期后校长和利奥的父母有过一次谈话，利奥无意间偷听到

① 904次列车惨案又称圣诞节惨案，是西西里黑手党策划并实施的一起恐怖袭击，目的是分散政府注意力，拖延警方对四百七十余名黑手党成员的调查和抓捕。

了这事。自从利奥向我揭开了谜底，我们便不停地跟对方重复这个故事，简直像祷告一样，直到小达尼艾尔再不是我们认识的那个爱玩洋娃娃的孩子，而是变成了小说中的某个英雄，变成了我们的主保圣人，这位主保圣人把我们跟其他人区别开来。

为了不做噩梦，大人们选择了避而不谈，而我们却反复在想象中去经历那场爆炸，也许只是为了确认我们也有知道真相的权利。我们想象着自己是爆炸的幸存者，在只属于我们的星球上漫步，享受着完全的自由。

利奥还听到一个细节，爆炸之后，在废墟中，小达尼艾尔的尸体旁，静静地躺着那个布洋娃娃。"马尔切[①]，你真该看看那些大人当时那个表情。我从没见过有人为一个死去的名叫斯普莫内的洋娃娃哭成那样。"

我们一起度过了五个快乐的夏天，天不怕地不怕。

我们骑着自行车相互追逐，在树林里践踏草地，在足球场踢比赛时闹矛盾，然后用石子儿混战，在街角的宠物店里替那些小鹦鹉叹惋自由的失去。在别人眼里，我们净做些残忍的事，他们不了解我们的意图其实是好的。跟街区里的女孩子相处时，我们总是表现得很毛躁，蛮横，喜欢动手打闹，做出一副勇猛无畏的样子。比起女孩子，更让我们贪婪的是钱财。

当时有个卖轮胎的人，不是我们街区的，衣衫褴褛，右脚有六根脚趾，他出钱让我们用弹簧刀去扎汽车轮胎，每扎破一只给我们一千里拉。

---

① 马尔切：马尔切罗的略称，也是昵称的一种。

一开始他报价五百。

“一千五。”利奥挑衅一样抬价。他从法兰绒格子衬衫的口袋里掏出一把梳子，开始梳头发。

“七百。”六趾压价道，“你们这些无知小子太贪心……”

利奥的谈判技巧起了作用。先梳两边和后脑勺的头发，然后把中间的头发捋成向前的一撮儿，“椰子头”——大家都这样称呼这种发型。用超级多的发胶发蜡固定住头发，再捏出一个极其荒诞的向前凸起的造型，凸起的高度与一个人的自恋程度成正比，当时，这发型非常时髦。

“成交，七百里拉。”利奥说道。他把梳子插回衬衫口袋，“再加三百封口费。要是有人知道是你让两个无知小子去坑顾客，后果你能想象吗？”

他被耍了。

六趾一边用抹布擦沾满油污的双手，一边盯着我看。他这副表情是说欣赏利奥的谈判技巧，还是警告我待在利奥身边有多危险，我吃不准。他说：“你朋友是个精明的恶魔。”

我确实很崇拜利奥的谈判技巧。

“谈判的第一条规则就是不要去谈判。”有一次他跟我解释，当时我们在黑暗中等待行动信号。我们的任务是在六趾街区里的每条街上扎破一只轮胎。

“那第二条呢？”

“如果你不要，没人会给你。”

我愣了几秒钟，努力去理解那些词的意思。“那第三条呢？”

他将烟头弹进下水道井盖的小孔里。“如果你不努力，就没人在乎你。”他用严肃的语气说道。

我们正躲在路边停着的一辆汽车后面，突然一道噪声划过，打断了我们的谈话。利奥站起身，借后车窗观察身后的街道。虚假警报。可能是树叶，也可能是老鼠。

“什么意思呢？”我问他。

利奥向我嘲讽地微笑着，没回答。这时哨声传来，该我们上了。

理论上，他年纪比我大，应该管我多些。但实际上，我们之间很平等。在学校里，我们各上各的课，直到他连续两年挂科留级后终于在我初三那年跟我同班。我们一起放学，一起去流浪汉食堂吃午饭，然后一起骑车出去疯玩。

在树林里总能遇见些呆头呆脑的孩子，我们会把他们训练成疯狂的勇士，然后一起玩。在我们日复一日的践踏下，博物馆门口的草坪终于面目全非，枯死一般。

有几次，一个还没懒到家的门卫威胁我们，说要没收足球并叫警察，我们则一起对他竖中指，再跳上自行车开溜。利奥是船长，我是水手。

每天我都被他拽着到处跑，总有生意要谈，总有钱要赚，总有一辆汽车我们得躲在它后面。我们会你追我赶地走上几公里上坡路，会在黑暗中窥视街道时相互打掩护；我们会在阴影中没完没了地攀爬生锈的铁丝网；我们最害怕的一个词是“破伤风疫苗”。

在父亲下班回家之前回家是基本原则。我母亲装着没注意到我们。

她对利奥偏爱有加，她对所有白羊座的人都这样。

每个夏天，利奥都要回一次康涅狄格，快要分别的时候，我们会躲在他的房间里吹空调。那年头空调可不常见。炎热的天气让我们对外面望而却步，我们就连续几个小时看电视，狼吞虎咽地吃炸薯条配花生酱，吃完后再来一杯牛奶。一旦搜罗到一点钱，我们便冲刺去买加芥末酱的火腿三明治，然后躲到皮奴西娅的房间里狼吞虎咽吃下去。皮奴西娅是利奥的妹妹。总有一天我会娶她为妻，这样一来，我们就真正变成一家人。然而，一跨入他们家门槛，你最先知道的事之一，就是皮奴西娅有复杂的新陈代谢问题。

“我妹妹就像根橡皮筋，不停地胖了再瘦。是新陈代谢出了问题。”

“我可不想娶个胖子做老婆。”

“用不着担心，我母亲说随着时间推移，这个问题会自动消失。我们家人天生骨架大，而你骨架小，这说明以后你们的孩子会不大不小刚刚好。”

炎热的天气把我们折磨得够呛，最难搞的是我们的椰子头。在高温下，发胶发蜡会融化，蓝色的液体像融雪一样流到耳朵上、脖子上，最惨的是流到前额上，因为我们总在周围人都乐不可支后才意识到。

与此同时，我在学习像一个真正的美国人那样生活，至少是像利奥想象的真正的美国人那样生活。我很快记住了美国五十个州的名字，从乔治·华盛顿到罗纳德·里根历任总统的名字，以及大部分印第安部落的名字。那些年里流行的电影，比如《回到未来》，比如《壮志凌云》，比如《七宝奇谋》，里面的对白我们都倒背如流。我们是魔术师约翰逊的球迷，我们支持纽约巨人，支持印第安苏族部落，支持美国陆军第七骑兵团。红云、坐牛、黑麋鹿[①]，卡斯特将军、约翰·韦恩，《我的朋友阿诺德》[②]。我学会了轻松自如地戴好棒球手套而无须花二十分钟去思索哪一面朝上。我还学会了滑旱冰时最安全的摔倒姿势，只擦破一点点膝盖，但问题是每次都摔同一个地方，伤口不免越来越深。利奥递给我双氧水，要求我停止哀号。

“你必须要去吗，利奥？”

“必须，不然国籍就没了。”

“那国籍有什么鬼用？”

“迟早有一天我会去康涅狄格生活，到那时候，是不是一个真的美国人区别就大了。”

“以后你会带我一起去吗？”

他对未来的计划里可能没有我，没有我们，没有我们在一起快乐的时光，一想到这点，我就很伤心。

他的皮肤黝黑，简直像皮革一样，他只须在太阳下待短短几分钟就能有这个效果。不止一次在被老师提问时他不说话，只露出海报上模特那样的微笑就可以免受惩罚。他从不刻意做什么来炫耀自己。他并不吸引人，也许正因如此，他从没上过学校的帅哥榜，但他不以为意，让他感到骄傲的事不包括这个。“克里斯蒂安·扎扎罗那种满脸恶心脓包的人也能上的榜，我才不要。”他不屑一顾。

① 黑麋鹿（1863—1950）：北美印第安人，属奥格拉拉拉科塔族，巫医和先知。参加过全歼乔治·卡斯特中校率领的美国陆军第七骑兵团的小巨角河战役（1876），幸存于伤膝河大屠杀（1890）。后皈依天主教，但仍坚持传播拉科塔信仰和文化。

② 《我的朋友阿诺德》：又译《细路仔》，美国 20 世纪七八十年代的情景喜剧。

不管怎么说，在我们那儿，美丽的外表并非王牌，黑社会气质才是。事实上，为了吸引注意力，很多男孩子都会笨拙地模仿黑帮分子，比如说近距离逼视对手，再从喉咙里挤出蛮横的话。但利奥知道，那些不过是卡通片里的场景。真正的卡莫拉有一种特殊的气质，那是模仿不来的。他们外表总是很温顺，很不起眼。正是这一点才令人害怕：你知道在那副普通人面具下，是一头随时准备咬你的恶狼。所以利奥倾向于另一种人设，他知道自己可以很暴力，但他却散发出属于战争诗人的气质。“一个杀手的眼神你一看便知，”他重复说着，“在那个眼神里有个声音在说——我杀过人。”

假期结束返校，他激起了所有人的忌妒。利奥和皮奴西娅从康涅狄格带回来数不清的新衣服、新玩具、包装食品，还有很多装满宝贝的大纸箱。宝贝中有美国表亲们不再听的唱片，埃尔维斯、查克·贝里、麦当娜。一九八八年夏天他回来后变成了迈克尔·杰克逊的超级粉丝，紧接着的那个夏天，则是有一半墨西哥血统，十七岁便死于坠机的里奇·瓦伦斯的粉丝。每年他都兴高采烈地给我带回新的惊喜，而我也满心焦急地盼着九月初早点到，他们早点回。听到他们家门铃响起，我便知道是他回来了。

“所以你明白了吗，那天天气特别恶劣，第二天里奇本该在北达科他州的法戈市演出，那是他们冬季舞会派对巡演的下一站……”

整个一九八九年，他的新式椰子头都在模仿唱片《青春传奇》封面上的里奇·瓦伦斯，他在这个发型中加入些成人气息，这就是利奥与众不同的十三岁经典风格。扎完一只轮胎后清洗着弹簧刀，利奥叼着根好彩牌香烟，那是从他母亲给蜘蛛侠预备的香烟中偷的，她每周去探一次监，每次都带好彩牌香烟。

“你听说过‘音乐死去的那一天’吗？”有一次他问我。

“没有。”

“天哪，你真没救了。”他调低了音响的音量，“‘音乐死去的那一天’是指一九五九年二月三日。那一天，巴迪·霍利、里奇·瓦伦斯和理查森三个摇滚超新星死于同一起坠机。事实上，里奇本不该上那架飞机的。那座位原来是汤米·奥尔苏普的。”

“谁是汤米·奥尔苏普？”

利奥摇着头。“当天晚上跟里奇掷硬币打赌的一个音乐家。”他继续说道，一边把烟头按在他父亲沙发椅旁一只水晶烟缸里不停地拧着，“他是个出色的吉他手，但比那三个差远了。然而，那天夜里转动着的骰子偏爱他，他输掉了赌局留在了艾奥瓦州，也因此活到了今天……”

“哇啊！”我回答道。那是我所知道的用来表达惊讶的最美国的方式。

“平庸的人总是比天才活得更久，我的老伙计。”他补充道，又调高了音响的音量。“你的椰子头全融了。”他忍不住大笑起来，“你现在整个人都蓝了。”接着，他随着《青春传奇》的节奏在空中挥舞那把刀。“哟，我不是水手……”他开始唱起来，“哟，我不是水手，我是船长……我是船长，我是船长……”

我十二岁生日那天，我们决定和小团伙其他成员去市民花园庆祝，借此离开我们自己的街区去闯荡一番。我们得瞒着家长们偷偷前往基艾亚滨海路——利奥宣称他去过那里，从那里搭乘有轨电车，直达胜利广场。

我们为这次带有出逃性质的庆祝选择那个地方，原因很简单：市民花园是由一系列小花园组成的，那里是基艾亚街区的女孩子们出没之地，而基艾亚街区的女孩子们是整座城市最漂亮的，她们聚集在那里，等待其他街区的男孩子们前来追求，接着，便是一些难以启齿的事情。她们来自富人的街区，我们知道她们肯定瞧不起我们，但我们在意的只是借她们的风流多情创作出尽可能多的故事。

据说在水族馆附近有两三个极其疯狂的女孩子，你可以对她们予取予求。我对这种话题还没什么感觉，我还没产生其他人已有的那种饥渴，只是不想掉队。我年龄最小，对他们讨论的那些露骨的事仍旧一知半解。

在我十二岁生日那天，我们坐上了1号有轨电车，穿过整座城市，向大海的方向前进。事实上，我以前跟我父母去过那里，但跟利奥还有街区里其他伙伴一起去，自然是不一样的，注定会是难忘的经历。就这样，我把头探到车窗外，让咸咸的海风抚摸我的脸，吹了有半个多小时，直到司机赶我们下车。一路上的兴奋让我们暂时忘却了此行的目的，尽管我们很快要付诸行动了：说到底，我们只是一群吵闹的小男孩，相互鼓励着摆脱束缚我们的枷锁。

几个小时过去了。真相是悲惨而令人忧伤的：基艾亚街区的女孩子们其实并不像传说和想象中那样疯狂。整整一下午，我们都在试图接近她们，结果是我们骚扰了整个沿海街区。然后是第二个真相：克里斯蒂安·扎扎罗，我们学校公认的最漂亮的男孩子，也跟着我们一起来到了这里。

有那么一会儿，我们都沉默不语，静静地看一群女孩子在市民花园的小路上闲逛，那看起来跟我们自己街区里的女孩子们围着圣塔西西奥教堂闲逛没啥不同。也许，她们不比我们自己街区的女孩子们漂亮多少。

“所以说我们今天出尽了洋相，丢人丢到家了。”里卡尔多·皮尼亚泰利不容置疑地总结道。他是我们街区里玩具商的儿子，十五岁，聪明程度仅次于利奥。

利奥看看我，突然爆发出大笑，那笑声传染性极强，我也放声大笑起来。

我们所有人都狂笑不止。路过的人迷惑不解地看着我们，也许在想我们都疯了。

过了一会儿，小团伙中某个人率先停了下来，说我们必须换个地方了。

“我们去佛梅罗街区，那里的女孩子才是真疯。”

整个小团伙都安静下来，这个消息比刚才的大笑更有传染性。年纪大的几个，包括利奥，都竖起了耳朵。

07

接下来很长一段时间，人们将反复谈论为庆祝蜘蛛侠出狱燃放的烟火。这座城市还从未有过如此壮丽的烟火，堪比人们在索伦托大港的圣安娜节期间看到的。

在监狱里近六年，政府部门许下各种好处让他开口，就差没把月亮摘下来给他，他却始终不发一言，这是他该做的。他的沉默感动了石头脸，这次特殊的庆祝仪式便是奖赏。与此同时，他监禁期间，美国女人每个月都能按时收到集团会计发给丈夫的工资。那笔钱的一部分被捐给教堂，每天忙完流浪汉食堂的工作，她在教堂里度过大部分时间：拜唐・卡洛所赐，她现在知道了可以用现金赎罪。

庆祝仪式进行的同时，利奥家里人来人往。朋友、亲戚，或者只是认识的人。大家都热切地想要再次见到文森佐，跟他握手，欢迎他回归。在厨房里，有堆成小山的一包一包的马苏里拉奶酪、面包、糖、咖啡、糖水桃子和那不勒斯甜品，以及用纸包着烤的各种肉食。当天色开始暗下来，人们聚集在楼下大街上，等待着烟火点燃。

我甚至没有试图去说服我父母。我跟他们保持着默契，我知道他们在想什么，这种情况下去提出相反的要求是没有意义的。因此，我留在我们的新公寓里，隔着足够安全的距离，透过窗户欣赏烟火。我们的新公寓位于一栋住宅楼的顶层，这里有门卫和令人羡慕的清洁服务，这让我父亲相信我们跟恶魔之间已经建起了一堵高墙。

我们是在四年前搬的家，那个时候，父亲持有意大利飞机公司的蓝筹股已经七年有余，是在该公司于米兰证券所申请破产时买下的，就在一九八六年四月十六日十六点十六分到十六点三十九分，那些股份增值了整整两亿里拉。

而之前的一天，可不是普普通通的一天。

四月十五日，他正在收尾一桩买卖的谈判，突然传来了消息，说两枚利比亚的 SS-1 飞毛腿导弹正向兰佩杜萨岛的一座北约军事基地飞来。卡扎菲就此次行动口出狂言，但他的飞毛腿导弹在到达意大利的土地前便落入了海里。①

导弹爆炸的轰鸣过去后，岛上居民纷纷抛下自己的房子，躲到城外的老石头房子里去了。“导弹事件不是突然发生的。”拿到新公寓房产证那天，我父亲跟我讲，“好几个月了，新闻里一直在说卡扎菲，就像当初克拉克西和安德烈奥蒂在讨论‘阿基莱·劳罗’号劫船事件②，

① 当天凌晨，美军实施“埃尔多拉多峡谷行动”，对的黎波里和班加西数个目标进行轰炸，造成利比亚约六十人伤亡，卡扎菲随即以导弹回击驻兰佩杜萨岛美国海岸警卫队导航站。地中海上的兰佩杜萨岛为意大利最南端领土。

② 1985 年 10 月 7 日，意大利游轮“阿基莱·劳罗”号在埃及近海被巴勒斯坦解放阵线四名成员劫持，劫持者要求以色列释放巴勒斯坦囚犯交换乘客和船员。当时意大利总理为贝蒂诺·克拉克西（1934—2000），外交部长为朱利奥·安德烈奥蒂（1919—2013）。

讨论锡戈内拉基地，讨论那个该死的阿布·阿巴斯[①]时那样。然而，政治家们唯一在乎的只有金钱交易。证券市场是一个所有人都能淘到宝的金矿，甚至是我这样的无名之辈，出生在战后的福尔切拉，裤子屁股上全是补丁，只能在梦中飞黄腾达……”

就这样，四月十六日十六点十六分，在利比亚导弹突袭约二十四小时后，当股票以百分之六点六六的速度上涨，当火星、金星和巨蟹座连成了一条完美的直线，所有人都明白了，无论卡扎菲还是里根，哪怕是第三次世界大战，都不能阻碍意大利人的发财之路。

紧接着，爱德华多接到了帕斯夸雷从股票办公室打来的电话。帕斯夸雷向他透露，银行总经理费迪南多“国王”[②]的私人账户正在甩卖股票——他卖掉了手中全部意大利飞机公司的股票，一共是一万三千股。那是他兄弟管理的公司，而我父亲也持有这家公司大量股票多年。

必须卖掉。

终于到达了顶点。天体的运行也向他揭示了这样一个时机，千万

① “阿基莱·劳罗”号事件中，因一名犹太裔美籍乘客被枪杀及认定赴现场参与斡旋的阵线领导人阿布·阿巴斯（1948—2004）为劫持行动策划者，美国政府要求引渡劫持者和阿布·阿巴斯。意大利政府则坚持劫持者须在意大利受审，同时认为指阿布·阿巴斯为策划者证据不足。10月11日，美国军机对阿布·阿巴斯等人乘坐的埃及客机实施空中拦截，迫使其降落西西里岛锡戈内拉基地（驻有意大利空军和宪兵，也是美国海军航空站所在地）机场，意军与美军一度发生对峙。此为第二次世界大战后意美两国最严重的一次外交危机，史称“锡戈内拉危机”。对峙以意大利警方拘押劫持者，阿布·阿巴斯飞往罗马告终。劫持者后在意大利受审并服刑。美国及以色列拿出窃听所得证据后，意大利司法部门缺席判决阿布·阿巴斯终身监禁。此事又一度引发意大利政府危机。

② 费迪南多·文特里利亚（1927—1994）：20世纪意大利最著名的银行家之一。60年代中期至80年代末两度执掌那不勒斯银行。70年代，因在与国际货币基金组织的谈判中为意大利争取到巨额贷款，使该国在两次石油危机之间得到喘息而获得高度赞誉。曾与意大利央行行长仅一步之遥。

别过于贪心。连费迪南多都决定将手中这只股票抛售一空，我父亲是谁，又怎么能比他精明？从那一刻起再过二十四个小时，那些股票有可能暴跌，现在是时候下注了。对于爱德华多来说，为什么发生这种事情，那背后的逻辑一点也不重要，那兄弟俩有没有交换内部消息一点也不重要。必须迅速出手那些股票。那是他人生中最美好的一天。

他把甩卖股票的决定告诉帕斯夸雷，让他登记并发电传给位于米兰梅扎诺特宫喊叫大厅的交易柜台。十六点三一九分，他的口袋里多出了两亿里拉。这一切都要感谢那一通电话。他打开支票簿，摘下一朵价值两百万里拉的花儿，献给他人生中遇到的最好的同事——帕斯夸雷，主教座堂街上肥皂匠的儿子，正是肥皂匠自己挨着饿，接手了唐·杰皮诺无力付款的洗衣机。接着，另一朵价值一百万的花儿送给了那天本该在股票办公室上班却请了病假，被帕斯夸雷顶替的同事。“在幸运女神面前必须慷慨，”爱德华多爱这么说，“我们看不见她，但她非常在意我们的行事风度。”

蜘蛛侠出狱一段时间后，我父亲让我陪着他去爷爷奶奶家。这并不奇怪。这是众多家庭义务的一项，每个月我都要跟他南下一次。

那是他每周六下午的固定任务。先是开着那辆奔驰去自助洗车站洗车，再开上通往机场的国道，过了机场之后几分钟，便到了那不勒斯省北部城市卡索里亚的郊区。最近几年，那里住着很多单身汉，几年前，爷爷奶奶从福尔切拉臭名昭著的黄楼街区搬到了这儿——从一个颓废的地方搬到了另一个颓废的地方。之前是嘈杂的老城街区，挤满了人，充斥着臭味，现在没有了纷乱和嘈杂，却是在公路旁的一个住宅小区里，夹在一片西葫芦地和高速公路出口之间。

我爷爷因青光眼摘去了一只眼睛，在床上躺了一辈子。一想到要亲吻他那苍白的面颊，我就感到焦虑，但根本不可能逃避。我不再是个能逃避社会习俗的孩子：我必须响亮地亲吻唐·杰皮诺的面颊两次，要所有人都能听得见，再假装他也用他那冰冷干瘪的小嘴吻了我。

我奶奶，阿玛莉亚，躲在门后微笑着。她会把我推进厨房，然后向我抱怨电视坏了，或者电话账单太惊人。“你拿着，看看有没有问题。”她边说边双手颤巍巍地把账单递给我。与此同时，爱德华多把自己跟他父亲关在卧室里，开始给老爷子刮胡子。

十五分钟过后，大门再次打开，因为一股令人难以忍受的臭牛仔裤味在家中弥漫着。这时我待在卧室里。我在爷爷床边一张扶手椅上舒舒服服地躺下。我是如此靠近爷爷，看起来就像一个特别孝顺的孙子，但我总是选择坐在爷爷那只完好的眼睛一边。我开始倾听他拉长声调低声细语，十多年来他都是以这种方式说话，也只有这种方式让他可以顺畅地交流，至少是跟每次都坐在床边的我父亲顺畅地交流。

我什么也听不懂，只能靠猜，那些像是垂死喘息一样的低声细语，貌似有时提到了我，这就产生了立刻找人来翻译的需要。家庭作业，我喜欢的学科，足球。父亲用无人称的方式向我转述唐·杰皮诺的问题，我总是用相同的尴尬语气回答。我既是在回答生病的爷爷，也是在回答从没问过我这些问题的父亲：对于我这个年纪的孩子来说，家庭作业是最重要的事情，我喜欢的科目是意大利语和足球，不过，最近一段时间我更喜欢篮球。打篮球，爷爷。

唐·杰皮诺，用他那只没被青光眼搞瞎的眼睛看我，特别恐怖地露齿一笑。也许，很久以前的某一天，那还是一个慈祥的微笑。他对着我说了些什么，含含糊糊，实在无法理解，我父亲也懒得给我翻译。也许只是简单地鼓励了我两句，或者是抱怨周围的环境，大概就是一个爷爷会说的那些。关键是我不可能知道他说了什么，那个老人说着死人的语言。

谢天谢地，微笑着的阿玛莉亚出现了，把我从折磨中解救了出来。她递给我一大杯“水溶液”[①]——我不知道为什么她认定我喜欢这个，配着不可或缺的酸樱桃饼干，这些都是她为了迎接我们在周五就买好的。每次来访，我脆弱的牙齿都要跟那变味的饼干厮杀一番，而我那令人敬畏的奶奶继续对我微笑，问我要不要再来一杯“水溶液”，如果我不想扫她兴，我就不能说不。

“他们告诉我你加入了一个团伙。”那天晚上在回家的路上我父亲说。

“什么团伙？”

“一个扎轮胎的团伙，你就没听说过？”

“没有，从来没有。”

他左手握着方向盘，胳膊肘搭在车窗边框上，用余光窥视着我。我则死死地盯着前方的道路。柏油路面坑坑洼洼，他的奔驰颠簸得厉害。天空是灰色的，但没有云。“扎轮胎团伙’，如果我把这个说给利奥听，他一定会笑死。

① “水溶液”：意大利老牌固体饮料，一种以小苏打为主要成分的粉末，略带柠檬味。1901年上市以来，一直在博洛尼亚生产。

“你确定你跟那个团伙不沾边？”我父亲逼问。

“我发誓。”

一般情况下，他会不停地说话，甚至是口若悬河，所以能让那些周六的下午变得特别的是他异常的安静。不管外面是风雨交加还是风和日丽，不管他感到开心还是悲伤，不管他口袋里只有一点钱还是很多钱，不管他投资的股票在升值还是跌到了历史新低，只要回到家，面对我爷爷奶奶，他就会变得沉默。能让他闭嘴的只有他的父母，杰皮诺和阿玛莉亚，还有所有那些他小时候跟着他们一起挨饿和生病的悲惨回忆，他父母和他就像两名偷猎者和一只大山雀。

“街区里有传言，说美国仔领着一帮小孩子，在六趾的指挥下扎轮胎。”他边把车驶入通往机场的国道边说。

“我向你发誓，爸，我什么都不知道。”

“你知道你不能跟你父亲说谎，对吗？”

最近一段时间他并不怎么关心我的教育问题。当然了，他会给我立些一般性的行为准则，让我无条件接受，为了我能举止得体，除此之外，他并不怎么关注我。

那是他第一次叫利奥“美国仔”。给一个少年起外号是很罕见的，这意味着大人们都真把他当回事了。在街区里，这个外号已经传开了。“你还跟以前一样，不过多了点什么。”有一次利奥对我说，“在我们这里，别人给你起外号之前，你什么都不是。”

“小屁孩，”我父亲的声音再次响起，他看起来很愤怒，“你不是我人生中遇到的第一个瞎起誓的人，你要知道……”

这次谈话的意图很明显，他不想我跟利奥有任何瓜葛。他害怕我会受利奥影响走上一条不归路，那是蜘蛛侠那样的罪犯从出生起就注定了的命运。让我困惑的是，我父亲不想让我跟利奥来往，出于同一个理由，我却渴望跟他来往。所有人都认为他们知道我的朋友是谁，他是哪类人，但真相是，他们一点都不了解他，也不了解我。他们已经忘了迷失是一种什么样的感觉，因为这就是童年——一座容易让人迷失的花园，在这里，没人能找到你。当孤独感不断地淹没你，一直淹到你脖颈，你也不知道怎么回事，突然在一片荆棘中你就遇到了一个陌生人，他充满吸引力，让人无法抵抗，他的血液中镌刻着悲剧。但你当时太年轻了，还不能理解你其实根本不能选择你的朋友，就像你不能选择你的父母和你出生的城市一样。但在我父亲眼里，那个小男孩和他的家庭是这个世界上最腐朽的存在。凭几通电话就能赚到很多钱，有什么必要卷入那种由鲜血、荣誉和左轮手枪谱写的生活呢？

“你知道对于一个每天天刚亮就要起床，屎都来不及拉就要出门工作的人来说，那意味着什么吗？”他问我，“你能想象出那个人将如何过那一整天吗，当他意识到接下来八个小时工作所赚的钱都将用来修补轮胎，而那仅仅是因为一群小流氓用铅笔刀搞破坏？”这个时候我本该打断他，告诉他我们用的是真正的刀。“不，你什么都不知道。你只是一个装成大人的小屁孩，跟着其他小屁孩瞎转悠，最终你们都会去坐牢……”他已经在大声吼叫了，“那个卖轮胎的给的钱你藏哪儿了，嗯？”他伸出一只手，开始翻我裤子口袋。“你藏哪儿了？”

“快停下，爸！”我大叫着，用力挣脱，他措手不及，一个急闪，奔驰向路中央漂移。如果那时有车从对面驶来，我们就直接去见上帝了，幸运的是，爱德华多迅速地重新控制住方向盘，一个急转弯，把车扭到机场围栏这边，停了下来。

那些准备就绪的飞机正是从机场的这一边起飞的，红色的灯光照亮了跑道，远处隐约能看到信号指挥员穿着工作服，手里拿着反光的信号牌。天色开始变暗。我转身面对他。如果不是喘着粗气，他看起来还是之前那个给老父亲刮胡子的温顺的他。

“你还记得那个跟你同校的孩子，总玩斯普莫内洋娃娃的那个吗？”

“小达尼艾尔·男洋娃娃，”我说道，“我当然记得。”

“这些年来我们一直都在骗你，他其实并没有搬去北方……”

“我已经知道了，爸爸。”

他突然抬起头看着我。“那你知道是谁炸了那列火车吗？”他问我。

“谁？”

我心中一惊，有什么东西隐隐告诉我，我不会喜欢那个答案。

这时，一架飞机滑到跑道的尽头，离围栏很近，等待着信号。忽然，就在一瞬间，引擎发出轰鸣，飞机离开了地面。短短几秒钟后，它便消失在远方。

几天后，我去了美国仔家，是蜘蛛侠给我开的门。起初他并没认出我。在牢房里蹲了那么多年，我想，他记忆里很多东西都给抹去了，包括那个戴着牙套、目睹他从三楼往下跳的小男孩。

美国仔反复对我说，重获自由的蜘蛛侠几乎不沾家。他当然不是那种会陪儿子及其最好的朋友参观动物园或者参加生日派对的爸爸。不过，说真的，我们也不是那种会去动物园玩的孩子。至于派对，我们只在心情好的时候才会考虑。

“所以呢，”他审视着我那惊讶的神情，说道，“怎么着，要进来吗？利奥摆弄他的世嘉五代游戏机有一百年了……”

他穿着白背心，破洞牛仔裤。他很高，金发，宽阔的肩膀把拱门塞得满满当当。跟他以前在街区里陪石头脸出行那副威风凛凛的样子相比，他可是老了许多。

尼古丁的臭味，杂乱的胡须，给人颓废不堪的感觉，像是职业生涯晚期的拳击手。他的眼睛蒙着一层灰，那双蓝眼睛，跟利奥一样的蓝眼睛，不再有光。但仔细看去，又像是深夜的大海，让人毛骨悚然：那是一个杀手的眼睛。

“你终于有了灿烂的微笑。”他一边领着我向屋里走一边说道，“你得把那个牙医的电话给我。”我的脸通红，心跳疯狂加速。有那么一瞬间，我想起我父亲说过的话，感受到了单独跟这个男人在一起的恐惧。

我们进了利奥的房间。“过来跟我一起玩。”他对我低声抱怨着。最近几个星期，利奥一直在世嘉五代上玩《刺猬索尼克》。他花了太多精力在莫比乌斯星球上闲逛以寻找可以积分的混沌翡翠，以至于都没时间搭理我们。

“利奥。”他父亲低声抱怨着，点了根好彩牌香烟，“你楼下的朋友在这儿呢。”

“他已经不住这栋楼了，文森。”美国仔回答道，手里不停折腾着那游戏机手柄，然后转向我，“哎，我的老伙计，你知道我发现了什么吗？”

我盯着电视屏幕。他的索尼克已经能变身超级形态，只用光圈就能消灭敌人。

“什么？”

“仔细看看索尼克的鞋子，你能想到什么？”

我并不喜欢那只人形刺猬。“我什么都想不到。”

“怎么会！”他激动地纠正我。“它们很像《真棒》音乐视频里那双。这可是在向迈克尔·杰克逊致敬！”他补充道，“现在你有印象了？”

“我之前没注意。”

蜘蛛侠对着我微笑，示意我向前靠。我不明白他想让我做什么。可能他就只是想让我动一下，因为那个时候我一只手搭在利奥肩上，我一动便会分散利奥的注意力。果然，利奥转身面向我，就在这时，文森佐突然一跃到他另一边，一个突袭，把他拽倒在地毯上。

“好了，别玩了！”他喊道，“让我们来教训一下这个小浑蛋！”

有那么一瞬间，我以为我们死定了，利奥肯定饶不了我们。

然而，尽管利奥不停抗议，他也没能保存游戏进度。他什么都做不了，蜘蛛侠开始挠他痒，不停地去咬他的胳膊和腿。尽管有几次差点因为疼痛而喘不过气来，我的朋友却止不住地笑着，向他父亲求饶。“快停下，求你了！”他喊道。即使离着一英里远，谁都看得出他乐在其中。

“你在等什么，小屁孩？”文森佐催我，“你帮不帮我？”

就这样，我被迫参与到搏斗中去。我和蜘蛛侠结盟，他给了我许可，让我在他身边享受着捉弄利奥的乐趣。我的朋友抱怨不公平：“不算数！只有浑蛋才二对一！”

“使劲，用力！”文森佐一再要求我，“这种拳头就是你全部的能耐？”

形势突然改变。蜘蛛侠见我作为一个盟友太过心慈手软，干脆把我也按在地上。他按住我们的那股力气换了一百公斤的男人也逃不开，别说我俩了。他开始同时咬我们两个人。真的很疼，但我们狂笑不止。这时，电话铃响起，他松开我们去接电话，我们竟感到不舍。

我们坐在地板上，背靠床沿。

我们查看对方皮肤上的咬痕。过了一会儿，利奥想通了怎么让游戏中的蛋头博士出现，而我出神了。我感到困惑。

我现在身处“那些家庭”之一，我刚刚还跟一个无情杀手打闹。还有，在大家眼里，我最好的朋友是一个注定要进监狱的小浑蛋。在我家，正相反，没人埋炸弹炸火车，也没人坐过牢。毫无疑问，我们是好人，他们是坏人，可好人却从不会像今天的我们这样开心，甚至，好人根本就不懂娱乐。

08

“你母亲是美国人，所以你是个混血儿。就像里奇那样。”

“我母亲是美国人，但她父母是意大利人。如果我出生在美国，我才算是混血儿。”

利奥转过身继续观察街道。“你还没跟我说你是怎么写完它的。”他说道。

“很简单。我读了书，再之后我就写了。”

“你知道当你说‘再之后’这个词的时候，你有多娘吗？”

“说‘再之后’这个词才不代表同性恋。”

“不，正相反。特别同性恋。怎么样才能对这种讲爱国主义者的故事感兴趣？”他转过身，“再说，《我的狱中生活》[1]这本书实在

---

① 《我的狱中生活》：意大利爱国诗人西尔维奥·佩利科（1789—1854）因争取意大利统一的活动被奥地利帝国当局投入监狱，关押达十年（1820—1830）之久。他于1830年获释后出版此书。此书大获成功，很快流传全欧，被认为对当时的起义运动起到了激励作用。后多次改编为影视作品。

太愚蠢了。你为什么要这么书呆子呢，我的老伙计？趴下！”

一辆小卡车的车灯照亮了我们作为掩护的停着的车。寒气钻进我的运动衫里。我累得要死。之前我们顶着毛毛细雨，在闷热的天气里走了好几公里的上坡路，我们在庞蒂·罗西街上众多的弯道中孤独地奔跑，就像两只在找骨头的流浪狗。

利奥探出身子观察着：四周只余一片漆黑。

“我得完成单元作业，交给德罗玛。”我辩解道，“再之后，我挺喜欢西尔维奥·佩利科的。”

“我更喜欢那些混血儿。那座监狱叫什么来着？”

“斯皮尔博城堡。”

“这名字让我毛骨悚然。不管怎么说，我不敢相信你竟然忘带弹簧刀了。”

我把帽檐向上抬抬。“我没忘。我以为是明天行动。”

这时口哨声响起，划破了山丘的寂静。利奥马上安静下来。我们站起来一点，斜着身子从车窗望过去，一个人影在街对面的人行道上焦躁地走来走去。美国仔吹了声口哨回应。那个人影平静了，开始慢步前行。

“约定地点是小山丘，对吗？”他问我。

“如果你连约定时间是今天都没跟我说，我又怎么能知道约定地点？”

“天哪，有时候你就是个白痴。”

有条小巷子是向左拐进去的，宽不超过电车轨道。快到那座碎石和废铁堆成的小山丘的时候，我们的同伙那粗壮的轮廓突然冒出来。

虽然在学校里所有人都叫他马尔凯提耶罗，但在我看来，这个名字只会让他更令人讨厌，遗憾的是我们需要像他这样的人。我并不擅长弹簧刀，尤其是在最后关头，我总是使不上劲，因为我缺少把刀一下子插进轮胎的勇气。在那个时刻，我总会想起爱德华多说过的话——他为买第一辆汽车牺牲了多少，多少票据，多少预支，多少后期支票，就好像银行账户里出现了一个黑洞。

“你迟到了，”美国仔对马尔凯提耶罗说道，“我们说好了六点。”

我讨厌他，还有他那像啮齿动物一样的尖牙齿和牙龈，它们让我感到烦躁，我特别想把那些牙都敲碎。他装出一副大流氓的样子。事实上，所有人都知道他父亲是个橄榄油批发商，靠给卡尔达雷利医院送货发家致富。他本名叫马尔基诺而非马尔凯提耶罗，在一个对外号、昵称或者简称的发音特别敏感的街区里，后者象征着麻烦。

他让我们跟着他走了一小段路，直到特雷莎别墅公园的围墙尽头，那里周围是一片荒野，地上一层厚厚的枯叶，踩上去吱吱作响。我抬头看墙头拉着的带刺铁丝网。

那个地方被我们称为“露营地”，一片藏在城市住宅区里的绿洲，每到晚上，那里的居民都躲在卡波迪蒙特山丘上的住宅楼里。那个地方潮湿、寂静，到处都是橡树、停着的车和看守住宅楼大门的警卫。如果早上醒来居民发现汽车轮胎瘪了，方圆三公里内能找到的第一个轮胎商便是六趾。

马尔凯提耶罗指着铁丝网的一个空当说道：“我们得从那里钻进去，沿着墙的右边继续前进。记住，你们要像脚下长了肉垫那样轻轻走路。那边有警卫。”

马尔凯提耶罗帮我们进入他家所在的别墅公园，以换取少量提成，这事让我厌恶，我觉得利奥也同样反感。

我们钻进铁丝网，溜了进去。我跟在他俩身后，肩膀擦着墙前进。在黑暗中，我们相跟着来到停车场边，那里停满了涂着金属漆的车辆，在我们这些野蛮人眼中闪闪发光。利奥拿出弹簧刀并弹开。马尔凯提耶罗也拿出他的，然后看着我。

“你的呢？”他低声问我。

“忘带了。”

他先是惊讶，继而特别满足地讥笑着。他转向利奥。“这个基佬真的行吗？”

“我能跟你说什么呢，他之前拉肚子了……”

美国仔这样说着转身走开，执行对轮胎的大屠杀。

他说我拉肚子，我莫名其妙。第一，我没有任何肠道问题；第二，我之前一直很确定特雷莎别墅公园的这次行动定在另一天；第三，利奥从没这样对待过我，至少当着别人面没有过。

但那并不是为这些话感到受伤的好时机，因为美国仔和马尔凯提耶罗都已经在行动了。他们是科学家。每只轮胎要扎三下，一直扎到底。第一下划破胎冠，第二下划破胎肩，第三下从胎肩沿对角线方向扎进轮胎内胆。这整个过程，他们机械地干着，没有丝毫犹豫。

这期间，马尔凯提耶罗向一辆灰色的奔驰指了指，这车和我父亲那辆同一型号，但车窗颜色更深，给人保养得很好的感觉。‘那辆，扎那辆。”他向美国仔低声说。与此同时，我紧张不安地东张西望。

“你在车身上也划几下。”我听他补充道。

利奥不等他说第二遍便向那辆车冲了过去。无论谁看了他的所作所为，都能感觉到除了金钱，还有其他的原因驱动着他。真相是，他很享受这一切。

当我得知他正在乱划的那辆车属于橄榄油批发商时，我惊慌失措到了极点。就这样，那个善良的马尔基诺决定反抗他父母的权威，从此将永远变成马尔凯提耶罗了，他犯下了一个巨大的错误。而美国仔正用他的刀刃在车门上冷酷无情地划着，划着。

当我们钻回铁丝网的另一边，跑到之前利奥跟我讨论西尔维奥·佩利科的那个地方，就在那里，问题出现了。

马尔凯提耶罗要求立即拿到报酬。自我认识美国仔，这还是第一次我感到他很难驾驭一个人。他向马尔凯提耶罗解释，我们现在还没钱，六趾明天才会付钱，我们一直都是这样操作的，到目前为止没人抱怨过。

“我要我的那份。”马尔凯提耶罗反复说，“要么你给我钱，要么我去找警卫，把所有事都告诉他们。”

据我了解——其实是听我父亲说的，六趾雇用我们为他揽活儿这件事并非不为人知的秘密，从利奥的眼神中，我也明白了那个假设是有可能变成一场灾难的。马尔凯提耶罗的目光转向我。

“这个蠢蛋什么也没做，只是看着。”他说道，“他甚至没带弹簧刀。如果我必须等到明天才能拿到钱，他那份的一半也得归我。”

就是在那个时候，美国仔很清楚了，清楚我不会做任何事来捍卫自己。他让我在几百米外的第一个弯道那里等他。

我走开了，像个刚刚被击倒在地的自负的拳击手。我讨厌马尔凯提耶罗，我讨厌我自己，但我尤其讨厌利奥。讨厌他之前说我拉肚子，现在又让我受屈辱，不让我参与到他跟批发商儿子新的谈判中去。

但实际上并没什么新的协议。我假装服从他的命令向远处走去，戴上运动衫的帽子。我回头望，看到美国仔用一只手臂紧紧勒着马尔凯提耶罗的头，另一只手从口袋里掏出弹簧刀，顶着他的脖子。

他对马尔凯提耶罗说，我是他的合伙人，他的合伙人必须拿跟他一样多的钱。

美国仔还对他说，他必须向我道歉，如果明天他不登门道歉，他就别想拿到钱了。

最后，美国仔松开手臂并猛地一推，把他推到一辆汽车的发动机盖上，补充道，自己从没遇到过比对方更懦弱的人。

“我的朋友不擅长用刀。”他说道，“但他肯定不像你那么可悲，竟然求别人去划本该你自己去划的你父亲的车。”

当他赶上我，我正坐在马路牙子上，一副冷漠的表情。但实际上，他刚刚的所作所为，让我内心充满了喜悦。美国仔让我站起来，我们开始奔跑：我们已经迟到了。

几分钟后，我们回到了我们的街区，筋疲力尽。

“你必须学会捍卫自己。”他上气不接下气地对我说道，“我们生活在一片丛林里，这里有好人也有坏人，但永远是坏人占上风，尽管他们只是少数，因为邪恶就像唾液一样把我们所有人都黏在一起，无论是谁。我们被一群疯子包围着，甚至你还来不及打开鸟笼对鸟儿说‘走吧’，就会有人抓住你的肩膀，把你和鸟儿一起关回笼子里去。”

第二部分

风是自由的

1992—1995

那些快乐的夏天里，我们无所畏惧。[1]

——黑麋鹿

① 出自美国诗人和作家约翰·G·奈哈特（1881—1973）编写的《黑麋鹿如是说》。该书在作者对黑麋鹿的访谈基础上写成，初版于 1932 年。

09

他倒下的时候，似乎认出了杀手手枪上的某样东西。一道金色的光芒。小小的图案中，一匹年轻的公马扬起一双前蹄[①]，让他想起美国的那座城市，他在那里时二十出头，还很快活。

他一直都是那种能迅速洞悉局势的人，现在也是，被六颗子弹击中了胸膛和脸庞，他深深体会到这种巧合的讽刺之处。他嘴唇冷得发颤。夜色已深，他分不清哪条路是回家的，哪条路通向地狱。

那是一把柯尔特，男人回想着，发射点三五七马格南子弹的柯尔特蟒蛇。

枪声过后，人群四散奔逃之际，有几个好奇的人认出了他。“是文森佐！”某个人喊道，弯着腰向他走来。他没去看那个人。“是‘捡纸箱的人’——文森佐！”那个人重复道，“他们开枪打中了‘捡纸箱的人’——文森佐！”

① 指柯尔特的商标图案。马口衔折断的长矛的一半，长矛另一半在它的前蹄之间。据说取材于亚历山大大帝坐骑救主的传说，寓意为“忠诚”。

又是那个外号。真是遗憾，男人思索着，临死之际，被人从超级英雄降了级。

越来越多的人围了过来。男人不想被困在喊叫大厅里。他知道那些人在想什么。他们在想他一定可以挺过去，因为这是那些从没杀过人的人唯一相信的真理——没人会这样轻易地在我眼皮子底下死去。

“听我说，文森，”一个友善的声音对他低声说道，“保持清醒，文森，救护车在路上了。”

与此同时，鲜血继续从伤口涌出，染红了人行道，凝结着，聚成一个小血洼，冒出一股热气，撕破了夜晚的潮湿。

我能听到你说话，男人意识模糊，但可悲的是我快死了却不知道站在我面前的人是谁。接着是一阵剧烈的抽搐，他的表情狰狞起来，口中吐出鲜血：这是死前最后的微笑。

10

那一天音乐死去了，他没有抹发胶发蜡，没有打游戏，也没有扎轮胎。一切都停止了。没有里奇·瓦伦斯，没有印第安人，没有船长，没有水手。利奥十六岁，正是拒绝父爱去别处寻找自我的年龄。现在，连拒绝父爱这个可能性也永远没了，他将会努力去抓住关于那个强悍的金发壮男的所有回忆。那个为逃脱法网跳下阳台的英雄将变成一张小小的黑白纪念照，两面塑胶，插进钱包里。每当美国仔拿出照片，都会在胸前画十字，献上一吻，表示敬意。

为逝者流下的每一滴泪都会蒸发。

为坟墓献上的每一枝花都会凋零。

为灵魂祷告，上帝会聆听。

我母亲愿意陪我去教堂，但我父亲坚持说他儿子绝对不能去参加一个卡莫拉分子的葬礼，就这样，我只能待在我的房间里，翻着一本讲述伤膝河大屠杀[①]的书打发时间。

说实话，我从没这么感激过他对我的严词拒绝——葬礼让我感到痛苦。仅仅是对某个人表示哀悼这个想法，就会让我陷入巨大的痛苦之中。我对皮奴西娅和美国女人太过了解，以致说不出什么符合这种场合的话，我对她俩又太不了解，以致无法保持沉默。然后，我还要待在利奥身旁，低声告诉他我也很痛苦，尽管我再怎么装也赶不上他的痛苦的百万分之一。我感到我们的关系里容不下半点虚假。

据说并没很多人去教堂。没有穿着双排扣上衣的帮派分子，也没有六匹马拉着的灵车，只是简简单单地摆了花圈。去的人除了受害者的亲人、几名修女，还有两三个从食堂赶过来的根本不认识他的流浪汉。

唐·卡洛主持了一场简单的弥撒，简单的祷词，冷漠的语气。他的出席让很多信徒觉得不寻常。过去他为大佬主持葬礼总会遭拒，有几次甚至被那些控制着街区的卡莫拉分子从布道台上扔到大街上去。这一次因为某个人的支持，没再出现类似的粗野行为。美国女人凭一己之力创办了流浪汉食堂，要不是她，没人会把教区神父当回事。

去到墓地，利奥在整个仪式中都保持了沉默，没流一滴眼泪。直到最后他也没从棺材上移开目光，即使墓地雇员像把信塞进邮局信箱

① 伤膝河大屠杀：1890 年 12 月 29 日，在今南达科他州西南部奥格拉拉－拉科塔县伤膝河附近，詹姆斯·福赛思（1839—1904）上校率领的美国陆军第七骑兵团五百名骑兵包围了前往松岭保留地寻求庇护的拉科塔人的营地。骑兵试图解除拉科塔人武装，引发冲突后，拉科塔人遭骑兵无差别射杀，死亡约一百五十人（有说约三百人），其中三分之二为妇孺。该事件是北美印第安人与美国军队百余年对抗的最后一次大规模武装冲突，也是三百年印第安战争的句点。

那样把棺材放进一扇地板门里那个时刻。“那现在呢，”皮奴西娅问负责人，“我父亲一个人在下面做什么？”

自文森佐出狱，街区里便有流言说他失宠了。也许他当了叛徒，有些人暗示，也就是说，他背叛了团伙，另投了山头。而另一些人疑心是最糟糕的情况：他打算悔过自新并出卖弟兄。据说，从监狱里出来只有两个法子：要么重建信任，要么悔过自新。而蜘蛛侠显然没选择前者。

所有这一切都让人怀疑也许正是他所属的团伙下了杀手。流言四起，风一样沙沙作响，又像宣判回荡着：石头脸没有出席葬礼，没有送花，没有向寡妇表示哀悼。事实上，跟我的表现一模一样。

再次见到利奥比我预想得要晚，是在三个月后，这期间大部分时间，他都和母亲、妹妹待在康涅狄格的亲戚那里。夏天快结束了，新学年就要开始，我要上高中了，而利奥要去上会计技术学校。我去找他，立刻意识到那段远距离分离彻底改变了我们的友谊。

他的脸上再没有以往那种无忧无虑。他从美国回来时，剃光了头发，身体比我记忆中强壮了不少。我也变了。我从没跟他承认过，谋杀小达尼艾尔的凶手之死让我欣慰。

“你为什么没来葬礼？”在一番我们并不习惯的寒暄之后，他问我。

“没办法，你知道我父亲的。”

说出“父亲”这个词的时候，我感到后背发凉。我们之间还可以再提这个词吗？我们沉默了几秒钟。利奥走向窗边，以前我们经常在那扇窗前玩耍，用橙子去砸对面楼的阳台玻璃。

“不会有人同情。”他说道，“你父亲假装自己很优越，但到头来还是住在这个屎一样的街区，跟所有人一样……”

我俩之间，直到那时之前，爱德华多从来不是一个问题，即使是在我们的友谊遇到危机的时候。利奥知道我来自什么样的家庭，也知道自己来自什么样的家庭，这样的认知有助于我俩的相处。对善恶之别的认知没鼓动我们去做坏事，也没让我们觉得恶更吸引人，只是让我们更了解这个世界背后的逻辑。但如今，一切都改变了。

美国仔继续瞭望窗外。我意识到问题不在于我父亲假装优越并把这栋我们几年前住过的住宅楼称为“下水道”，也不在于我还有父亲而他没了。不，跟这些都没关系。

问题在于不管善还是恶，对于利奥来说，已经没分别了。

爱德华多一边喝着他在那不勒斯银行整个职业生涯里那预定的约一万八千杯咖啡中的一杯，一边跟帕斯夸雷·索马分析最近这段时间出现亏损的原因。

“都是米兰那边的影响。”肥皂匠的儿子低语道，“就像瘟疫一样，比预想中更快地传到我们这里……”

“不要去想了，帕斯卡。”爱德华多回答道，“会过去的。就像所有的流行病一样，会有几个受害者，然后就结束了。”

“谁告诉你受害者不会是我们？”

咖啡杯在碟子上打转。还是热的，像往常一样。我父亲注意到帕斯夸雷没按惯例给服务员留下两百里拉的小费。愚蠢的人才会这么干，他想着，他们以为迎着风使劲吹气就能挡住雪崩。当你手中的蓝筹股因为某些傻瓜而贬值，你便捂住口袋去省那两百里拉。

“那些法官根本不负责任，”帕斯夸雷继续说道，“你不能像这样一夜之间摧毁一切。怎么能因为几个疯子就摧毁整个体系呢？”

“你冷静点，帕斯卡。一切都在掌控之中。”

“爱德华，继续这样下去，我们会被整死的。天主教民主党死哪儿去了？一个月前那几个教士还像贻贝一样坚持着，跟我们共进退，跟所有员工一样。然而现在呢？”

我父亲不愿去想过去岁月的一个细节：在巴里分行，普通员工们的命运完全掌握在上级手里。甚至，找不到贿赂工会或者经理的机会，假如你的上级是个政治家，你将留在巴里，彻底成为巴里人。天主教民主党的政治家更是如此。

所以在一九七四年春天，我的外公，本名托尼诺·加尔朱洛的性格强悍的罗马涅[①]肉食批发商，为了这个年轻的经济学专业学生，一个右眼失明的退休铁路工人和一个爱喝“水溶液”的家庭主妇的儿子到处拉关系走后门。那时银行刚刚公布了二百一十一个可以竞争的职位，他在腋下夹了整整五公斤上好牛排去到众议员的办公室。

整个简短的会面过程中，他一直在担心那袋肉会掉下来，他整个腋下都汗湿了。谈话快结束的时候，外公非常坦诚地交代了这个年轻人的情况：“这孩子的父母虽然还是法西斯分子，但是最近几次选举，他都投票给了自由党，毫无疑问，他会成为我们中的一员。”

“自由党？安东，你带来的这个人究竟是谁？他碰巧还拥有一些地产？”

---

① 罗马涅：意大利历史地区，范围大致相当于今意大利北部艾米利亚－罗马涅大区东南部。

“很遗憾没有。这孩子只是有一些想法，这些想法是自由党的。”

众议员马上就要露出一丝笑意，却突然窘迫起来，显然是被那五公斤上好牛排夺去了注意力。“安东，你夹着的是什么？你的衬衫上全是血！”

外公瞅了腋下一眼。那里理论上本该是汗渍，现实中却是一大片微红的罗马涅牛排血渍，且面积极为夸张。“这是里脊肉，我必须减肥了，不能吃这些。”他不失风度地阿谀道。没过多久，他深鞠一躬，准备从办公室里出去了，就在那时，众议员的秘书拿出一张纸。外公在上面用颤抖的手写下了我父亲的姓名和出生日期。

“天主教民主党死哪儿去了？”帕斯夸雷重复道，“那几个教士都死哪儿去了？”

肥皂匠的儿子像驴一样怪叫，我父亲想，在四十六岁这个年纪，他竟然还没去掉难听的口音。然而，他说得有理。迟迟没有开始的私有化进程，货币贬值，国债最多十年期，还有那荒诞的十亿暗箱操作，没有任何事情是在掌控之中的。事实上，这次的贪腐事件真的很过分。

“他们只考虑自己的利益，或者克拉克西那帮人的。”

“这……如果那些政治家不管我们了，一切就都完了。”

“帕斯卡……”

“嗯？”

“小费。你忘留小费了。”

帕斯夸雷有些不耐烦，把手伸进威尔士王子牌外套口袋里，掏出一张两百里拉的钞票，猛拍在柜台上。服务员投来感激的目光，而我父亲则没有。

“我们应该让投资多元化，”爱德华多说道，“我们的目光太狭隘了。”

帕斯夸雷又按住那笔小费思索着，心中满是悔意。如果这场流行病不马上停止的话，他得损失多少啊。小费一次两百里拉，迟早倾家荡产。

11

当我父亲每晚盯着电视新闻里关于这个国家末日场景的各种预测，因恐惧而脸发绿的时候，我的生活里突然出现了凯瑟琳。

她金黄的长发，高额头，乳白的皮肤，颧骨上的静脉隐约可见，那是一种不畏旁人目光的性感。她长长的指甲上涂着指甲油，高中里没其他女孩子敢这样打扮。大家都觉得她放荡不羁，我则觉得这很刺激。她直奔着留级而去，原地踏步已有两年了，但她看起来并不担心。课堂上的作业和老师的提问她从不回避，她唯一的目标就是要使她的意大利语变得完美。

她总是迟到，看起来心烦意乱，穿着也不修边幅。放学的时候，她跳上摩托车便消失了——并不是她自己的摩托车，而是某个男孩子的。每次她张开双腿坐在摩托车后座上，双臂环着男生的小腹，我的心里就一阵绞痛。我没有任何希望，我父母连我搞辆最没劲的二手 Si 牌[①]都反对。

① Si 牌：意大利比亚乔公司的轻便两轮摩托车品牌，创立于 20 世纪 70 年代末。

她的魅力使来参加我生日聚会的人数超出了我的预期。每次出现在学校走廊里，她都展现出成熟的姿态，颇具明星风范。女生们纷纷效仿，也都变得亲切大方起来，最后是男生们也不再拘束，不再呆头呆脑。她是一个带来了积极影响的解放者。

她两年前跟着父母从希腊搬来这里。

她父亲是骨科医生，据说有两下子，她母亲是演员。他们选择意大利是因为不再喜欢雅典的生活，他们在那不勒斯安定下来，因为这里是“整个地中海地区最像欧洲的城市”。通过他们一家我才意识到，人们踏上旅途也可以是为了了解这个世界，而不仅仅是为了工作。有这样一些人，他们充满激情地生活，并不只想着赚钱买车，并不害怕失去一切。这是我个人世界观上的哥白尼革命。

我爱过她。事实上所有人都爱她，但在那时候，我还是一个少年，坚信我的爱情独一无二，比其他人的更浪漫、更痛苦、更轰轰烈烈。然而是她教会了我，自我感觉与众不同不过是自欺欺人罢了，结果只能是无人在意，孤独一人。

我第一次知道布尔基琴音乐是在沃梅罗街区的一家夜店，那是一家意大利夜店，但每个月店主都为来自希腊的年轻人组织一次专场。

我没想到会有那么多来自希腊的人。凯瑟琳认为，希腊大学的招生名额限制是主要原因，这导致很多学生离开希腊。

就这样，我惊讶地得知，骑着摩托车在学校外面等她的人，大部分是医学系或者生物学系的学生，来自临近保加利亚的农场家庭，他们甚至从没参观过帕特农神庙。

“我父亲希望我能跟本地人一起出去玩。’几天前课间的时候凯瑟琳向我透露。凯瑟琳的话吓了我一跳，当时我正在嘎吱嘎吱地嚼着火腿味的脆饼。“不然的话，他们就不许我去下周六的‘布尔基琴之夜’。”

我愣住了。迟钝如我，也不想错过她的邀请。

“怎么不找女生陪你去呢？”我问她。

“如果我说跟女生一起出去，他们立刻就明白那是瞎话。”

“你只是要我给你打掩护？”

凯瑟琳难掩失望。那双绿眼睛里的光让人琢磨不透，好像在说：“找你这样的人，还能因为什么？”

“你跟班上其他男生不一样，”她肯定地说道，“你没那么蠢。”

“事实是，我是年纪最小的一个。”

那是真的。班上很多男生都已经十五岁了。

“这里所有人都比我小。”她回答道。那也是真的，最近一次留级让她成为班上年纪最大的一个。

“也许我会去。”

说出这句话的时候，我已经开始计划周六晚上去沃梅罗街区的三个方案：坐出租车往返，车费差不多是我一周零花钱的两倍；或者让我父亲送，但他会在凯瑟琳和她朋友面前出丑；再或者叫利奥跟我一起去。

我跟我父母说了实话，我说我要去山上跳瑟塔基舞，但我没告诉他们我会坐利奥的卡利弗内摩托车去。那摩托车像平时一样一上坡就吭吭哧哧，所以我们很晚才到。那些希腊人都已经站到了桌子上跳着舞了，花瓣飘洒着，落满地板，配合着布尔基琴奏出的音乐。

大厅里满是汗臭味。我费了半天劲才在人群中找到了凯瑟琳，她立刻抓住我，拖着我来到小厅的一角，让我摆个造型，让她一个朋友给我俩拍了张照。

“这是为了向我父母证明你的存在。”她满足地说道，甚至都没看利奥一眼，而我也不过是个跑龙套的。

我想象着来自雅典的骨科医生和他那美丽的演员老婆拿起照片，困惑地看着他们的女儿和一个一副倒霉样儿的戴水滴形眼镜的青年站在一起。如果他俩不是太傻的话，肯定能觉察到我比她任何一个知心小女朋友都更像借口。拍完照之后，凯瑟琳立即抛弃了我，回到她的女性朋友中间去了。她们虽不及她一半美，但都像她那样涂了指甲。

“毫无疑问，你的小女朋友是个妓女。”美国仔在我耳边低语道，那时我正出神地看着她在舞池中央性感地扭动，她已经醉了，“我不明白她为什么找你这个倒霉鬼。”

“我只是帮她个忙。”我不耐烦地回答道。

利奥微笑着看着我。他父亲遇害之后，除了剃光头，他还晒黑自己。鉴于他脑中某些阴暗想法，我敢肯定，这两件事都和他试图成为那种男人有关。但是他试图成为什么样的男人呢？

就像我们过去玩的那些电子游戏，一关接着一关，他会不停地获得装备、能力值及经验值，以面对终极大 Boss。他从没跟我说过，但我能肯定他心中的那个终极大 Boss 正是石头脸，那个杀死或者下令杀死他父亲的人。那么，他在等什么呢？

古铜色的皮肤让他更男人了，照我当时的审美标准，那其实俗不可耐，然而在布尔基琴音乐派对上，在夜店单调沉闷的气氛里，他是唯一眼睛里有光的。他叫我倒霉鬼不算什么，但他干吗要在不了解的情况下对凯瑟琳说三道四。“真相是，我的老伙计，你想跟她上床。”他说道，“走，我们去喝杯伏特加。”

已经有一段时间了，他跟其他团伙一起混，那些人比我更成熟，也更危险。周末的时候，他会跟他们结伙去市郊的夜店，那些富于异域风情的店名，像“帝国”“哈瓦那”“我的玩具”等等，就像是他的名片，描述着他的经历。疯狂的赛车，夜间的群架，高浓度的酒精，当然还有女孩子，直到黎明第一缕曙光来临。那些露骨的对细节的描述目的在于：要在我们之间拉开不可逾越的距离。

渐渐地，越来越频繁地，我们即使一段时间不见，也不会再感到分离的痛苦了。有几次我们连着好几天不见。当我们再一起出去时，我们试着叫对方“我的老伙计”和“美国小鬼”，感觉已经不一样了。

我一口吞下那透明的液体，立刻感到好像有人在我的胃上钻孔。接下来几分钟，我们仿佛被定格一样站在那里，看狂热的人群在我们周围转动，仿若洪流。我们没加入进去。视线里，那些女性身体在我体内蹿动着，就像伏特加一样。无论我们转身面向哪里，都有一群佐巴争抢着风头，跳着转着相互摆脱着轮流从圈外挤进舞池中央，与此同时，四周的人群则喊着叫着煽动着撒着花瓣。女孩子们简直疯狂了。

“在这儿！”凯瑟琳叫嚷道，“在这儿，马尔切罗！”她招手让我们过去。我看了利奥一眼。我俩随即一起向人群里挤去。越往里，人群越是顽强地拒绝着我们。就在那时，所有人都开始跟着音乐的节奏挥舞起双臂，像是波浪一样。舞池中央一个三十多岁的人疯狂地跳着。我费劲地穿过人墙，像是夜间在山上穿越矮树丛一样。

“这是利奥。”从身体丛林中钻了出来，我说道。我们周围冲着男人们方向的尖叫一刻不停。“这是凯瑟琳。”

他们交换了一个冷冷的眼神。我莫名其妙，有点尴尬。

“你们拿过酒水了吗？”她问我们。我根本不明白她到底在问什么。她凭直觉转向利奥，利奥点点头，算是回答。

“你们这儿真够闹腾的，是吧？”他求证道。

他们又交换了一下眼神，这次没那么冷漠。相反，美国仔那黝黑的脸上露出一丝微笑，凯瑟琳也向他一笑。她也不例外，像所有人一样，陷入了他那蓝眼睛里的旋涡中。

突然，让人一点防备都没有，脚下的地板颠簸起来，就像地震引起的摇撼。我旋转着四处张望，发现手臂波浪比之前更高、更有力，围成圆圈的人群开始向我们这边拥来。这次在舞池中央的是个比之前那人年纪小些的。也许是因为更年轻和前卫，他大胆地、夸张地跳着瑟塔基舞，猛地高高跃起再狠狠跺下，巨大的震动激起了人群的疯狂。为了不被撞到，我随波逐流，跟着人浪向前，向后，再向后。终于，我被挤到一个音乐声不那么震耳欲聋的角落。我转身用目光去搜寻我那两个朋友——他们消失了。

我的第一感觉是突如其来的喉咙冒烟，我本该去吧台灌下我人生中第二杯伏特加，但我没有，我试图寻找他们。我越是想挤出人群，就越是被人群反推回来，裹在其中，像是置身一个没有出口的迷宫。我开始感到恐慌，我开始像兽笼中的狮子那样冲撞，用力挤着，不管踩到谁或什么东西，也不管方向。有两个年纪比我大的希腊男生反推着我，其他人则对我破口大骂："马拉卡！马拉卡！"直到我不知不觉挤到了圆圈的边缘。但就在这时，我遭了黑手，再次跌落到人群里。

我被猛地推到了舞池中央，跟那个夸张地跳着舞的人脸对脸。有那么一瞬间，他那迷醉的脸上像是闪烁着令人不安的电光。"马拉卡！马拉卡！"冲着我的大骂继续着，像是从另外一个世界传来的。那个男人停止了舞蹈。玫瑰花瓣飘洒着，遮挡了我的视线。所有人都在捧腹大笑。

接着，又一道电光穿越了手臂波浪。有那么一瞬间，在不停扭动的人群中，在不停摇晃的人头间，突然裂开了一道缝，我看到利奥和凯瑟琳正沿着通往室外的楼梯走上来。服务员在他们的手臂上再次盖上章。与此同时，在我周围，尖叫声继续对我的耳膜猛攻着。

那一刻我对他们真是恨之入骨，同时又感到前所未有的快乐，那是一种无法解释的狂喜。在那个时候，看到这世上我最爱的两个人在一起，没什么能比这件事更让我觉得完美无缺。

快乐的日子又回来了，我们甚至还稍微幻想了一下，也许我们可以永远这样生活下去。

我们在一起度过了大部分时光，利奥、凯瑟琳和我，除了他俩做爱的时候。他俩会躲进一间年久失修的半地下室去，那是骨科医生存放他工作设备的地方，比工作设备更多的是旧床垫、旧被褥和旧衣服。我知道在哪儿，如果我想的话，我可以躲起来偷窥，但我肯定，利奥会用拳头收拾我。

我们像是一个家庭，而我扮演着儿子的角色。也许美国仔并不想我碍手碍脚，但凯瑟琳按时来找我，除了床上那事，她对我算得上了如指掌。与此同时，我继续在暗中渴望着她，想着她。我感到内疚，我对一个跟我最好的朋友在一起的女孩产生了恋母情结。

事实是我感到被保护着，虽然我可能永远也不会走进那间半地下室，我肯定他们也有同样的感受。独自一人的时候，我觉得自己一文不值，每一件事，再微小，都足以摧毁我或者杀死我。但跟他们在一起的时候，我会忘记呼吸，无所畏惧。

我们总是开怀大笑。我们在市中心的街道上游荡，经过一面又一面橱窗，却从不买任何东西；我们在西班牙人街区的小巷子里钻来钻去；我们在波西利波的海边礁石上喝着啤酒。那是一段混乱而神秘的日子，我们像是三只饿狼，却只是吞噬着自己。我们跟其他人没什么不同，仿佛水泥缝里的杂草般成长着。

“真恶心！真恶心！一只恶心的大老鼠！求你了，亲爱的，杀死它。”

凯瑟琳恨老鼠，它们偶尔会从礁石间探出头来，每次都是利奥用木棒或者石块把它们赶走。他像父亲那样保护着我们，希腊人和我则沐浴在阳光下，身心放松。

“利奥觉得你俩疏远了。”有一次她对我说。

“他跟你说的？”

“他觉得都是我的错。”

“不是那样，他错了。要是你愿意，我去跟他说。”我跳起来。

我的语气可能夸张了些，不过我是认真的。凯瑟琳之前，没哪个女人像她一样既引发纷争又能把两个情敌聚到一起。如果不是她，利奥和我可能早就不来往了。

其实已经很明显，我永远也不会变成他那样的掠夺者，我永远也学不会在丛林中保护自己。我把心思放在了学习上，读了很多书，依旧钟情于椰子头，我的日常就像那些听父母话的学生一样平淡无奇，所以当我听到凯瑟琳那番话，我惊讶于他依旧如此看重我们的友谊，而我竟还一度觉得那份友谊已经无可挽回地枯萎了，就像那些两天不浇水便会枯死的植物一样。

自从利奥放弃了学业，所有事情都在加速发展。先是一次打群架让他得了个留校察看，接着，在厕所里明目张胆地卷大麻让他彻底被学校扫地出门。经他母亲不懈恳求，校长决定重新接纳他，但最终他还是在学年的中间放弃了。将来当个会计这事让他感到痛苦。“那不是我想要的。”他不断重复着。我试着提出反对意见，但他不听我的。“我们是长着翅膀的生物，生下来就是为了在空中自由飞翔。”他对我说道，“风是自由的……”

我明白他可以靠卖哈希什[①]从高中生那里赚到不少钱，对他来说，去那些爸爸的乖儿子永远也不会涉足的广场进货很容易。凯瑟琳负责揽客，利奥躲在学校外的一个角落里，利落地做着交易，卖的是最差的巴基斯坦货。一万里拉一块哈希什，五千里拉的利润。他一个星期销售实践学会的企业经济学原理，比在学校里四个月学的都还多。

生意很顺利，他还想让我帮忙把买卖做到学校里，我拒绝了，因

---

① 哈希什：即大麻脂，多提取自印度大麻（*Cannabis indica*），通常制成棒状、杆状或球状。

为风险太大。于是他说我又像以前拉肚子那样泄气了，我说不是那样，我们争吵了起来。

“别管他。”凯瑟琳告诫我，她闭着眼睛沐浴在阳光里，“如果他知道我跟你这样说，肯定会杀了我。”

此刻，我的欲望越来越强，不再能轻易平复了，我的牛仔裤下面像是要爆炸了一样，我感到头晕眼花。

凯瑟琳继续谈论利奥，谈论他所想的事，那些我们本该设法阻止他去做的事。然而此刻，为了能在礁石上霸占他的女朋友，我宁愿杀了他……希腊人感觉到了我的想法，因为她睁开眼睛问道：“你在听我说吗？”

我因为内疚而脸红。过去我能感觉到她并不反感被我那样盯着看，也许她觉得我是那种善良的人，很容易被掌控。即使我摸一下她，她也该就是推开我，或者接受，就像接受一个过于依恋她的儿子。此时她坐了起来，用毛巾遮住泳衣的上半部分，然后目光落在我的牛仔裤上。“你应该让它冷静一下，”她用严肃的口吻说道，“据说那会让人变瞎。你知道在我老家那边，瞎狗会被乱棍打死吗？”

我试着捍卫自己。“但我不是狗。”

“但愿如此！”

她的嘴角露出一丝调皮的微笑，她很得意，在我身上，她见证了自己激发男性欲望的能力。“我绝不会允许一只流口水的狗盯着我看。”

我想要消失，想要跳入海中淹死自己，但我只是转了个身，面向另一边，那边是在一块礁石上用棍子驱赶老鼠的利奥，他正迎着风谩骂着。他身后，是光芒四射的那不勒斯海湾，港口大吊车的轮廓无声地划破天际，远远看去，整座城市散发出一片令人窒息的光。

“原谅我，我不会再那样了。”我垂头丧气，嘶哑地说道。

“别担心。”她回答道，“每一种幸福都是残酷的。”

我转过身，惊讶地看着她。我本想问她是在哪儿读到的那句话，或者是在哪首歌里听到的，但没来得及开口。我听到一阵沙沙声，有那么一瞬间，我真希望是只老鼠，那样就轮到我去保护她了。然而，那是利奥打猎归来了。

“先这样吧。”凯瑟琳说道，再次闭上眼睛躺回太阳下，“老板来了。”

接下来的几个星期，利奥仍然试图说服我帮他扩张生意。

“如果我每天都在文科高中外面守着，技术高中的生意就白白错过了。”美国仔说道。当时我正陪着他在六趾的铺子后面，利奥决定给他那辆摩托车重新上上漆。“如果你能帮忙，我就可以去其他地方卖。”他继续说道，“我们合作，利润翻倍，这是数学。”

我疑惑地看看他，又疑惑地看看那辆摩托车的新外观，那比之前更鲜艳的绿色。在我们周围的墙壁上，是一些半裸的女演员的海报，以及汽油表和机器配件，暗示着时间的流逝。

“来嘛，会很有趣的。”他继续说道，“就像以前的扎轮胎团伙那样。”

“你是个疯子。如果我被抓了呢？”

“你不会被抓的。你这么机灵，我的老伙计。”

“啊，是吗？我什么时候变机灵了？”

利奥将刷子在油漆桶里浸一下，再举到半空，审视着自己的杰作。“跟文科高中那些人比，你算机灵的。”他忍不住笑了起来。

“我可不觉得有趣。”油漆往下滴着，落到包住摩托车其他部位的报纸上，气味让人窒息。“甚至，我觉得你根本控制不了事情的发展。”我继续说道，“迟早你会被抓，而一旦进了监狱，你就完蛋了。所以，究竟为什么你不能下决心做点好事呢，不要再做这种卡莫拉式的事。”

“什么式？”

“卡莫拉！”我喊了起来，“卡莫拉！就像所有那些你试图模仿的渣滓那样，你正在毁掉自己的人生。”

那个词一出口我就后悔了。即使只是很隐晦地提及蜘蛛侠都可能激起他不可预测的反应，所以我准备好了用任何方式保护自己。

但是他一言不发，把刷子扔到了报纸上，盖上油漆桶。“真恶心。”他给出一个断语。他走开了，留下我在那儿猜疑着，不知道他指的是摩托车的新颜色还是他的人生。

我们分开了，有一段时间没再联系。

几个星期后，我母亲告诉我，利奥到流浪汉食堂干活儿了。除了盛饭和拖地外，他还学会了制作一种超级棒的什锦水果，因此成为最受流浪汉客人喜爱的人。每星期有三晚，他会加入一个小组，去给火车站附近的流浪汉派发热食。

“跟火车站附近那些衣服、袜子破洞，或者被迫卖淫，或者尿在自己身上的人相比，食堂里的流浪汉简直就是法国贵族。”他对我说道，那时距争吵已经过去了一段时间。

转变突如其来，让人难以置信，不过我还是很高兴他能忙于有意义的事情，似乎我之前说的话触到了他的内心深处。他看起来很有成就感，少了些敌对情绪，与他母亲的关系也渐渐好转。“你们无法想象，那些人没做该让他们过那样生活的事，某种意义上，都是被逼的……”

“所有的流浪汉应该团结起来发动革命，”凯瑟琳充满激情地补充道，“像我们这样的社会主义者应该站在他们那一边！”

我从爱德华多那儿获得了一些关于资本主义制度优点的模糊概念，除此之外，直到那个时刻，我还从未有过任何政治上的想法。自然而然地，如果利奥，尤其是凯瑟琳选择了社会主义道路，那么我就会毫不犹豫地将我的身心都投入到这项新使命中去。

接着有一天，无可挽回的事情发生了。

一天早上，在给技术高中某人送了巴基斯坦货之后，利奥去了流浪汉食堂，比平时要早很多，他饿极了。食堂还没开门，还没有食物的味道。

他走进厨房，想在那儿等勤杂工送来购买的食物。就在推开门的那一刻，利奥看见了唐·卡洛的背影，他正站在镜子前，打算整理一下长袍的衣领。利奥之前从没注意到那面镜子。神父在镜子里看到他，慌忙转过身来。“嘿，利奥。”他说道，很是迟疑“你在这儿做什么？”

有那么一瞬间，就在唐·卡洛把挡住过道的他粗暴地推开之前，就在他闻到那身长袍上散发出的乳香味，感觉像是挨了一耳光之前，就在他打开贮藏室的门，发现他母亲正躺在一堆包裹中间，躲在一张幸运毯下之前，美国仔第一次清楚地感受到一件事是如何改变他整个人生的轨迹，把他推上一条他从未决心要走的路的。

下午刚过，他打电话到我家，让我在六趾的店铺跟他碰面。我在店铺后面找到了他，他一脸凝重，头低垂着，手颤抖着。

“你知不知道葬礼之后我母亲逼我发誓不去替他报仇？”他开始说道，“‘只要我还活着，’她对我说，‘向我发誓，你不会动他一根手指。’”

“不，我不知道。”

“你知不知道石头脸按月给我们钱，靠这笔钱，她、皮奴西娅和我才能勉强度日？实际上，杀死蜘蛛侠的凶手在养着我们。你知不知道？”

“我不知道。”

“你对这一切意味着什么有概念吗？”他抬起眼睛，说道，“这意味着，实际上是我们杀死了他。”

12

所有的一切，即使是最微小的细节都是事先安排好的。利奥在那间半地下室的门口等着我。他看到我，也不打招呼，就示意我跟他走。他掏出一把钥匙插进防盗门的锁眼。“进来，”他在我耳边低语，同时谨慎地观察着四周，“快点。”

室内残留着他们做爱的痕迹：一张床垫扔在地上，毯子，破碎的台灯，空的啤酒瓶。

然后是一股浓烈的凯瑟琳的气味，我能在利奥的衣服上闻到同样的气味，每当他送她回家后再来接我时。有一次，我在他身上闻到了不同于往常的气味，那是属于另外一个女生的气味。

“我们得抓紧时间，”我说道，“我跟我父母说跟同班同学去比萨店。”

“你拿着。”他换了话题，从一只小柜子里掏出一只破长筒袜，“这个应该可以。”

我接过来，塞进牛仔裤的口袋里。“汽油呢？”

“这儿。”他指着一个塑料桶，回答道，“弹簧刀带了吗？”

“需要吗？”

“不好说。”

我们打量着四周，不说话。对话变得很难进行下去。利奥试着打破沉默，为我解说这次行动的一些细节。“最重要的，”他说道，“不要让摩托车熄火。无论发生了什么，摩托车，拜托了。”

“所以呢，”我带着一种不同寻常的兴奋问道，“出发？”

“你怎么了？你迫不及待想要去捅个大娄子吗，嗯？”他从口袋里掏出打火机。“抽烟吗？”他问我，“先抽会儿烟再出发，晚一点再行动，等外面人少一些。”

我从没像那次那样渴望抽上一支。我向他点点头。

木星和金星高高悬在空中，难得地和谐相处，指示着你们曲折的流浪就要结束：新的爱情从地平线升起，现出轮廓，预言中的变化已蓄势待发。

我再次回想那天早上安娜为我占星，在日记里写下的内容。我让摩托车保持低转速运行，车灯是熄灭的。我身上揣着大量哈希什，被害怕被抓的焦虑折磨着。与此同时，我的朋友——在这个时刻也许该叫他我的团伙大佬，一个只有他和我的团伙——正在流浪汉食堂的门口洒汽油，往那扇老旧的木头大门上，往通向地下室的向下的楼梯里。我紧紧握着加速器，手心一直在出汗。每隔一小段时间，我便从高向低旋转一下加速，机械地操作着。

利奥点燃了一张报纸，举着向我跑来。有那么一瞬间，火焰照亮了他那登山帽半遮半掩的脸：我从他的眼神中读出一种奇怪的兴奋。

“跑路！”他喊道，一下子跳上后座，而我还犹豫着。从他点着火那一刻开始，我们便不再有具体的计划了。“走啊！”他喊道，“走啊！”就在我开始加速的一瞬间，他将手中燃着的报纸扔了下去，一股热浪从我们的脚下向那扇大门奔去。

我把油门扭到最大。我们太像亡命徒了。可在那片盛大的火海之畔，我们摩托车的速度都没超过一个训练有素的跑步运动员。幸运的是，正像我们预计的，周围一个人影都没有。我很想转过身去欣赏一下我们的作品，但我不能，我没能看到熊熊燃烧着的火焰，也没能听到木头吱吱作响。这是一次极其壮丽的行动，也许是我做过的最壮丽的事了，但我却不能享受它，那改装过外壳的摩托车发出的让人厌烦的噪声和利奥的喊叫在耳边响着。“这样他就能学会怎么管好内裤里的小鸟了，屎一样的神父！”

我在离家约五百米的地方下了车，我不想任何人看到我俩在一起。我已经迟了，我担心我母亲会站在窗口等着我。

“干得好，我的老伙计。”利奥说道，“明天下午我来接你，我们去庆祝一下。”

回到家里，父母已经睡了，我的手上还留有汽油的臭味，我立刻躲进厕所里。这时，窗外传来了救火车的警笛，异常刺耳。我不需要靠近窗户去核实。我能感到脖子上的动脉在跳，我异常兴奋，异常自豪。

现在我能理解利奥的眼神了，我们一起创造了一些东西，又摧毁了另外一些东西。我感受到那种权力，站在世界之巅的感觉。现在我也加入了团伙，我要做的就是推翻国王并取而代之。

第二天，美国仔带我到培特拉加路的一套公寓去，那儿能看到一百八十度的那不勒斯海湾景观。公寓里住着姐妹俩，一个十八岁，另一个十六岁，她们穿着彩色的短裤和背心，正等着我们。

他是几个星期前在夜店里认识她们的，她们是他提供哈希什送货上门服务的高端客户中的高端客户。尽管他的主要利润都来自她们那群人，但她们的懒惰还是让他觉得很不道德。事实上，对他来说，上下斯坎皮亚和市中心并非问题，但他大部分的客户甚至不愿去想世上竟还有这种麻烦事，这就给每一份混着安乃近的巴基斯坦货增加了利润。送货上门的服务费不高，这个市场默认了。没人为这点小钱去跟已故毒枭的儿子作对。

我们喝了两杯金汤力之后，维奥拉，年纪小的那个女孩，拿出一张舞曲唱片播放，并开始脱衣服，姐姐也跟她一起。利奥借机脱掉上衣，展示着他新练的胸肌。他们开始跳舞，一个蹭着另一个，并没意识到他们看起来有多可笑。然后他们试图说服我加入狂欢。“我们跳格罗巴舞吧！”费德丽卡提议道，她是年纪大的那个。“好，格罗巴！”维奥拉附和道。“格罗巴！格罗巴！格罗巴！”她们一齐唱起来。但我躲开了，我去了露台，欣赏着卡普里岛的风景。我听到收音机里传来歌曲《他们杀死了蜘蛛侠》的混音版旋律。我不禁想着，不知利奥有没有注意到这个，当他试图拉着那两个女孩进入她们父母的卧房的时候。

我恨他，他把我带来并不是为了庆祝我们的壮举，而是为了让我成为他出轨的同谋。也许他已经提前计划好了这一刻的所有事情。不过，为什么他要拉上我这个毫无经验的戴眼镜的小男孩去报复唐·卡洛，而不是拉上他新朋友中的某一个呢？

我们向着梅尔杰利纳从山坡往下溜，就在那时，我感到我们之间的关系已经无法挽回了。我们一起成长，我们走过相同的道路，他的家庭的衰落和我的家庭的攀升都不曾影响属于我们的星球的平衡，然而，利奥如今正在我眼皮子底下变成一个没有灵魂的恶棍。我再也不能从他身上看到哪怕一丁点纯洁，那份曾经由我们的友谊摩擦出的纯净。

一个星期后的某天，我正在家里啃历史教科书，敲门声响起。是凯瑟琳。看到她放光的眼神，我立刻明白大事不好。

“不要那副表情。”她很凶地说道，“你父母又不在家。除非把一切都告诉我，否则，我不走。”我把她领到我的房间里。如果我母亲提前回家，我就说这是学校里的一个同学，过来问我借一下笔记。事实上，我更担心凯瑟嫌弃我的房间——衣柜上贴着里奇·瓦伦斯的海报，还有头发凌乱、穿着运动服的我。

“你喝点什么？”

“我要你现在就说出真相。”

“我该跟你说什么呢？”

“比如说，那个婊子养的跟谁有一腿。”

“我不知道。”

“那你也是个婊子养的。”

她开始推搡我，我一个趔趄，差点就跌倒在地上。

“哎，你冷静点！”我试图制止她，“如果你想知道他跟谁有一腿，你干吗不直接问他？”

“因为他是个浑蛋，他永远也不会跟我说的。”她开始啜泣。她脸上的皮肤原本很白，看起来像透明的，现在因为流泪变红了。“他心里有一种黑暗的东西，你怎么会看不出？”

有那么一瞬间，我感到胸口一阵剧痛，就像最初我在学校外面看到她跨上其他男孩子的摩托车时那样。

“如果你这么想，为什么还要跟他在一起呢？”

凯瑟琳用手指关节擦了擦脸。“和你像条小狗那样一直跟着他一样。”她说道，“因为我们爱他，尽管他把我们当屎一样对待。”

我第一次觉得她不再那么有魅力，利奥出轨这件事让她变丑了。我觉得她就像那些老套的痴情姑娘，被那些老套的风流少年甩了之后哭哭啼啼的。“我敢肯定，你们一起去找那些小婊子，他让你当他的司机。”她补充道。

我好奇她是怎么知道的。只有一个可能，那就是利奥透露给她的，但那根本不可能。

“不是那样，”我生气地反驳她，“他没让我开车。”我马上意识到刚刚自己无意中认了罪。“也就是说……”我结结巴巴地说，“我是想说……我不觉得他把我们当屎一样对待。”

凯瑟琳苦笑着。“哎，”她脸上是歇斯底里的表情，继续说道，“这就是我想知道的……”她靠近我。“你当时也在那儿，你也像他一样！”

她开始用拳头捶打我的胸口，“浑蛋！你是个浑蛋！”她大叫着，用双手撕扯着我。

我想要挣脱她走开，她却抓住我的肩膀，试图压在我的身上。我们跌落在床上，她的嘴贴在我的耳边，哭着重复道：“浑蛋，你是个浑蛋。”渐渐地，她停止打我，开始紧紧地抱住我。我们保持着那样的姿势，犹豫不决。她的嘴唇在我身上游走，填补着我们身体之间的空隙。她脱下我的衣服，脱下我的内裤。忽然之间，我感到眩晕，就像她把我从一栋摩天大楼的楼顶上往下推……为了不落下，我紧紧抓住她……黑暗中，我听到凯瑟琳喊着“不！不！[1]”，眼前出现帕特农神庙倒塌的景象，人们惊呼着四散逃离……

我们肩并肩躺在床上，身体伸展着，沉默着。我一直在紧张地思考哪个问题会得到她否定的答案。然而事实上，否不否定，我并不在意。我的小房间浸没在死寂之中。我很高兴我挺了过来。

“我爱你。[2]”我忽然轻轻地脱口而出，希望她不要听见。

突然，她从床上爬起来，开始穿衣服。当她穿戴完毕，转身面向我，她的双眼投来轻蔑的目光，好像刚刚发生的事我要负全责一样。她很愤怒。很快，我听到她那双匡威全明星帆布鞋鞋底踩在走廊地板上的声音，大门打开再关上。一切都结束了。那些快乐的夏天，那些无所畏惧的日子。一切都结束了。

我爬下床，慢慢走到衣柜前。里奇的椰子头油油的，乌黑发亮。我一把扯下那愚蠢的海报，撕得粉碎。我脑海中回响着：*我不是水手，我是船长。*

---

①② 原文为希腊语。

利奥又一次成功地用石头砸死了它，那些老鼠中的一只。我们躺着晒太阳的时候，老鼠的尸体就横在那礁石上，了无生气，距我的书包不到三米。

“把它扔水里去。”凯瑟琳突然说道，“我觉得恶心，把它扔水里去，亲爱的。”

利奥转过身看着我。一开始我并没怎么在意，但他一直盯着我看，他的眼神终于让我觉得不对劲了。“听到了吗？”他问道，“她在跟你说话。她要你去捡那只恶心的老鼠，把它扔到海里。”

礁石上的空气突然凝固了，凯瑟琳震惊地看着他。我看着美国仔。在他那海报模特式的眼神里，我看到了咄咄逼人的侵略性，与往常吸过毒之后的萎靡完全两样。

“你去扔了它，利奥。”凯瑟琳试图干预，“为什么不放过他？”她转而对我说道：“别理他，今天他嗑多了……”

“快去！”利奥逼迫我，“证明给我看，你真有能力做到。”他向我靠近，晃着膀子，像是要把我压在地上，那是他要打群架时的习惯性动作。他看起来已经疯了。“你总是待在那儿，像是个备胎。”他继续激动地说着，“每次都是我来做所有这一切。让我看看你真有勇气拿起它，把它扔到水里。还是你又想拉肚子了？”

我一激动，站了起来，但我立刻就意识到我错了。按照我们这里的规矩，无论对手怎么晃膀子或者挑衅，只要你不想迎战，尤其是你不介意被看作胆小鬼，你总还是可以不接招从而避开，而此刻我站了起来，无法回头了。

“我当然有勇气。”我傲慢地回答他。

事实上，我压力很大。我俩差得太远了。他又瘦又高，满身为打架而生的肌肉，而我，还在发育，像是蹩脚的漫画书中刚刚有点轮廓的云朵。我没得选择，只能在距他半米的时候告饶，以平息他的动物本能。“我同意，”我说道，“把那个东西给我。”

利奥一把抓起那根他用来清理礁石上老鼠的木棍，把它扔到海里。转眼波浪便把它拖走了。“没它你也能做到。”

“你真是个浑蛋，利奥！”凯瑟琳叫道。

我靠近那只老鼠，观察着。它还活着，我对此倒一点不惊讶，它的肺仍在不由自主地执行换气功能，但几乎察觉不到。它很软，黏糊糊的，粗糙的皮肤就像是刷碗擦的背面。我想：现在我要吐了。我站了起来，把它扔到了海里。它像是一块重重的石头落入水中，发出扑通一声。我没法让自己不去想它是怎么淹死的。

我跑到礁石边上，在海水中洗手，我看着那双手，好像它们不属于我，然后，我真的吐了。

“好样的，傻瓜。”利奥冷笑着，夸张地鼓着掌，“毫无疑问，你马上会大病一场。从现在开始，别再惹我了，好吗？”

“快停下！”凯瑟琳继续说道，“你没见他不舒服吗？”

是真的，我感到很不舒服。慌乱中我哭了。就在不久之前，在美国仔那呆滞的目光中，我获得了一种自我认识。这么多年来，我忌妒他犯下的暴行，他总是大声呵斥，像是要跟整个世界作对，而现在，他要跟我作对，现在，我成了整个世界。

凯瑟琳赶紧过来帮我。“你真是个笨蛋。”她用温柔的声音责备我，抚摸着我的头，“笨，却勇敢，但主要还是笨。”

“他知道了吗？”我对她耳语，感到焦虑。

她羞愧地点头。他眼神空洞，正嘟哝着什么，类似于：“我们三个可以在一起。永远。”

有那么一瞬间，我呆若木鸡地看着凯瑟琳。我连她也会失去，现在我很肯定了。“是你跟他说的……”我喃喃道。

剧烈的碰撞。我跌进水中，跌落的速度如此之快，以至于我无法分辨那撞击来自哪里，它就像是一面钢筋混凝土的墙坍塌在我肩上。当我浮出水面睁开眼睛时，我看到利奥正向我游过来。

“你是婊子养的！”他冲我大叫，“你是婊子养的！”

他抓住我的脖子，把我向下压，接着，他挺直身子，双臂同时用力往下压。他半个身子在水面上，我则沉下去开始喝水。我试着挣脱，但根本不可能。在那个时刻，我碰不到他，他则利用位置的优势不停地对我拳打脚踢。过了几秒钟，我喝了太多的水，喉咙开始灼烧。渐渐地，凯瑟琳的叫声越来越远。我会被淹死，没人能救我，我完完全全地被他的意志压倒。也许，我想，我的命运跟那只老鼠一样。

突然，我的双脚碰到了水底的沙子。我的脚尖向下探了探，碰到了地面——我们来到了礁石滩上。不及细想，我立刻用双脚撑住身体。

他比我强壮太多，但我一点一点回击。我向空中胡乱挥舞着拳头自卫，他的拳头则精准地击中我。他有着惊人的能量。

“蜘蛛侠！”我喊道，就在我即将屈服的时候。从我嘴里冒出的话，就跟直到那个时候我灌下的水一样残酷。“是他！”

“什么？”我俩停了下来，手臂在水中胡乱拍打着，看着彼此。我脑中一片混乱。“在那辆火车上装炸药的，”我继续说道，“是他。

我父亲告诉我的。”

“你在说什么？那不是真的……”

那是一幅荒诞的景象。礁石滩，我俩，大海，背景中的城市。远远地看着那粉红和橙相间的日落景象，我感到它在对我说着它有多美。我脱下我的汗衫，甩到礁石上。凯瑟琳打量着我们，不明白到底发生了什么，突然地，她变成了局外人。

“是你父亲杀死了小达尼艾尔。”我说道。

往后，我不断地回想起那个时刻。我猛然惊觉，自己其实一直都明白，我和利奥是因小达尼艾尔相识，最终也会因小达尼艾尔分道扬镳。凯瑟琳突然闯入了我们的生活，自那以后，一切都不再有意义，背叛、性爱、哈希什充斥着我们的生活，三个人陷入了一座没出口的迷宫……然而，我了解美国仔，我知道如果当时自己将那日落的景色指给他看，让他望望那闪耀的城市，那座他引领我去探索、漫游的城市，那座正召唤我们归去的城市，我们俩之间的一切矛盾都会烟消云散：利奥会变魔术般摸出他的梳子，我们将穿上衣服，抛下凯瑟琳。摩托车上将只有我们两个，船长和水手，像以前每个时刻那样。

但我没能做到。事实上，那是我的错。

可是当时，当美国仔的脸上浮现令人胆战心惊的阴云，当他惊觉自己的人生染有一条无辜生命的鲜血，我脑中盘旋的却是那些该死的不相干的事。当我想到我父亲要是处在我的位置上也会这么干，我甚至嘴角上扬，有了笑意。

我只用了十五年的时间就成了跟他一样的人。

13

每个人的家庭，跟其他所有家庭一样，都是建立在某种信念的基础上的，但这一领悟总是来得太迟。我的家庭的信念叫作未来，并不是说我父母坐在餐桌前一本正经地高谈阔论明天的美好，而是说在我们家能感觉到那种整个人类迈步向前的欲望，生活的欲望，就像电视上、新闻报道里的游行那样。

三十多年来，我父亲跟未来之间的关系一直都是下面这幅景象：一个模模糊糊、影影绰绰的孩子的身影立在一端是饥饿，一端是灵魂得救的河床上，这个孩子挨过了衣衫褴褛的童年，在六十年代不幸的青春期里喘着粗气。随着时间推移，他成了大学生，又有了稳定的工作，现世获救的希望扑面而来，饥饿的痛感逐渐远去。那不勒斯银行和米兰证券交易所让他变得富裕，没到大亨那个地步，却远非从他那个粪坑里爬出来的其他人可比。

总而言之，他唯一的信念是未来，日常工作的劳累和家庭的温暖就好像是给未来披上了一件令人安心的外衣。然而，外衣之下，还藏着充斥他本性的欲望。

的确如此，但充斥他本性的欲望是什么呢?

直到一九九四年，未来还在地平线上，还是可见的，再往后，巨大的黑暗降临了。

那一年银行损失超过一万亿，接下来的一年超过三万亿，不到三年，六万亿里拉的亏损吞噬了银行。关于大辩论的焦点，所有人都只是在兴致勃勃地吹嘘，尤其是政治家们。那些据推测是凯尔特人后裔的北方人表达了他们的愤怒，公开指责可耻的贪赃舞弊、结党营私，以及对南方人的救助。为阻止雪崩做了很多绝望的尝试，没起到一点作用。

短短几个月的时间，费迪南多国王就被剥夺了所有的权力。这个男人几十年来一直统治着意大利南方的财政金融，握着一万一千人的命运，还有那些人的家庭和生活。这个男人曾经发放贷款给南方绝大多数的企业家，直到一年前，他还只须点个头就能影响数十万张选票，他还在总部的海景露台上主持“星期二文化日”活动，当着所有人的面开乔瓦尼·斯帕多利尼[1]的玩笑，但绝不会让后者不满。同一个男人在维托里奥·埃曼努埃莱大道上的大不列颠酒店两个套房中度过一年三百六十五天，一个套房给他的妻子，当她从罗马过来找他的时候，另一个给他年轻的情人，一个当地的女歌手。这个男人代表银行收购的地产遍及威尼斯、东京、悉尼，最鼎盛的时候，银行有

① 乔瓦尼·斯帕多利尼（1925—1994）：意大利自由主义政治家。1979 至 1987 年任共和党全国书记。历任文化部、教育部长。1981 至 1982 年任共和国总理。后任国防部部长（1983—1987）、参议院议长（1987—1994）。

七百五十家分行分布在世界各地。还是这个男人，这位国王，在一次宫廷政变中被废黜了，理由是行政管理中某个起自蠢点子和走形式的不合规安排。

堕落是从咖啡开始的。至少流言是这样说的。

几十年来，那不勒斯银行的方针一直是刺激消费，却没有考虑到与企业利益之间的冲突。在这一方针指导下，银行附近的小巷子里和大街上，遍布着咖啡吧和餐厅，冰激凌店和茶馆，服装店和比萨店。这么多年来，这一切的繁荣都要感谢银行的存在，神话般的存在，直到一个窟窿越来越大，吞噬了所有这一切。

几年之后，一个小型企业的倒闭不会让爱德华多抬一下眼皮。但在勇往直前的一九九四年年初，他站在斯普兰朵咖啡吧的柜台前点咖啡，发现捧到双手间的是一杯有酸味的不健康的软饮料，他觉得荒谬至极。这是一直以来所向无敌的刺激消费方针走入末路的标记。

“你们看了骑士的声明[①]了吗？”咖啡吧老板问他。我父亲放下咖啡杯，惊奇地看着那个男人。柜台后面的收音机里传出的音乐声扰乱着咖啡吧里的冷空气。他说的是哪个骑士？哪条声明？

“事实上，”他说道，“我正想问为什么咖啡吧里的顾客越来越少了……”

咖啡吧老板耸了耸肩。

唯一的解释，爱德华多思索着，是咖啡机亟须维护。可以肯定，那台机器已经很长时间没清洗了。众所周知，一月是个让人伤心的月

① 骑士指西尔维奥·贝卢斯科尼，他曾获共和国“劳动骑士”荣誉勋章，因而得了“骑士”这一别名。声明指贝卢斯科尼的进军政坛声明，当年1月26日，他向各电视台发送了相关录像以供播出。

份，因为那时十二月的双工资已经挥霍殆尽，而恢复圣诞节前的生活节奏又很难。然而，清洗咖啡机可是必须无条件执行的命令。要刺激客户消费，而那杯恶心的东西却没法下咽。

“我觉得他会成功。”咖啡吧老板继续道，“如果他能带领AC米兰取得成功，他也能带领意大利取得成功。你怎么看，我们能信任他吗？”

此时，收音机里传来一阵叽叽喳喳，是新闻广播。

他察觉自己是唯一一个对此一无所知的人。某天在《焦点新闻》中，主持人提到一个视频，在视频中骑士宣告了他的强势入场。

所有人都在议论这件事。那是一月二十七日，而每个月的二十七日，爱德华多都会奔赴他唯一乐于全身心投入的宗教仪式——领工资。谁知道骑士是不是特意选了今天，我父亲思索着，果真如此，就还真不能小看这个人。只有有大智慧的人才能想出这么个招儿，让所有人都听到他。

“我们明天见。”他跟咖啡吧老板说，然后离开了。

室外冷风割脸。他在托莱多街上走着，不时跺跺脚取下暖。他看到那家他常光顾的优雅的西装店已迁走，店面由一家平价服装连锁店占据。店门口，一个戴棒球帽的年轻人正指挥两名工人把西装店的旧招牌撤下，那招牌应该是十九世纪的古董，是你能跟朋友炫耀的那种东西。年轻人感到被人盯着，转过身来面对我父亲。“一切都好吗，大叔？”他一点不害臊地问道，“我能为您做点什么吗？”爱德华多收回目光，快步离开。

很快，他回到银行总部，进门之前，他站在那里研究起建筑物立面上的铭文来：

那不勒斯银行

创立于1569年　　　　重建于1939年

这座外表冷冰冰的建筑，矗立在东面的大海和西面的西班牙人街区之间。自他穿着蓝色西装怀着忐忑心情第一次跨进大门起，这些闪光的冰冷大理石块一直令他觉得安心。

那天早上，像往常一样温柔的钴蓝天空在托莱多街上方闪闪发光，它永远都是那么温柔。那时，他告诉自己，他将会完美地掌握这一无穷无尽吸纳着储蓄的机构运转的奥秘。

然而眼下，很多年后的这个一月二十七日，他不知道该期待什么了。像往常一样，他穿过大走廊，那里到处是金钱和烟草的味道。

这一次他是真的不知道了——未来对他来说意味着什么。

礁石滩冲突之后，我再没见过利奥。我的生活可以这样概括：学习、女孩、体育、音乐。规规矩矩男孩的生活，因为与美国仔的友谊而抛弃了太久的生活。我不费吹灰之力就变成了我父母心目中理想的样子，他们一直渴望的完美儿子。他们对我抱着极大的期望，我也借机得到一些特权。

流浪汉食堂火灾之后几个月里，为了重建它，街区里举办过好几次募捐，我父亲捐了一百万里拉。但发生了一件意想不到的事情，它让所有人感到不解：唐·卡洛放弃了他的神职。

接下来的几个星期，流言四起，其中比较靠谱的都提及唐·卡洛这一抉择背后的原因。很多人嘀嘀咕咕，说唐·卡洛其实有女人，很快就要结婚。有些人则小声抱怨，说他其实是同性恋。比较斯文的说法是，现在许多年轻教士只是借教会来完成学业，一旦拿到文凭，便抛弃上帝之家走人。

重建计划泡汤了。过去，靠着神父的固执和神父助手们的忠诚献身，这种事物才得以存活，现在，唐·卡洛离开了，没人有能力推动那个方案走下去。

筹集资金失败以后，残存的被烧得黑乎乎的部分建筑也被推倒了，捐款被退回。我父亲拿回了那一百万，带我们去了卡普里岛。在岛上那三天里，没人提食堂，自从他变得相当富有，能让人不敢跟他作对，我母亲也不再要求为那份志愿者工作献身了。我对此也感到满意，因为事到如今，我不再去见那个纵火的男孩，我甚至根本不愿再去想他。我不会想念他，也不会去想他在做什么，很有可能在大街上偶遇，我也会走对面的人行道绕开他。

在卡普里岛短短的假期里，我们在小港的一家餐厅里吃晚餐，新鲜的黑斑小鲷，每千克一万里拉，我父亲几天前谈成的一笔小生意让我们得以享受这额外的奢华。“这才是真正的志得意满，傻瓜也能靠蓝筹股赚钱，但要是从黄页这样的股票上捞到了百分之十，你就可以被定义为杰出的……”他说着，面对悬崖峭壁，语气里充满了卖弄和炫耀。

那时我们正演着一部表现有钱人的喜剧，表现那些自出生便有钱的人的喜剧，尽管我们知道自己不是那样的人，我们只是暴发了的乞丐而已。事实上，当吃到靠近鱼骨的部分，我们用双手抓着黑斑小鲷，用嘴吸吮着。

当我逐渐变成我父母期待的样子，美国仔正加快步伐迈向他的梦魇。

某些时刻，那其实并非梦魇。正相反，黎明时分的新鲜空气抚过他的脸，在他每天早上骑着他的摩托车回家的时候。那不啻一种惊喜，提醒他在经历了地狱般的一夜之后自己还活着。又是伏特加、可卡因和抢劫的一夜。

每天，他在午饭时分醒来，打开立体声音响，把音量开到最大，一根接一根地抽烟，然后拿起电话约一些朋友去吃开胃菜，像从前那样的烤面包夹火腿，下午打会儿盹儿，之后是健身房、蒸汽浴、晚餐。再之后，不会早于晚上十点，他喷过香水后出门，就像街头妓女那样，跟当天的同伙一起投入战争。

战利品包括现金、手表、金链子，碰巧遇到身材接近的穿着讲究的人，他还能带回一双半新的添柏岚或一件可以拿到杜凯斯卡地区卖掉的皮夹克，但是，并没有很多这种时髦的东西让他抢。他总是去抢那些在波西利波街区黑暗的街道上停车做爱的小情侣。

自从开始抢劫犯生涯，对利奥来说，理想的猎物总与性难分难舍。在抢那些在车里做爱的人的过程中，不得不面对许多人世的苦难：野鸳鸯肢体交缠，肥胖的油腻大叔压在外国口音的妙龄少女身上，变性人与衣冠楚楚的绅士耳鬓厮磨……正因如此，他需要认真地选择同伙。

需要冷血的人，只认战利品而不会胡乱动手动脚的人。性骚扰和强奸会蹲好几年的大狱。至少从这个角度，利奥坚持跟他一起干活儿的人得正直，他不想要累赘。

然而，干抢劫这行越有经验，越会发现那些有能力的合作者也往往比较复杂。他所认识的绝大多数犯罪分子都令人印象深刻的粗鲁，就像牧场里的山羊，他们甚至配不上哪怕是最低级的合法工作。正因如此，有个同伙对利奥分配生意收入感到不满，便将此事告诉给酒吧里的某个人，那个人又将此事汇报给地区头目的贴身跟班，就这样一直向上传，直到传进了石头脸的耳朵里。两个星期后，他派了一个代理人去跟美国仔谈判：要么加入团伙，为他服务；要么按月交保护费，继续自由狩猎。

“去你妈的。”这是利奥的回答。站在他面前的被派来与他谈判的黑帮分子，体格跟他差不多，却有一张布满麻子的脸和一双深色的眼睛。

“我就跟大佬这么说？”那名黑帮分子问道，他已经隐隐约约感到这个答案将导致大量的后续工作。

“随你便。”利奥回答道。

那人镇定自若，他并不是来教训他的，至少这一次还不是，于是他离开了。

14

几个月过去了，春天里，警察抓住了他。

一名同伙没留意正在驶近的摩托车，就这样，在打劫两个刚拿到驾照的小孩子时，他们落入了圈套，一个真正的骗局。不过，美国仔十四个月后就被放了出来，这多亏他此前没有犯罪记录，还有，在抢劫时他只是带着一把玩具枪。很没道理的是，他的同伙安杰洛，外号皮皮——此人因为膀胱太小，每半个小时就必须去一趟厕所，只在里面待了十个月，尽管有前科。

他展现出适应铁窗内生活的能力，这一点救了他。没有团伙照应的单个犯人必须面对难以忍受的生存条件：狭小的空间、糟糕的卫生状况，以及看守和其他囚犯的敌意。利奥能理智地看待这一切，因为他知道这只是时间问题，不管这一切多么让人恶心、让人无助、让人崩溃，时间总是会过去的。

在波焦雷阿莱监狱里，几乎所有的囚犯都在等着被审判。卡莫拉分子、小偷、杀手、吸毒者、非法移民，这些人组成了一条特殊的战线，为保住仅剩的一点清白而战斗，这使得这里的气氛并不像想象中那么阴暗。到处都肮脏不堪、拥挤不堪，毒品随处可见，食物难以下咽，但你能感到一切焦虑都是暂时的，还有希望环绕在所有这些不堪四周。

最开始，他被安排在阿韦利诺楼的一间牢房里。同号有一个年龄不明的海洛因上瘾者，一个长着眼镜蛇脸的摩洛哥人，还有一个身材臃肿的那不勒斯人。那不勒斯人是江洋大盗，从一座监狱到另一座监狱，已在狱中度过了九个年头。

第一夜是场噩梦。瘾君子连续几个小时痉挛着，终于，那不勒斯人和摩洛哥人忍无可忍，开始大喊大叫，用力捶打牢房的铁栏。无限久之后，护士才在看守的陪同下出现。再之后，黎明时分，利奥在新伙伴们的注视下大便，他得排出积攒了两天的粪便，他不顾一切地用力，感到自己就要变身为野兽。过不多久，再有人在他眼皮子底下放松括约肌，他就不再有任何特别的感觉了。

过了大约一个星期，瘾君子从医院回来，状况反而比离开时更糟，但在牢房里有一针海洛因正等着他，海洛因立刻被注射进他手臂的静脉里，终于，他感觉好些了。那不勒斯人向利奥眨眨眼，低声说：“终于能睡个好觉了。”

最开始的几个月，睡眠是每天最大的难题，但渐渐地，美国仔明白了，不管是夜里很难连续一小时不被打扰因而难以成眠，还是无时无刻不在的疲倦，都不算什么，狱中生活最大的难题是：钱。

这里没人有足够的钱，缺钱几乎是所有囚犯沦落至此的最主要原因。利奥想，从理论上来说，这个难题会让这里变成血肉横飞的丛林。

然而，要说偷窃，在这里并不严重，真正能引发暴力的其实是老矛盾，新囚犯从外面带进来的，或者老囚犯不满糟糕的生活状况而在内心积聚的。这以外，至少在同号狱友间，团结总能战胜贫困。

这个难题的表现之一，美国仔发现，跟食物有关。每个囚犯都极度渴望吃到肉。钱最多的人有义务购买肉食分给不富裕的伙伴。食堂里的食物是如此恶劣，逼着囚犯们去食品小卖部消费。在他的牢房里，年龄不明的瘾君子和摩洛哥人身无分文，供应肉食的责任就着落在他和那不勒斯人身上。随着时间推移，美国仔连自己肚子都填不饱这一点越来越明显，这一义务便全落在了那不勒斯人身上。

有一天——那时利奥已然习惯了这间牢房里的日常生活，监狱长决定把他调到另外一间牢房。利奥一点不气愤。他已经习惯了，在这里，所有的事都不按逻辑走，而是遵循巫术般捉摸不定的规则，他感觉自己就像是献祭的羔羊。他顺从地卷起铺盖，跟伙伴们告别，做着在陌生人注视下大便的心理准备。

他是幸运的。他被分配到一间相对体面的牢房，号友是个灰头发男人，他留着长长的胡子，看起来完全像是走错路困在了这里。从他的行为举止，或是从他表达自我的方式，完全看不出他是一名罪犯。在牢房里，他整日就只是待在一角读书，此外，定时服下治疗心脏病的药片。

接下来的几天，利奥从楼里其他人那里得知，他的号友曾是个政治家，因受贿入狱。也正是在这个时候，美国仔发现，那些政治犯在囚犯中间是最被看不起的，仅次于恋童癖。

“你是哪个政党的？”有一天利奥问他。

有那么一会儿，男人想假装没听见，不过，在牢房里他可没法一直回避，于是他叹口气，回答道："社会党。"

利奥从卫生纸卷上扯下矩形的两张，把它们对折。"社会党，"他嘟哝着，一边擦着屁股，"所以你乐于帮助那些流浪汉。"

男人抬起头。"对不起，能不谈这个吗？"

"好的。"利奥表示赞成。他拉一下冲水绳。"不过说说话而已。"

总的来说，对于新的环境，他并不反感。他有了更多自己的空间，睡眠也得到了最大保障。然而一天夜里，他突然被惊醒了——他的号友在哭，看起来很绝望。于是美国仔从他的铁架子床上爬起来，安慰他的号友。"在这里，我们所有人都被魔法定住了，我相信这一点。"他低声说，男人一下止住了哭泣，"事情发生着，我们却无能为力。"

次日，利奥把他的号友崩溃了这件事透露给了其他囚犯。从那时起，对男人的蔑视一下子疯长起来，流言就像油渍四处飞溅，直到有一天放风，某个囚犯走近政治家，在所有人面前狠狠地扇他耳光。

那天晚上，晚饭摆好之后，男人直接上了他的铁架子床，没像往常那样与利奥分享肉食。当利奥过去讨说法，他平静地回答："凡事总有原因。只有失败者才相信自己是因为魔法而待在这里。"

几个星期后，政治家出狱了。美国仔和其他囚犯瞠目结舌地看着他在电视里，刮了胡子，穿着体面。他正在接受采访，声称一旦宣判无罪，他便要如何如何改善我们国家监狱的状况。

利奥环顾四周，这是入狱以来第一次他明白了堕入最底层的悲惨。他想，所有的囚犯，包括自己，是一群没希望的人，正因如此，他们才遭到蔑视。

当天夜里，他没能忍住他的眼泪。幸好他的新号友注射了一针海洛因，没有听到。

出狱几天后，他被石头脸叫到了办公室。

“我根本不在乎那点小钱。”大佬对他说道。大佬狂热地爱着台球。尽管那只是个阴暗的小房间，将将容得下他那公牛般庞大的身躯，还有他的狗腿——一个长着块根状鼻子的男人，总是站在拱门下一动不动，居然还放了张职业台球桌。这里是大佬在阿莱那卡赌场的办公室。

“那么问题出在哪儿？”利奥问道，观察着那个男人。那人曾是他父亲的大佬，现在又想当他的大佬。他看着可真普通，利奥想，一点不讲究。据说他外出总是一身运动服，因为一次在科尔蒂纳丹佩佐[①]他穿着一身无尾礼服被警察抓了，打那以后，他便坚信优雅的正装只会带来晦气。

石头脸用巧粉擦了擦球杆头。“问题在于在我的地盘，要么做我的手下，要么正经过日子。”他挑明了，“然后，为我工作，你会有很大便利……”

“比如说，在监狱里待得更短，就像皮皮那样？”

石头脸点点头，然后弯下身子，紧贴台毯瞄准，打出了一记精彩的开球。“那么，我们怎么着？”

利奥考虑了一下。“不行。”他说道，“我不想让您觉得不受尊重，但加入帮派这事不适合我。”

---

① 科尔蒂纳丹佩佐：意大利北部阿尔卑斯山区城镇和著名度假胜地，以夏季和冬季运动项目闻名，举办过 1956 年冬季奥运会及多场世界级冬季体育赛事。素为意大利上流社会偏爱。

大佬摆头示意，让块根状鼻子递给利奥一根球杆。“为什么我们不来上一局呢？”他问道。

他们在沉默中较量了大约半个小时。利奥让他赢了，考虑到八号球可能他死活都打不进洞里。利奥已然预料到终局不会平静收场。果然，石头脸揪住他的衣领对他说：“要么你站我这边，要么我一枪打爆你头，明白吗，美国小鬼？现在快给我滚！要不是你是蜘蛛侠的儿子，看在他在天之灵的分儿上，你现在已经躺进墓地了！”

你对你亲手杀死的人真是仁至义尽啊。文森佐惨死路旁之前，也曾被这样警告吗？美国仔想着，眼里几乎喷出火来。如果他没干这行，如果他真的很爱他父亲，他一定会立刻杀死这个男人。

就在那个时刻，他为复仇冲动攫住的时刻，利奥想到，一旦自己那样做了，绝无轻易逃脱的可能。

虚情假意，夸夸其谈，巧言令色——石头脸是个低劣的演员，而非真正的领袖。他不聪明，也没有魅力，相反，他对他那卑贱的生活看得太重。他只是一个无情的人，要做一个无情的人，并不需要什么了不起的才能。

一种更深的沮丧使利奥彻底放弃了复仇的念头。他在牢房里十四个月，也从没如此压抑过。他觉得自己一文不值，觉得自己走在一个圆环上，圆环上一个错误接着一个错误，一场复仇接着一场复仇，无尽无休。真正的监狱在他的脑海里，这座监狱又被关在另一座监狱——他的生活里，再之后，这座监狱又被关在另一座监狱——这座城市里。

他猛地挣脱了那只手，直视石头脸的眼睛。“不需要你们把我送去墓地。”他说道，“给我几天时间，我会永远消失。”

那是一个合情合理的提议。

两个星期后，一九九五年夏末，美国仔登上了意大利航空的航班。从罗马到纽约。他飞抵肯尼迪机场，再坐地铁，去往公共汽车站，从那儿直奔康涅狄格州哈特福德。

“那么，我走了。”离开时他说。他的伙伴们抢着帮他拿行李。

他母亲盯着他，已经不知道如何去想这件事，她无力接受这个事实：或早或晚，她身边的男人都会离她远去。她像是被诅咒了一般，她想，这是耶稣对她的惩罚，从她放弃神职那天就开始了。她亲吻儿子的面颊，紧紧抱住他，但他挣脱她的方式让她明白，她还没得到他的原谅。

他跟皮奴西娅道别的方式截然不同。“记住，这个夏天要来找我。还有，离那个时髦的尼可拉远点……”他笑着说道。皮奴西娅忍不住哭了，紧紧地抱住了他。

“再见了，妈，我会尽快把票钱寄还给你。”

“不要担心，这里的事就交给我了。”她回答。就在她儿子要跨出大门的时候，她补充道：“利奥，记住，要听你叔叔们的话，不要总是按你自己的想法来……”

“我自己的想法？”利奥笑着，自嘲道，“我能有什么想法？！”

接下来几个月里，关于他的不同的消息在流传。有时某个人声称跟他通了电话，或者跟某个声称跟他通过电话的人聊过天。但渐渐地，人们谈起他的次数越来越少，变得像每天黎明时分从卡波迪蒙特山上飘下来的薄雾那样稀薄。

没人再提他，或者询问他正在做什么，然后有一天，他母亲和他妹妹搬离了那套老公寓，再没回来过。有那么一阵子，能听到人们在私下议论，难辨真假的流言蜚语，却道出了也许是不可避免的结局：美国女人搬到另一个街区，跟唐·卡洛一起生活了。没过几天，所有人又都去操心别的事了，或者至少看起来是那样。从那时候起，美国仔消失了，就好像他压根儿不存在一样。

第三部分

囚徒

2001—2010

上主，
你看，
我虽然没有作过恶，
没有犯过罪，
但强横人为害我的性命，
却群起与我作对。

——《圣经·圣咏集》，59：4

15

还在巴里的日子里，当不得不坐在经理卡塔尔多·罗洛的办公室里忍受他的咆哮谩骂，爱德华多总会分心，他的视线在写字桌后方墙上的复制画上游移，画上的牧羊人都来自著名的十八世纪的《耶稣降生场景》，那可是银行艺术收藏中的瑰宝[①]。光膀子的磨刀人，穿戴齐整的平民，还有打瞌睡的小孩子，他对他们天然抱有同情。这么说吧，看一眼那群贱民，再看一眼他，没人能质疑他们同属一类人这个事实：衣冠楚楚地眼睁睁在宴席前饿死。

但接着他离开了巴里，再没想起过《耶稣降生场景》，直到

① 《耶稣降生场景》：那不勒斯银行的《耶稣降生场景》系按照费迪南多·文特里利亚指示广搜藏品组合而成，1987 年圣诞节在纽约新总部展出。计有人物和动物小雕像 210 尊及配件 144 个，包括 18、19 世纪多位那不勒斯雕塑名家的作品。表现耶稣降生场景的同时，展现了那不勒斯日常生活画面。街道、喷泉、酒馆、商铺和各种作坊前，是商旅、小贩、匠人、艺人、外国人、抄写员、玩牌者甚至乞丐等人物，他们多铁丝为芯，木头四肢，陶土头，玻璃眼，穿丝绸、天鹅绒、棉布等制成的衣服，佩戴各色饰品，表情、体态生动传神。被认为是那不勒斯该类艺术杰出代表之一。首展后陈列于那不勒斯的银行总部，直至 1998 年移至那不勒斯王宫小教堂。现归意大利联合圣保罗银行所有。

二〇〇一年春天快结束的时候，他和一名工会代表约在圣帕斯夸雷街上的莫卡吧见面。在莫卡吧，气氛比预想中还要凝重，他被告知事态正在变得复杂。

自从都灵人加入游戏以来——工会代表说的是圣保罗银行开始收购国家劳工银行的绝大多数股份，整个形势急转直下，萨沃伊家族的那些纨绔子弟想要将所有无法估价的珍宝运往都灵。“他们正在掠夺一切，写字桌、扶手椅、画作，还有《耶稣降生场景》！所有东西都打包好了，准备运往北部……”

工会代表打量一番昂首挺胸的服务员，点了四块巧克力蛋糕和两杯咖啡。与此同时，爱德华多正在做着心理准备：关于那些臭名远扬的征服者，一定不会有好消息。那是个公开的秘密，然而，还是需要在莫卡吧里这样一次会面中说出来。

提前退休。

工会代表，一个矮小而粗壮的人，手指总是捋着胡须，在说出那个词的时候带点窘迫。当它传到我父亲耳中，新任领导担保二十四个月的带薪假期然后再让他办理退休这个提议，不啻一种侮辱。第二十七年了，在就职整整二十六年之后，他们正在跟他断绝关系。

那些婊子养的愿做任何事，就为了不在银行的楼道里再见到他，他们甚至赐给他带薪假期。“你不要把这事看作是针对你个人，所有一九七四年入职的员工都有这份优待。”工会代表向他透露，“当然了，这很诱人。即使你现在拒绝，这个提议在未来依然有效……”

我父亲一口灌下杯中咖啡，被一种奇怪的焦虑感所包围。这时，一位来买点心的顾客从他身旁经过，丝毫没察觉到他内心的纷扰。怎么能允许他们继续吃点心，喝开胃酒或者浓缩咖啡，不让他们意识到正在发生的事呢？对那不勒斯银行的打击绝非仅意味着他和他的同事会被赶走，那也是在摧毁整个南方的尊严，意味着数以千计的工作岗位、企业，以及几个世纪的历史都要一笔勾销。那群人知道在佛梅罗街区的达尼埃尔吧倒闭，正是因为那些都灵人取消了货物供应合同吗？如果他们甚至在银行附近都不愿提供个喝咖啡的休息场所，爱德华多想，那些征服者打算怎么提升银行的形象呢？

他直直地盯着自己的正前方。他不能想象他如何度过退休后的日子。太可惜了。偏偏是现在这个新的经济势头正要带着他迈向富有的时候。

“银行正在裁员，爱德华。”工会代表总结道，使劲地拧着一小撮胡须，“最好是在被撵走之前自己离开。”

我父亲从盘子里抓起一块蛋糕，咬了一口，再看看面前的男人。那个提议他无法接受，但他没能说出口。

几个月之后，新经济泡沫比预想得更迅猛地爆发了。早在五月，最早一批互联网泡沫受害者尸体已浮上水面。到了假期结束的时候，也就是九月最初几天，大屠杀便已结束。

“去他妈的新经济！”帕斯夸雷嘟囔道。他已严重超重，却仍能迈着惯常的轻盈步子走进我父亲的办公室。“总是同样的故事——他们让好人进围栏，关上栏门，再派出一个杀手把他们通通解决掉。问题是——怎么可能是我们上当呢？”

“很遗憾，我错了。”爱德华多说道，将惊疑不定的目光从屏幕上挪开。他一直固执地握着那该死的提斯卡里股票。刚有贬值的迹象他就该出手，可他没有，接着，他便固执地不撒手，期望着不可能发生的反弹。他曾有机会以一百二十的价格售出，然而现在，能以四十卖出都是奇迹了。

“有人早就知道，”我父亲说道，“该有人早点警告我们。”

自从都灵人加入游戏，银行的办公室就变成了一片杀气腾腾的丛林，再没人能传递正确的消息给他了。证券交易所发生了变化。每天收盘的时候，每只股票旁的加号或者减号不再以公司的财政收支为依据，不再以失业率指数为依据，不再以通货膨胀率为依据，不再以政府的稳定性为依据。整个市场变成了一群赌徒的赌窑，他们对现实的动荡丝毫没感觉，只是野蛮地购买再出售。

从报纸上可以不断地读到一些没有经验的家伙在网络上致富的故事，这种新的操作方式已经覆盖了螺丝钉、电焊机、燃料、工人，甚至是资本，在这场战争面前，爱德华多感到自己赤手空拳甚至赤身裸体。如果连如何连接互联网都不懂，他又怎么能联想到自己会陷入互联网泡沫的圈套之中呢?

“过去的都已经过去了。”帕斯夸雷重复说着，停下了脚步，“事实是我现在手头很紧，爱德华。我陷入了困境。”

“我们所有人都陷入了困境，帕斯卡。”

肥皂匠的儿子又开始在房间里毫无目的地徘徊，就像一只盘羊因愤怒而瞎了眼。这么多年过去，他已经变成他父亲的完美化身，尽管要更胖一些。“你不明白。”他又开始说，“我给我儿子的贷款做了担保，我不能再借贷了……”

“我从没听过银行会向自己的员工索要担保。”爱德华多回答道。

帕斯夸雷同情地打量着他。迟钝，他的朋友正在变得迟钝，像是一只来到职业生涯末期的斗犬。“是的，当然是这样，只要那不勒斯银行还是原来那个那不勒斯银行。”

我父亲开始整理写字桌。如果银行不再是银行，那么我也不要再做我自己了。他思索着。“我知道在我的街区里有个人愿意放贷。”他不假思索地说道，“如果你愿意，我可以帮你预约一下。”

帕斯夸雷用手势表达要远离那种可能性。“一个放高利贷的？我可不想落入那群人手里，爱德华，算了吧……”他准备离开。

“这可是个有头有脸的人，”爱德华多回答道，“不是什么只有一点小钱想敲竹杠的人。如今这些人都已经变了，他们不再想要有很多不能花的钱。我有种感觉，如果我们过去诚心诚意地聊一聊，他很有可能会帮你一把。”

帕斯夸雷呆若木鸡地看着他，那是他第一次从他朋友的嘴里听到这样的话。“你确定不会像提斯卡里那样收场？”

我父亲点头。“我肯定。”然而，他心里一点谱都没有。

那天晚上，我父亲返回家中，我母亲在门口迎接他。他面有忧色，她立刻就明白事情不对劲。“发生了什么事，爱德华？你的脸色太苍白了。你有听说吗？还不确定到底发生了什么，但电视里说死了很多人……”

几个小时前，下午三点钟左右，在银行的楼道里，人们都在议论纽约两栋摩天大楼遭两架民航飞机撞击后轰然倒塌，第三架飞机在距五角大楼很近的地方坠落的消息。第一批消息涌进电视新闻，死难数字跳动着增长，那情形恍若乐透开奖。一台电视机正被匆忙地搬往高层办公室，接着，尽管没人正式宣布，所有人都可以自由地离开回家了。恐怖分子正把这个世界搞得一团糟，人们怎么可以假装什么都没发生呢？那一天，华尔街甚至都没开盘。

那之后不久，爱德华多穿过位于平民表决广场的那不勒斯王宫——幸运的是面对报纸上如沸的抗议，都灵人不得不收回了带走《耶稣降生场景》的决定——的大门，暗自疑惑：那地方是从来都空荡荡的呢，还是那天就是个不寻常的日子？

他检阅着《耶稣降生场景》里的各个舞台，集市、喷泉、降生。《耶稣降生场景》是如此宏伟，几个世纪以来不断地得到完善。他总是深深地陶醉于那些精确的细节：小毛驴的绒毛、牝马的眼睛、西蓝花的菜茎，还有东方三博士的胡须——跟奥萨马·本·拉登的胡须相似，后者如今已成为我们这个时代的领头羊，谋杀的象征，一提到他，所有人都提心吊胆。但那一天最重大的消息，我父亲觉得，是另外一个，是他们要赶他走。这是一个真实的消息，就发生在他身上，而非在曼哈顿。

他注视着正前方一面玻璃中自己的影像。他隐约看见一个男人的身影，白头发，臃肿的肚子，一小撮毛从耳洞里钻出来，另一小撮毛从鼻孔里钻出来。男人正在审视自己的手指，那手指干枯发黄，让他想到曾在树林里见过的枯树根。一个看门的靠过来通知他这里即将关门，他再没办法拖延着不回家。那不勒斯王宫外的广场上一片荒芜，一个人影儿都没有。

“你想跟我说说到底发生了什么吗？”

我母亲跟着他走进卧室，像是他的影子。

爱德华多解开领带。他正怀念着在银行最初的时光。那些年炼狱般的生活，还有那些大袋子，每到周末就会装满待洗的脏衣物，而身在那不勒斯的妻子则像打开珠宝匣一样打开它们。但最让他怀念的还是养育了他又折磨了他一辈子的那片贫瘠的土地。他想回到过去告诉那个小男孩，让他不要担心，不会发生什么坏事。他想回到过去好好享受那段时光，跟同事们多出去，接受他们去巴里古城共进晚餐的邀请，而不是留下来跟女秘书待在一起，为什么不呢？向娜娜坦白他从没信过她的占星术。一种恐惧总是跟随着他，然而现在，这些都灵人替他准备了一条退路，让他不用再将余生献给证券市场，他却感觉到一股能量，就像当年那个内心燃烧着的少年。如果他当年没有反抗，他会像《耶稣降生场景》里随便一个普通的牧羊人，摆放在背景里只是为了充数，不会被任何人留意到。

“我决定退休了。”他说道。

安娜惊讶地张大了嘴巴盯着他，流露出一丝疑虑。

“你知道接下来的某天晚饭我想吃什么吗，娜娜？”

我母亲微微摇头，不知所措。

“生海鲜。”他补充道，同时解开衬衣的袖扣，“我还从没吃过。你呢？”

16

深夜，客厅里，电视机的屏幕亮着，照亮前方一小块地方。几米之外，另一个房间里，米娅正竭力安抚着文森特。空气里弥漫着护臀霜和纸尿裤的味道，扶手椅上摆着第二天要穿的工作服。

夜里，他们会同时起床，即使一个人就应付得来。如果米娅必须喂奶，利奥便去把孩子抱过来。如果轮到利奥哄孩子入睡，米娅就在一旁陪着。更多时候文森特想要妈妈，米娅最后还是包揽了全部，利奥只得在一旁看着，体验着作为父亲的无能为力，或者去客厅里待着，这次也一样。

利奥无力地倒在扶手椅里。美国天气频道，一个男人正在预报一场全国范围的降温，就这个点儿而言，男人的形象一本正经得过分。美国仔琢磨着，明早该穿一件厚一点的夹克，他不该冒生病的风险，自从有了维尼[①]，发烧就成了禁果，绝对禁止碰触。

六年前，他开始在哈特福德县内的米勒农场铲粪。就像弗兰基叔

① 维尼：文森特的昵称。

叔在他之前那样；就像安东尼奥爷爷在弗兰基叔叔之前那样；就像表兄弟安东尼在柯尔特工厂找到工作之前那样；也像豪尔赫一直以来那样，豪尔赫是个西班牙人，年轻时追求过他母亲，后来被蜘蛛侠带到这里。

铲粪是拿到临时工作签证最便捷的途径。就这样，每天，确切地说，每周六天，他要把半吨奶牛粪塞进一辆货车的冷藏厢里，豪尔赫负责开车，每次都提醒他这份工作已经变得多么体面。毕竟在豪尔赫年轻的时候，铲粪得用手和铁锹，而不是像现在这样坐在车里推拉手杆。

在米勒那里工作了几个星期，他有了重大发现——从他的视角看。奶牛粪先存在冷库里几天，然后经过化学处理，变成肥料，农民用这些肥料肥田，地里长出玉米，玉米饲料再拿去喂鸡，鸡再排便，所有家禽粪肥被收集起来，再变成奶牛饲料，奶牛再排便。实际上，利奥总结道，鸡和奶牛吃彼此的粪便，与此同时，人类会在沃尔玛以四点九九美元的优惠价买下并吃掉它俩。

薪水没多少。但这份工作让他拥有了现在的生活，位于北端区的一个小小的家。和米娅一起，他负责把生活垃圾和文森特的纸尿裤带出门扔掉。他知道在某些地方某些人过着更有意思的生活，但他不在意。有维尼在他怀里流着口水打盹儿，利奥感到被庇护，而不是在外漂泊躲着敌人。他们可以干任何他们想干的事，喊叫、开枪、爆炸，而他在美国康涅狄格州哈特福德这块土地的深处，他很安全。

二十五岁的时候，他感到自己的人生走向了正确的方向。他留起普通成年人的发型，体重增了几公斤，身体变得更宽、更厚。他的体型如今看起来更让人有安全感，就像埋在维尼玩具篮子里头的水痘先生那样。

他听到米娅在低声哼着曲子，这是暴风雨过去了的信号。利奥揉揉眼睛，关上电视。他等他妻子打开门，给他那个约定好的眼神。如今他们的交流是一系列这种神秘的暗号，为不吵醒文森特事先定好的。

客厅的光线照着文森特头顶柔软的深色头发。“现在能确定了，他的头发跟我的一样。”米娅满足地说道，“也许他的肤色也是，不过可以肯定，他的眼睛像你……”

“现在都还不好说。”利奥假装抗议。

要是回想他经历过的一切，付出过的努力，包括失去父亲，各种苦难、死亡、暴力，所有这些都算不上什么，都远远比不上在那双蓝色的小眼睛里看到他自己的喜悦之情。

“医生说还得再等上几个月才能看出来……”

那天夜里，电话铃响了，文森特被吵醒，哭了起来。米娅试图让他平静下来，利奥赶紧向电话冲去。电话少响几声，维尼就能早一些再次入睡。维尼早一些再次入睡，他们就能多休息一会儿，以便第二天更好地照顾他。

他来到客厅。会是谁呢？所有认识的人都被下了命令，绝对不许在晚上九点之后打过来。可以肯定不是米娅的父母，除非发生了大事。

除非发生了大事。

他故意让电话铃再多响一声。他感到自己的颈背变得僵硬起来。接着，他观察写字桌上的电话，直觉告诉他，应该是某个情况刚刚被确认。他岳父的心脏一直都很虚弱，也许没挺过去。

他在极短的时间里想象出一系列场景。老阿尔曼多的葬礼，穿着整齐的来自波多黎各的朋友，跟拉奎尔共进午餐的星期天，安慰米娅该说的话，还有将来某一天文森特问到他的爷爷他俩回答前的迟疑。

“喂，”他低声说，“你好？”

信号有干扰，就好像是从世界另一端打过来的。

“喂？”

“哥，”那边传来带哭腔的声音，“是我，皮奴西娅。”

美国女人的葬礼上太多尴尬和沉默。死人表现的死亡景象，让所有焦躁的活人都安静了下来。逝去之人平躺在棺材里，双手在胸前交叉，脸上容光焕发得让人安心。一只巴洛克风格的花圈，由非洲菊和黄玫瑰编成，绕着一条红丝带——那是一份所谓的文化遗产，历来由大佬妻子专享。花圈由石头脸的一个手下带来，摆放在祭坛的正中间，这样一来，所有人都清楚那是谁送的了。

不止一个人认出了坐在最后一排的留着灰色胡须的虚弱男人，他蜷缩在一件螺纹天鹅绒大衣下：唐·卡洛，不，卡洛。[①]虔诚的女人们相互紧挽手臂，假装没看到。

从卡洛的角度来说，他正琢磨自己是不是穿错了衣服。但根本没时间顾及衣服。从接到皮奴西娅的电话开始，事情光速推进。再之后，利奥的到来让事情变得更复杂了。他绝不能引起利奥的注意。卡洛闭

① 在现代意大利，几乎只有教区神父和南部地区的老人还享受名或姓前加“唐”的尊称形式。神父放弃神职，于情于理便都不配再有这一待遇。

上眼睛开始祈祷。一个前神父，竟然跟在他的老教堂里做礼拜的一个卡莫拉分子的遗孀偷情，他不隐形，那他还能演什么角色？

“那个婊子养的，”利奥嘟哝着，望着非洲菊和黄玫瑰的花圈，“他怎么敢？我要把它拿走……”

皮奴西娅转过身看着她的哥哥。从意识到躺在楼梯下的心脏停跳的母亲再不会站起来，她便没停止过哭泣。“那边肯定有他的狗腿。”她说道，“你什么都不要做，求你了，我去把它拿走……”

虔诚的女人们注意到皮奴西娅从第一排长凳上轻轻起身，走向穿细条纹衣服的殡葬工作人员，在他耳边嘀咕了些什么。就在那个男人手指并望向祭坛的一瞬间，她抓起非洲菊和黄玫瑰的花圈，把它拿走了。她干得神不知鬼不觉，即使是逝者，即使她像皮奴西娅仍然幻想的那样突然醒来，也不会觉察皮奴西娅曾到过那里。

“可以了吧？”她赌气地问道，重新在她哥哥和尼可拉中间坐下。尼可拉，她认定了的未婚夫，是第一个赶到医院的人，第一个提醒她要给在美国的利奥打电话的人，也是他通知了卡洛、教堂和殡葬公司。“一直在打电话。”如果有人问她是如何撑过她母亲离世最初那几个小时的，这便是皮奴西娅的回答，但还没人问过她任何事。

终于，神父进来了。神父是个年轻人，给人很温顺的感觉，他有着稻黄色的头发，让利奥想起肯尼公园里被落叶覆盖的小巷子。背景音乐停了，神父用熏香为逝者祈福。“请起立。”他说道，双手合拢，盯着祭坛下的人群，“让我们祈祷。”他垂下了头。

就在那个时刻，天开始下雨。渐渐地，城市的喧嚣被越来越密集的雨声淹没。大雨滂沱，落在街道上、屋顶上，落在人身上、垃圾堆上、树上，钻进墙上的裂缝里、大开的窗户里，滑动在下水井盖上，飞溅到商店的玻璃橱窗上、公寓楼的大门上、公交车的车身上；雨填平了地面的坑洼，淹没了下水道，在街边造出大大小小的水沟，从下面侵蚀着城市，而整座城市忽然间发现自己并没有根基，它立着，好像虚无中唯一的巨大谎言。

就在那个时刻，卡洛试着动了一下，以表达自己的忌妒。他忌妒祭坛上的神父，忌妒他的青春，忌妒他从每个毛孔散发出来的虔诚。

就在那个时刻，虔诚的女人们惦记起晾晒在阳台上的衣服，惦记起过不多久就得着手准备的午餐，惦记起去超市时要累积积分。

就在那个时刻，皮奴西娅紧紧地握住了尼可拉的手，告诉自己说她有多么爱他，而尼可拉却在担心石头脸的手下，担心那花圈真是他送来的。

就在那个时刻，利奥站了起来，做出了选择。

就在那个时刻，第一次，美国女人的遗体得以独处，脸上的容光黯淡下去。她的旅程已经开始。从今往后，死人再不会跟我们有任何关系：活人的焦躁正在回归。

17

利奥躲在暗处，他的身体偶尔暴露在反光之下：对面的窗户，某辆汽车的前灯，还有不时从云后探出头来的月亮。

他划着了火柴，火柴点燃了非洲菊和黄玫瑰的花圈。一瞬间，阳台上光明乍现。接着是烟，黑暗中黑色的烟。

利奥向下望去：那正是他午夜梦回挥之不去的场景。他扶着栏杆。一片漆黑、阴冷。就是从这里下去的，他回忆着，就是从这里，文森佐变成了超级英雄。

他返回屋里，去到他以前的卧室。他打开一只抽屉，又打开另一只，他以为自己还记得在哪里，但相反……

在这儿。

他双手紧紧握着他那把刀的刀把，他试着挥了一下，又挥了一下。他感到自己的动作比以前生疏了不少，但还够用。

他在街上疾步走着，像是在森林中穿行的一只鹿。没人看到他，他也没看到任何人。

“我想向唐·路易吉当面致谢，他给我母亲的葬礼送来了花圈，明天我就要出发去美国了，我就要回家了。”他向守在赌场外的一名狗腿说道。他们没认出他，或者认出了，但他们不在乎。他们犯了个巨大的错误，没搜他身。当他站到石头脸的面前，会从口袋里掏出那把刀，刺进他的喉咙，然后从侧门离开，直奔机场。这是他的计划。

利奥被放进去了。石头脸正在打台球，他变老了，看起来甚至都不邪恶了。

“晚上好，唐·路易吉。”利奥低声说道，他能感到自己血脉偾张。

“晚上好，美国小鬼。请节哀。你母亲是个伟大的女人。”

“伟大的女人，的确。”利奥点头，“感谢花圈，您不必如此破费。”

“废话。”

他们面对面，两具身体相互发射信号，紧张的信号。谁会活下去，谁会死去?

“怎么了，小鬼，你还好吗?”

“一切都好。”利奥说道，开始靠近。他一只手插进口袋，握紧那把刀。就那么一瞬间，一个人的命运便已定了。

18

他坐在一座小山的顶上，肩膀靠着一块耸出地表的石头。炭火盆中的火焰被风推着，从烟管向上涌，喷出紫色和蓝色的火花，溅到还没开花的含羞草上。

风改变了方向。他听到狐狸在奔跑，不过远在山脚下。一声嚎叫由近而远，沿着山坡向河床方向移动；然后又是一声嚎叫，比之前那一声弱。最后没了动静。那些动物钻进了被遗弃的兽穴去了。

能遥遥望见贝内文托的灯火，在西边，在大山谷里铺展着，像是一群从天空跌落下来的星星。利奥站起身，靠直觉搜寻狐狸消失的方向，没过多久又回来，在原来的地方蜷起身体，肩膀靠着石头，朝地上吐了口痰。

卡里姆用火钳翻着炭。“都是那些该死的母鸡。”他说道，“是它们引来的。”

农民们懂得如何守护鸡舍，就像在战争中捍卫碉堡那样，尽管如此，狐狸们还是会在夜里靠近并发起攻击。它们向来如此，从兽穴里出来就是为了抓鸡，不用这种方法，就用那种方法，反正它们总能做到。

“没什么特殊原因，从围栏里跑出来是鸡的天性。”埃及人继续说道，“如果它们想被咬死，这是唯一的办法……”

到了早上，发现鸡少了的农民会在附近搜寻尸体，因为有时候狐狸们只跑上几百米便迫不急待地撕咬猎物。几乎总是留下一大堆鸡毛和被扯得七零八落的骨头，还有眼睛。一只或者两只离开身体的眼睛，像是扔在地上的弹珠，令人感到恐怖。真是蠢鸡，利奥想，天知道遇到杀手那一刻，它们想了些什么。

卡里姆从炭火上拿起肉串，把肉一块块割进盘子里，装满盘子后递给他。“拿着，吃吧。”

美国仔抓起一只鸡腿，蘸了蘸土豆汁，大口吃起来。接着，他舔舔手指，打量盘子，挑选下一块。

“给我留点，该死的！”

“还有呢，放心吧。”利奥抓起第二只鸡腿。

风又一次改变了方向。过了一会儿，卡里姆说道：“我在想，为什么它们杀了这只鸡，却没撕碎吃掉呢。”

“也许它们已经饱了。”

“真正的捕食者才不会感到饱。”

他们坐在火堆前，沉默地吃着，直到炭火熄灭。利奥抬头望天。“今天晚上能看到银河。”

“你可别习惯了，几天后严寒就到，直到春天，一颗星星都看不到。”卡里姆说道。他将啃过的鸡骨头丢到地上，把空啤酒瓶抛过围绕着房屋的那排云杉树。“我去睡了。明天早上，我要带阿里去卡亚佐那边。”

“去那边做什么？”

“参加大佬一个侄子的婚礼。他问我要一匹马去拉车载新郎新娘……呸！一匹纯种马要去拉两个二十多岁的胖子，他们甚至连毛驴和公牛都分不清。”

“非得阿里不可？”

“大佬想要匹纯种马。”埃及人仔细观察着山谷，看不见的河水静静地流着，“记住，如果看见狐狸，直接处理掉。”

“我试试。”

那天夜里有人来了。卡里姆敲房车的门，惊讶地发现他还醒着。“我们走，”他说道，“他们到了。”

他们来到空地上。美国仔向河的方向望去，看到一团光摇晃着靠近，驶向马厩。他们叫这里“垃圾处理站”。每个夜晚，环绕四周的乡村会传来莫名其妙的噪声，似乎向这里发出威胁。大地上潮气弥漫。今晚，那点光亮让这里看起来有点不一样了。

一般说来，来送货的那辆越野车要在山脚下自西穿过沿河省道，所以不会在两点以前到达。它先是要走半公里的土路，接着关了车灯，开上一条藏在铁丝网后面的小路，再之后，要从一捆捆腐烂的干草和没人修剪的桑树中间穿过，爬坡到一片开阔地上。一旦它到达垃圾处理站——一片夹在马厩和主屋之间的未开垦的土地，会有一个电话从车里打到卡里姆的手机上。

货几天、几个星期一送，有时也会等上几个月。

“拿上铁锹。”卡里姆命令他。

越是靠近马厩，埃及人语气就越紧张。利奥一声不吭地跟着。那是中层领导的困境，他想，既要在下属面前演好领导，又要在领导面前演好下属。当他们的长靴一步步踩向土地坚硬的外壳，外壳应声而碎时，美国仔注意到银河是如此明亮，以至于能看清越野车里两个男人的轮廓。

那两人中有一人他可不陌生。矮小、粗壮，五十多岁，巨大的块根状鼻子，穿条工装长裤，上身套件有“加利福尼亚”字样的运动衣。他一看见他俩，就指着一片像是最近被翻过的地对卡里姆说道：“那些该死的鼹鼠又回来了。”说完，吸了一口烟。

卡里姆给利奥递个眼神。“不是鼹鼠，是狐狸。”

“什么？”块根状鼻子问道，他似乎被这个消息吓了一跳。

“狐狸。”

“这些不消停的家伙……”

“你可以大声地说出来。”

利奥抓起铁锹，插进土里，开始挖坑。卡里姆跟块根状鼻子讨论消灭狐狸的最佳办法。

“要在这附近撒上毒药。”

“那样有可能害死马。开枪打更好。”

“要是那些该死的鼹鼠还好点。”

第二个男人，一个美国仔从没见过的男孩，一边盯着他看，一边抽烟。

“明天开始大搜捕，你不用担心。”他听到埃及人说。

“我就这么向上面汇报？”

“这事就交给我们了。我们会一直追到它们的老窝里。”

“好吧，我们走着瞧……”块根状鼻子回答道，“你手下这人表现如何？”

“你也看到了，是个能吃苦的。”

“他话不多。”

“掘墓人都不爱说话。话说回来，你那个男孩话也不多。”

“但我那个是个哑巴。”

“真的？”卡里姆问道。

“真的。”块根状鼻子回答道。他双手插进运动衣口袋，靠近男孩。“萨萨！”他冲男孩后背喊，“过来这里！”男孩没动。“我看这笨蛋也是个聋子。”他说道。他们忍不住笑了起来。

坑刚刚挖好，聋哑人就把烟头扔到地上，用鞋尖踩灭，去开后备厢。利奥靠近越野车。一只帆布大包，用结实的绳子缠绕着，那种打包方式是为了不漏下任何东西。看起来像棵圣诞树，他和米娅一起去哈特福德主街的集市上挑选过的那种。

两个男人坐回车里，卡里姆则给利奥打下手。一二三，他们抬起大包，把它甩进那个坑里。是个瘦子，美国仔想，这个比上次那个要轻。接着，几乎是机械地，他抓起铁锹，开始填土。卡里姆关上后备厢，走到副驾驶座门旁。

“那么下回见。”块根状鼻子说道，“记住，狐狸的事。”

“你不用担心。”卡里姆重复道，用手拍了拍车顶。

聋哑人挂上挡，车前灯保持熄灭，启动了车。不一会儿，车带着车内的光亮消失在远方。利奥又一次要在黑暗中完成工作。

埃及人向主屋走去。“记住，要填好。”他说道，“我可不想一觉醒来就看见那些该死的狐狸把可怜的浑蛋的胳膊当早餐吃了。”

接下来的两个小时里，利奥尽可能把土轧实。当他终于在房车里躺下来，他问自己那些狐狸为什么要跟他过不去，它们为什么要把他不惜一切代价埋好的东西重新带回到光明之中。

他认为，这是他人生中数不清的神奇事件之一。

之前他锒铛入狱是为了补赎他过去的肆意妄为，而不是打劫一对年轻情侣造成的伤害。如今也一样，他被囚禁在这片荒芜的乡下流放地——石头脸的帮派用来掩埋需要消失之人尸体的垃圾处理站，不是因为他试图刺杀大佬，而是为了让他不能从这里离开。

这就是魔法的行事方式。利奥最初这样反思。人们自以为知道为什么这个世界以这种或那种方式运转，自以为所有的事都看见了，一清二楚，明明白白。其实正相反，他们什么也不知道，因为真正的了解，是要能看到事情的背面，但只有巫师才懂得怎样看清事情的背面。

刚到流放地时，他被允许给他妻子写封信：

亲爱的米娅：

我知道这几天有人去找过你。

很遗憾，他们说的是真的，目前我没法回家。我请求你按他们说的去做。不要去找警察，也不要来找我。你要替维尼着想。如果有任何事情，去找皮奴西娅，她知道怎么联系上我。我会尽一切努力回到你的身边。

对不起。我爱你。

利奥

就在那天晚上，他见到了卡里姆，跟他做了一次长谈。后来在另外两个场合，他俩又有两次这样的长谈。

“随着时间推移，你会好起来，所有今天觉得无法接受的事，明天你就接受了。应该比你想得要快，他们会再给你机会写信，接着还会加快，直到跟正常通信一样。我呢，不会为难你，因为我觉得你还挺讨人喜欢。我也不想骗你。没人会忘记你在这里的原因，目前来说，你的命是他们给的。但随着时间推移，你努力干活儿，你不废话，你不惹麻烦，这些你做到了，你的处境就会好起来。然后有一天，你会感谢上帝，因为他没指定个坑给你。”

“你们杀了我好了，这样下去，我活不活也无所谓了。”利奥回答道。

“刚来的人都这么说。你想清楚，你不仅要为自己的命负责，还有你儿子和你妻子的。”

“我不照你说的做，他们会被杀吗？”

“你可以保证他们的安全。”

“那如果只是杀了我呢，留他们一条活路？”

“这我不知道。也许他们也会被杀掉，也许没事。不管怎么说，从现在起，你就是我的手下了，而我，我不想再碰死人。从今天起，有些事你来做。”

“我得杀人吗？”

“不，你挖坑。”

“挖坑？”

“挖坑和看守。从现在起，你就是这片看不见的坟场的看守。要是你愿意，闲着的时候可以跟我一起种种菜，就在园子里。但你也别想着种很多，因为种地是我最爱的用来打发时间的事，我不想享受这些的时候总被人横插一脚。要是你愿意，可以帮我照看那些马，它们可是得花很多精力去关爱的野兽。”

“要是我不想照看马，我妻子和我儿子会被杀吗？”

“不会，当然不会。”

“那就去他妈的。”

“随你便。但是我提醒你，在乡下可没多少事能做，不得不找点事打发时间。”

“之前在这儿挖坑的人去哪儿了？”

卡里姆看着他，沉默不语。

“天哪……”

“记住，你是个幸运的人，你得到了第二次机会。据我了解，过去那些想干掉大佬的人，没哪个跟你一样还能有辆房车。”

“为什么他不杀了我？为什么他不像处理其他人那样把我埋了？”

“他需要有人来干活儿。”

“他缺人手？就为这个，他把我变成个掘墓的？”

“没错。但也是为了惩罚你，我觉得。”

埃及人是对的。就像在监狱里，从有限活动范围内享有一定自由这个角度来说，他的处境确实跟蹲监狱一般无二，主要问题也在于时间，怎么打发时间，以及怎么阻止头脑陷入死胡同。

最初几个月他想过自杀，想过以尽可能逼真的现实主义手法创作死亡，但他一直没有足够的清醒去筹划。他知道如果他那样做了，不会再有人碰米娅和文森特哪怕一根头发，他们彻底安全了。他知道与其他任何事相比，石头脸更害怕监狱，那个真正的监狱。他能毫不费力地杀人，但谋杀始终是最严重的罪行，会被判死刑。

正因如此，大佬才会偷偷埋掉他的受害者。只要尸体不被发现，就没人能起诉他。考虑到整个帮派的利益，垃圾处理站有着不容置疑的重要性。正因如此，流放地所有掩护设施也很重要，从临时性栅栏到干草堆，从卡里姆的马们到菜园子里的蔬菜。美国仔也在被保护之列，好像他不是个命如草芥的苦役犯似的。

然而，地下每多一具尸体，他的内心就叠加一份不安。渐渐地，利奥觉得自己成了所有那些罪行的帮凶，迟早有一天会为此付出代价。他铲的每一克土，都拉远了他跟康涅狄格的距离。而他在孤独中每多度过一天，都让关于米娅和文森特的回忆变得更痛苦，都在腐蚀他想要活下去的信念。

就这样，在流放地最初的时光里，最初的那几个月里，他固执地反抗着，不想去适应。他跟世界隔绝。沉默着，却又无休无止地自言自语，突如其来的崩溃、噩梦、眼泪，不断地用头去撞房车的内壁。

有一天，他醒来后，抚摸着额头上密布的小伤疤，他明白了，他应该投降。

回不到从前了，魔法最终还是赢了，除了等待奇迹，他什么都做不了。那天美国仔去主屋找卡里姆，跟他说想帮忙照看一下那些马。

块根状鼻子和聋哑人深夜造访之后的第二天下午，利奥绕着马厩转悠了一会儿，马正在睡觉，他决定晚点再来给它们加草料。

他快步穿过垃圾处理站，突然发现有只空可口可乐易拉罐卡在一棵云杉的树枝间。他能肯定，昨天那儿还什么都没有。

他走近云杉树篱，取下那只空易拉罐，仔细地看了看，最后用手将它捏成一团。接着，他走进房车，看了下手表，将一支手电筒别在裤腰上，又出去了。风和日丽，气温宜人。他从房车附近的工具堆里捡起一把铁锹，跨过流放地边界上的栅栏，迈着坚定的步伐，向河边走去。越靠近山脚，土地越少且越荒芜，像是未开垦的荒地。实际上正相反，这里种地的是一名真正的农业公司的业主，他不停地耕种，眼下因为没到收获季节，也因为没有杂草，这片土地才不像差不多撂荒的流放地那样草木繁茂。出于同样的原因，这里的牲口都更强壮、更长寿。而流放地的牲口都营养不良，常常生病，迟早不得不杀掉。

岩洞附近，风强劲地吹着。他越过一片因一棵橡树被砍倒而形成的塌陷地，来到一片小树林里。这里树长得很密，从地面勉强能看到天空。而地上荆棘密布，又因树根间长满苔藓而异常湿滑。他尽力将每一步都踏在树叶堆上，跳跃着行进。

利奥停下来，听着河水的汩汩声。接着，他跪下来查看岩石里挖出的洞。他拨开盖着洞口的树叶，先把铁锹扔进去，再探头往里钻。他用胳膊肘撑着身体一点一点向前，穿过狭窄的拱形洞口，触摸到了潮湿的地面。

他的心提到了嗓子眼儿。随着深入岩洞，日光在身后越缩越小，越来越暗淡。他就那样抓着铁锹爬了几米，当一阵冷风吹到他前额上，他知道已经到了宽处。他一点一点抬高身子，直到他弓起的满是泥泞的身躯与岩壁贴紧。利奥用胳膊擦擦汗，掏出手电筒打开。

在人造光照射下，寂静的岩洞看起来很不真实。狐狸，如果这里有的话，肯定躲在某块大石头后面，或者某个兽穴里。他检查一番，包括最偏僻的角落。有两次突如其来的窸窣声让他神经紧绷，但末了除了一条游蛇的尸体，他什么也没找到。

跟来时一样，他用胳膊肘撑着向外爬，出了岩洞。他往房车走去，直到灌木丛中传来一阵噪声，再次引起他的警惕。他举起铁锹，猛地转过身去，看到了她。

“你也是在找狐狸吗？”女孩问他。

利奥放下了铁锹。“是，”他回答道，“你有看见吗？”

女孩指指岩洞那边。“自打出生，我就一直住在这儿，一只狐狸都没见过。不过，有时我父亲想找点乐子，他就钻进那里面，抓两只出来。”她说道，“他会杀了它们，再扔到那下面去，就那片烟草种植场。他说死狐狸对耕地是好肥料。”

“不管怎么说，它们没在岩洞里。”

他俩沉默着对视了一会儿，像是想看穿对方来这里的真实目的。

“今天卡里姆不会来，”美国仔说道，“他很早就出门了。”

“我知道。”

“既然知道，为什么还在老地方留下易拉罐？”

女孩靠近他。“我期待着你会来。”她小声道。

利奥后退一步。有这个可能。据说，在眼前那脏兮兮的布下面，是一具真正的女人的身体。“别闹了。”他咆哮道，“你现在就跟个不折不扣的妓女一样。你可是卡里姆的女朋友。”

“我不是他的女朋友。”

“好吧，不过他可不这么想。不管怎么说，我不感兴趣。”

“但是，你发现了易拉罐，你来了。”

利奥举起铁锹。“我来这儿是为了那些该死的狐狸。”

借助昏暗的光线，他看见女孩脸上一副饶有兴致的表情——那种风骚女人的表情。“走着瞧吧。”她说道，“我有感觉，你是想要我的。然后，你要记住，一个奴隶，哪怕心有所属，迟早也得稍微发泄一下。”

利奥一只手揪住她的衣领。“你是笨蛋还是怎么的？”他贴着她低声说，“你是想给我找麻烦，对吗？”

他看到女孩脸上的泥垢，闻到她衣服上腐烂干草的恶臭。她从头到脚都那么野蛮、原始和土气，就像他第一次在马厩撞见她时感到的那样，当时她双腿大张，背靠草料堆，而卡里姆正在狠狠地撞击着她。

“离我远点，明白吗？”利奥推她一把。女孩跌倒在地，发出一声呻吟。“该死的神经病！”

女孩摸着受伤的膝盖，没再吭声，抬头看着他。她用一根手指在伤口上抹了抹，给他看沾血的手指，接着，像是获胜般得意地将手指放进嘴里，吸吮着。“如果你好好表现，我也会让你舔一舔，甚至让卡里姆在一旁看着。”她笑着，“但是你得先固定好他，也许你可以用钢丝绳绑住他……”

利奥没再说话，只是朝地上吐了口痰，便转身朝向另外一边。西边天际聚了一大团乌云，仿佛一面坚固的墙，接着，一道细长的转瞬即逝的闪电猛然把天空一切两半。

晚些时候，他正在喂马，卡里姆突然出现在他身后，手中拎着只被撕成两半的母鸡。

“又一只。”他说道，“我可是把那些该死的狐狸给喂饱了。”

利奥看看埃及人手中的母鸡，用耙子叉起一捆草料，扔进小巴尔波亚的隔间里。小巴尔波亚是匹小白马，他对它格外偏爱。“今天我去了岩洞那边。”他说道。

“怎么样，有抓住几只吗？”

利奥摇了摇头。“影儿都没有。”

“你确定？”

“我确定。”

“该死的。”

“它们该是换了另外的窝住着。”

草料落地的窸窣声引起了小巴尔波亚的注意。它全身雪白，只在双眼之间有块五边形的黑斑。利奥喜欢看它咀嚼，它咀嚼时那块黑斑会被拉长，变成类似等腰三角形的形状。

“你把阿里留那儿了？”

“它在卡车里等你呢。”卡里姆回答道，“我觉得今天表演后它肯定很饿了。”他凑近看那只母鸡的头。“我们甚至都没法在炭火上烤它了。”他说道，更仔细地看着，“也许可以煮汤，对，煮汤的话，我们应该还能抠点肉下来。”

“也就是说我们该用它煮汤。”利奥表示同意。

“就这么定了。你去牵阿里进来，我去把水烧上。”卡里姆刚要走开，又返了回来，“对了，你告诉我……今天在山下岩洞那边，你有碰见那女孩吗？”

利奥犹豫了。他被迫马上要做个决定。他决定不说，赌一把。

“没有，我没见到。”

“好吧。一会儿见。”

“卡里姆？”

“什么事？”

“我一点也不喜欢那个女孩，我早就想跟你说了。”

小巴尔波亚开始咀嚼，双眼之间的那块黑斑有节奏地变化着形状，它的眼里流露出感激。

卡里姆忍不住大笑起来。“这样最好。”他说道，用力挤了挤那只母鸡的腹部，母鸡的内脏纷纷掉落在地上，“这意味着将来咱们之间不会有问题。”

最初几年，他还及时更新垃圾处理站的记录。一开始，对他来说，掌握准确的数字是必不可少的，理由不止一个。他确信会有那么一天，关于这里的一切，他提供的真相能派上用场，假如他能确切地说出他埋了多少具尸体，还有在哪里以及什么时候的话。

他在脑海里为那些尸体存档。为了不被发现，他决定用脑子记下每一条信息，不留任何文字。而这被证实是种有益的消遣，是能让人活下去的手段，让人免于无聊，免于绝望。活下去是为了记住，记住是为了活下去。

还有更深一层的原因促使他这样做。他明白那将被他埋了的人也有一张脸，有胳膊，有腿，而多亏了他，那个人能在这个世界上留下一点痕迹。大多数时候，那些脸看起来都不怎么好看，但对他来说，那是能让他感到自己还活着的最直接的方式。

就这样，为了让错综复杂的记忆地图更牢固、更有连续性，他开始把每具尸体的脸跟自己还是个孩子时迷恋的那些印第安人的名字以及他们的伟业联系起来。所以，最开始他埋掉的尸体几乎囊括了最伟大的美洲原住民，从坐牛到红云，再到疯马、杰罗尼莫、山雷、白熊、科奇斯、脸上雨。在这差不多四十具之后，他用光了自己知道的印第安人的名字，他开始在脑中的墓碑上刻下他最爱的歌手的名字，接着是 NBA 传奇球星，接着是美国总统。

第三年过了一半的时候，有一天，他碰上了一具女人的尸体。结果，他花了几个月的时间为她寻找一个合适的名字，最后，他称呼她为唐娜。这个名字让他想到唐娜·路德维希，里奇·瓦伦斯的同学，一九五八年的时候里奇·瓦伦斯专门为她写了一首歌，后来收在《青春传奇》那张唱片的 A 面。重温他到流放地之前的所有这些记忆，对他来说，帮助巨大。

过了一段时间，卡里姆打破了他不谈尸体的惯例，他让利奥注意，垃圾处理站的范围过度扩张了，得把货集中在一个有限的区域内。

“那样会把这里变成个万人坑。”利奥抗议。

埃及人注视着他，那模样就好像他亵渎了上帝一样。“你在乎那么多干什么？你只管埋就是了。”

从接下来的对话里，利奥凭直觉猜到，集中掩埋是为了让帮派在必要时能更快转移，面对可能的调查能更利落地处理掉这些关键性的证据。有几个月，这个新发现重新点燃了他的希望：这意味着有人可能追踪到他的下落。但几个月过去，风平浪静，他这个鲁滨逊也就放弃搜寻地平线的影子了。

那件事成了精神崩溃的序曲。

大约在第六年快结束的时候，有些东西变了。突然间，美国仔陷入了长期的抑郁，他开始质疑他的记忆存档的价值。不会有调查能揭露这片流放地的秘密，很可能就是这样了。很多次，在夜深时刻，他反复想着长期以来他积攒的堆成山的无用信息，像是着了魔，怎么也走不出来。他是个幻想家，在那些绝望的黑暗瞬间重复做着同样的事情，他是个海难幸存者，他是个疯子——不停地挖着坑，把幽灵藏在里面。

19

他得到允许，可以跟妻子书信往来。利奥写好一封，把它交给卡里姆，卡里姆可能全文通过，也可能让他删掉所有可能暴露流放地的细节，重新誊一份。之后，埃及人把信交给石头脸另一个手下，由那个人把信寄到大洋彼岸。

一旦信抵达目的地，他妻子会立刻写回信并寄给皮奴西娅；从皮奴西娅那里，仍然密封着的信被直接送给石头脸那个手下，再抵达流放地，卡里姆会先一步仔细检查信的内容以排除对囚徒情绪的不良影响。当美国仔认真读信的时候，他试图记住的不仅是那些话，还有字迹凹凸不平的样子，甚至是米娅所用信纸的颜色。再之后，卡里姆把信撕成碎片，利奥则颤抖着回到房车，准备再来一遍。

一个回合需要很长时间，太长了，以至于对于他那连绵不绝的问题，米娅的回复常常不再有时效性。他问她的状况、维尼的状况、弗兰基叔叔的状况，还有安东尼的状况。没过多久，在对新政策的陶醉过去了之后，他意识到，这种书信往来其实只会加剧他的抑郁。

他一整夜一整夜地不睡，试图忆起他妻子最近一封来信上的每个单词，或者不断地问自己，为什么她会选这种纸而不是那种纸，她在哪家店里买的纸，她有没有跟某个人说过话——他想象某个人是那家店帅气的店员，向他妻子投去欲望满满的炽热眼神，紧接着是各种肮脏的勾引……所有这些臆想都在折磨着他。

过去生活的每个细节都在逼迫他去回忆米娅身上的香味，她的声音，北端区的各种声音，清晨落在汽车顶篷上的看不见的毛毛雨，布什内尔公园里刚被园丁割过的嫩草的气味，那些郁郁寡欢的同事的眼神。然后，突然地，他乱套了，分不清哪些是真实的回忆，哪些是他的臆想。他会在另一个男人的身上闻到米娅的香味，而她却坐在客厅里，属于他俩的客厅里，给她远在世界另一头的可怜的丈夫写信表达安慰，那个男人带文森特出去散步，教给他各种花的名字，还有树的、动物的、星星的、总统的，甚至是那些伟大的美洲原住民的名字。

他正在向疯狂狂奔，他自己也意识到了。那些毫无意义的念头无孔不入，像刺一样扎进他的心里，接着开始疯长，刺变得像长矛那样凶猛，足以让他的灵魂出血。但越是更深地跌入那种疯狂里，他就越是渴望下一封信的到来，渴望下一封信继续让他发疯。

他打开行军床边的小灯。荒芜的房车在他眼里像间缺少炊具的厨房。每到夜里，他存在的范围便被缩小到这肮脏的九平方米。在某种意义上，他觉得很安心。门外那无边无际的空间反而让他觉得透不过气来。

利奥站起身，望着外面。一团潮湿的雾气笼罩着垃圾处理站。有那么一瞬间，他试图去想象那些尸体腐烂的过程。如今，他不再去追问下一次送货是什么时候了。他内心希望越快越好，至少那样他就会有一个不用睡觉的借口，可以一直忙到早上再补觉。

最近一封来信，米娅附上了一张照片：她和文森特在镜头前相拥而笑，背景是康涅狄格河岸。那天下午卡里姆把照片拿给他，他立刻开始仔细地观察它，以一种近乎病态的方式盯着它，直到照片里的景象开始旋转，直到他感到头晕目眩，直到他再也认不出照片里的两个人。七年的时光，把那个曾在他肚子上打盹儿的新生儿变成了棕皮肤的微微发胖的小男孩，而他那绝色的妻子也被赋予了成熟的魅力。

那张照片再次唤醒了利奥心中那股疯狂的力量，当卡里姆正要在他眼前把照片撕碎时，他鼓起勇气阻止。

“你知道规矩的。”埃及人回答道，“我不能留下。”

“毁了它又有什么意义？”利奥紧追不舍。他想要的并不是照片本身，而是他妻子和他儿子的眼神，是那帮恶棍偷走这一切需要泯灭的最后一点人性。“我把它带回房车又能怎么样？改变了什么吗？”

“我不知道有什么意义，但我知道这是他们的命令。”

“要是你替我保管呢？”他开始苦苦哀求，“你可以把它拿在手里让我看……”

卡里姆转身面向另一边，犹豫像是清凉的微风，正在渗进他那习惯了奴隶思维的大脑。那会比其他任何事都更让美国仔伤心：他的人生就像是风中的一根树枝，在另一些人的意志下摇晃，而另一些人也只是活在稍微好那么一点点的世界里，在这种重要的事上并没什么话语权。

“为什么你不写信告诉你妻子，让她每次来信都附上照片呢？”埃及人向他建议道，一边把那张照片撕成不规则的细条，直到米娅和文森特的脸庞被支解成无法分辨的拼图碎片，“这样我就可以拿给你看，就像今天……”

没过多久，当他往房车走的时候，利奥已经明白，他再也不能承受类似的痛苦了，多一次也不行。他知道他没法再坚持每天夜里凭借回忆去重建那张照片，以及可能到来的每一张照片。

免于这种疯狂的唯一方法是停止追忆。要么那些话语、那些画面，也就是那些人只在每次他想要的时候才存在，要么那些根本就不要存在。那些尸体也一样，没人会来寻找他们，也没人想要准确地知道他们在哪儿，什么样的犯罪调查员会愿意相信他的故事呢？

如今，那么多年之后，他已经成了一个共犯。每个月石头脸会汇钱到米娅的账户上，她收下那钱并用来交房租。他妹妹皮奴西娅带着那些密封的写给他的信件从城市的一头跑到另一头，把它们交给她自己街区的一个帮派分子，完全自觉，无须任何形式的逼迫。七年的时间里，从没哪个人碰过他哪怕一根头发，也没人把他捆着。卡里姆对他一直很友好。他真的能确定自己目前的处境是受到逼迫，而不是内心深处自己的一个选择，不是他想要加入帮派的欲望在作祟吗？

已是凌晨五点，太阳到了流放地对面山上风化了的峭壁后面，天色即将破晓。利奥准备好摩卡壶，点燃炉灶。某个地方一只狗开始喊叫，不久，就会有更多散布乡间各处的狗加入进来。

他该忘记那些死人的名字和面容。

他该忘记米娅和维尼。

除了正在等着他的那种生活，不存在另一种在别处的生活。他的生活，或者说剩给他的生活，全都在这里，在这片墓地中，他是这里的守卫。

几个小时后，八点左右，卡里姆到马厩找他，他正在喂阿里。“今天我要带它去比赛。”埃及人说道，“大佬决定卖了它，所以想带它出去让别人看看。我会离开几个小时。”

美国仔靠过去，抚摸阿里那黑里透红的鬃毛。“我不知道。”他小声抱怨着，“我觉得这样不对。”

“最好不要对这些野兽产生感情。最终，它们不是死，就是被卖掉。”

草料堆里，阿里正在咀嚼，对他们的谈话毫不关心。正因为这一点，利奥才喜欢马。甚至一头猪都能在被送去屠宰场之前或多或少明白自己的命运，但是，应该像一匹马那样才对，应该以一种无可挑剔的满不在乎的风格对待生活。

“好吧。”利奥嘟哝着。“这里的事我来干。”他补充道。当卡里姆挽起缰绳准备牵走那匹种马时，他突然鼓起勇气想要说出他的决定。“卡里姆……”

那个人停下了脚步：“怎么？”

“我再也不想读那些信了，我也不会再让你帮我寄了。”

卡里姆投来困惑的目光。“你确定？”

“我确定。”美国仔说道，“再也不了。”

20

女孩腿张开，裙子翻在腰上，头发上嵌着泥巴和草梗，像只受伤的动物那样呻吟着。每次撞击，女孩粗糙的双手都抓紧身下的干草，显示着快感的强度。

一如既往，匆匆了事之后，内疚感涌上来，吞噬了他：我是怎么做到跟这样的女人搞上的？堆草房外，马们在它们各自的隔间里嘶叫着。女孩躺在地板上，在黑暗中，赤裸的肚子上沾满了干草。一线阳光从木板间一道缝隙射进来，照在她两条大腿上。

“快起来。”利奥说道，“从后门滚蛋。”

女孩没作声，她四肢撑地，摸黑爬着，在两座圆柱形的草料堆之间寻找着内裤。穿上内裤之后，她放下短裙，站了起来。

“给我根烟。”她说道，脸上一如既往现出嗤笑。

“我跟你说了，滚蛋。”

“先给我根烟。”

利奥从衬衫的口袋里掏出香烟盒，扔给女孩。“从后门出去。”他又说一遍。

“那我得绕一大圈儿。”女孩抗议道。

“我不管，你照做就是了。”

女孩轻蔑地微笑着，把香烟盒还给他。“那么远，他不会看到我的。”她说道，“你是个偏执狂，知道吗？”

利奥靠近木板间的那道缝隙，眯着眼睛向外看去。他远远看到房车，看到主屋的轮廓，这个点儿，卡里姆正在那里面休息。他用眼睛估算着距离。从堆草房那木结构之下的黏土地出发，无穷无尽的蟋蟀正演奏着盛夏午后的原声带音乐，杂草堆里则升起一股无情的热浪。如果他能清楚地看到那边，埃及人从那边也能做到。

跟农民的女儿乱搞，是他逐渐抛弃这个世界的计划中的一环。如今他已不再为她身上的恶臭烦恼，也不再对她身上的肮脏有知觉。有一天，她试图吻他，也可能是想要咬他一口，利奥一巴掌扇过去，把她的鼻子打出了血。从那次开始，就好像女孩身上的一种病毒感染了他，他不再关心自己的形象，他不理睬疯长的胡须和头发，不修饰、不清洁，以致个人卫生越来越糟。极罕见的情况下，他才会穿干净衣服，直到他作为囚徒在形象上割断了与曾经的他的全部联系。

多亏了那么多次偷偷摸摸的苟合，他内心自我腐烂的过程正在达到顶峰。他决定要融进这片土地里，要变成长眠地下的尸体中的一具。

美国仔看着女孩。她抽烟的样子像是初学者，向着香烟弓着身子，嘴唇拧巴着，仿佛一个怪脾气的老女人，在黑暗中看起来远不止二十五岁。

“照我说的做！”他冲她喝道。女孩不仅不后退，反而踮起脚迎向他嗤笑着。

利奥感到自己全身心地厌恶她。在内心深处，他知道这样一个女孩只会给他带来麻烦，但也许他想要的就是麻烦。这满口烂牙、气味难闻的女人，是他所能找到的让自己坚定赴死的最佳途径。

堆草房外传来一声哨音。一只目光呆滞的德国牧羊犬——它的名字叫戈德瑞克——从马厩里溜了出来。他跟上它。

一人一狗穿过菜园时，菜园里的番茄正在太阳下变质腐烂。他们向着河边行进。戈德瑞克凭直觉找寻着方向，突然，它向山谷底部加速冲去。渐渐地，耀眼的阳光变薄了，灌木丛里令人沮丧的气息弥漫开来，就好像在梦中来到了一片长满苔藓的开阔地带。谷底变得潮湿、阴冷起来。

河边有座泥煤堆成的小山，利奥常爬到上面，从那儿眺望山谷另一边的山丘。美国仔爬上那小山顶，静静地站在那儿，看着远处海市蜃楼中的小镇阿皮切。随着时间推移，他已经弄懂了那个奇怪现象的原理。

实际上，就在那个地方，从北面吹来的风转了个弯儿，往西砸向山脊，自山脊反弹回来，再向另外一个方向吹去，根本无从预见接下来那风会消散还是再出发。看着随风摇摆的树枝、树叶、草丛，利奥仿佛真的看到了那股气流，它挣扎着，从山谷一边飞到另一边，仿佛一只被关在瓶中的苍蝇。他看着那只苍蝇撞击河水后，再向某个方向飞去，然后突然间或者短短几分钟后，抑或很多天后，它又改变了方向，带着它的愤怒去了别处，山谷恢复了平日里苍白的平静，而他继续站在那泥煤堆成的小山上，观察着河流。就在那时，苍蝇逃离了瓶子之后，山谷里开始下雨或者放晴。

美国仔向戈德瑞克望去，它正冲封住一个石头洞口的钢丝网狂吠。那钢丝网后面，囚禁着几只垂死的狐狸，它们沉默着，忍受着那只淌着口水，渴望着鲜血的德国牧羊犬的咆哮。

利奥从小山上下来，抓起戈德瑞克的项圈，把它拴在一根树干上。他拍了它身侧一下，让它安静。从石头后面的一座废料堆中，他抽出一把铁锹，扔进一辆小推车，接着，看了一眼那些狐狸。他用一块木板捅到洞的最深处，把它们向外侧赶。

美国仔看到角落里有一具狐狸尸体，应该是昨天夜里死去的。它生着红色的皮毛，头上和尾巴上有些深色的斑点。它看起来就像睡着了一样。

他开始挖坑，那块地面不久前因掩埋其他狐狸被挖开过，所以不难找到合适的地方下锹。他将锹尖向下压，再用力推，直到在地上挖开一个缺口。只消十分钟，他便挖出了一个完美的坑。

他从口袋里掏出一把钥匙，走向牢笼。一只个头稍大的狐狸靠近他的手，利奥只轻轻骂了一声，便把它吓得退了回去。另一只狐狸在钢丝网后转过来它那皱缩的脸，眼里满是渴望自由而不得的无助。其余狐狸则躺在角落里，奄奄一息。利奥用钥匙打开锁链，移开钢丝网，抓过那只死去的狐狸，放进小推车，再锁上牢笼，转身离开。

他推着小推车来到坑边，把尸体放进去，开始填土。填了几锹，他突然停了下来。狐狸就这样在牢笼里死去，让他费解的是它们并没有互相残杀。同样的处境，人类和狗会毫不犹豫地相互伤害。为什么？狐狸这样做是因为有所顾忌吗，或者很简单，就是它们并没有吃掉同类的本能？

他恨它们。即使它们死了他也恨。

他觉得费这么大劲埋只蠢狐狸很荒谬，他把铁锹扔回废料堆。戈德瑞克则被吓了一跳，仿佛知道接下来会发生什么，它停止了狂吠，开始向前冲，那副气喘吁吁的样子像是快要被勒死了。利奥走到树边解下狗链，牵着它来到坑边。德国牧羊犬嗅到了鲜血的气味，贪婪地拍打着爪子。在坑边上，美国仔松开了狗链，他忠实的朋友凶猛地扑向狐狸的尸体。

走在返回房车的路上，他听到一辆汽车开到山下引起的回声，那回声打破了乡间的宁静。

深色车窗的越野车开过那排树冠杂乱的桑树，开到了他的身边。“你好，美国小鬼。”块根状鼻子说着，将头探出车窗，“你刚刚下到河边干掉了几只，是吧？”他满意的目光落在德国牧羊犬身上。“好样的，你是个能吃苦的家伙……”

利奥点点头，向车内望去。聋哑人一边开车一边抽烟。“你们怎么这个点儿来？发生什么事了？”

“没什么特别的，你放心。我们来给你送货……”他向身后摆了摆头，“不过，这次的货还不是成品……”

利奥一惊。“什么意思？”他结结巴巴地问道。

块根状鼻子忍不住大笑起来，按下汽车中控台上的某个键，后座的车窗落了下来。

“我觉得没必要介绍了。我没搞错吧？”

美国仔盯着那个男人，没认出来，也许是因为满脸的皱纹和惊恐的表情像修士袍那样裹住了他。自从他被囚禁在这里，他就再没见过某个人在变成需要被埋葬的尸体之前的目光。接着，突然地，他认出来了。他一阵眩晕。

“你还记得蜘蛛侠的儿子吗？”块根状鼻子插话道，转身面向后座。

而那个男人用极其微弱的声音说：“你好，利奥。”

第四部分

我的名字叫爱德华多

梦境将会被控制，惩罚将会到来。

——让·科克托[①]

① 让·科克托（1889—1963）：法国导演和编剧，诗人和作家。

21

我出生在黄楼街区的街道最深处，那不是个适合成长的地方。乞丐们靠“智慧”生活，妓女们在美国士兵离开后便都失业了，还有各种各样的穷人，他们整日赖在家里，敞着大门听收音机。偶尔有人走运，开家熟肉制品商店或咖啡吧，或者搬家离开，但无论搬去哪儿，所有人都只认你是黄楼街区的那个。

对我来说也是如此。我离开那里已经很久了，直到今天，在街上认出我的人依然会叫我“黄楼的爱德华多”。

在右眼患上青光眼之前，我父亲是瓦莱考迪纳地区的一名火车司机。他每天凌晨四点起床，赶到火车站，启动电力火车，等待着前往贝内文托的通勤乘客。在五点五十分出发的这趟车上，日均八名乘客，傍晚十八点零一分的那趟也是这个数目。他每天在贝内文托 — 那不勒斯这条线上来回跑。早晨，倘若八名乘客有某人没能按时出现，他便谎称火车出了故障，一直等着，直到有人开始抱怨为止。绝不能在五点五十分的时候将某个人落在站台上，唐·杰皮诺反复地说，那样太残忍了。然而，那么多年，他得到了什么回报？什么也没有，甚至连一声谢谢都没有。

后来有一次他靠着车门睡着了，火车出轨了。不算什么大娄子，只是造成了一些磕碰伤，不过，铁路公司的技术员发现了一瓶烈酒，起了疑心。我父亲激动地为自己辩护。跟酒精没关系，他说道，就是睡着了而已。

幸运的是技术员也来自黄楼。他开始跟我父亲打听老友的现状：这个人后来在做什么，那个人后来去了哪里。唐·杰皮诺被逼无奈，只得照实说：谁还没死，或者谁进了监狱，谁并没多大出息，某人开了家熟肉制品商店，某人开了家咖啡吧，而大多数人都离开了。在最终的报告里，技术员没提那瓶烈酒。

然而，那次事故之后，乘客们老在背后说他坏话，我父亲一边开着火车，一边听着那些流言蜚语，苦恼不已：他们说他是个可怜虫，一个酒鬼。有人甚至编了故事，说他在火车上搞了个夜间地下赌场。那当然不是真的，但即使大炮也拦不住那些人说长道短。除此之外，那些人还说，黄楼什么时候出过好人？

他被解雇了。

不久之后，我在街上捡到一只带斑点的猫。我不记得它的颜色了，但它有斑点没错。我不能带只猫回家，我父亲会把它撵走的。我们住在教会预留给贫困家庭的那种廉价出租房里，如果神父们发现了那只猫，很可能会把我们赶出去，于是我把它藏在了屋顶上。那天晚上，我喂了它一些牛奶。当我躺在床上准备睡觉，听着它喵喵的叫声，它那双饥饿贪婪的小眼睛一直在我眼前晃。想着想着，我起了一身鸡皮疙瘩。

第二天我去上学，整个早上，我都在想尽办法给它找吃的，我的同学们却像往常一样说着蠢话。“它叫什么？为什么你不给它起个名字呢？”

“什么名字不名字的。”我越来越生气，“真正的问题是食物！”

晚些时候，我回到家，莫名地，焦虑一直顶到了我的嗓子眼儿。我撞开门，看到一张嘴正在狼吞虎咽我母亲买回来做晚餐的牛排。正是它，那只斑点猫。愤怒涌上来，让我失去了理智。我从后面抓住它的脖子，连吐出口中食物的机会都没给它，去到阳台，把它从五楼扔了下去。喵喵喵，可恶的叛徒一边飞一边哭喊。将一个活物从这么高的地方扔下去真是一种奇怪的感觉。我没向下看，回到厨房，用清水冲洗剩下的牛排，再用油纸重新包起来。

就在那时，我母亲推开了门。她立刻打开油纸，看到了牛排被撕咬过的模样。她问我知不知道怎么回事，而我，想不出任何有说服力的借口，便沉默不语。她又问一次。再一次。就在那个时候，我双脚钉在原地，我开始了疯狂的戏剧表演，一段沉默的谎言独角戏，直至今日，那都是我演员生涯里无可比拟的杰作。我屏住呼吸，直到脸憋得像圣马尔扎诺番茄那样红，接着，我突然扑倒在她脚下，开始像刚出生的婴儿那样号啕大哭。凡认识我母亲的人知晓这件事，都会说我必得被她狠狠地教训一顿，然而，她却抱住了我的头，轻拍着我，说自己感到很抱歉。她流了泪，她坚信我是太饿了，饿到啃了生肉。那天晚上，唐·杰皮诺从咖啡吧回来，我们把那块牛排做成了晚餐，我还记得在分牛排的时候，我母亲把被撕烂的部分留给了自己。

我知道你在想什么——我是个懦夫，我不能说你说得不对，然而，我命中注定有此一劫。因为多亏我的懦弱，才让我明白接下来的人生里我想要怎么活。当我看着我母亲大口吃着那块肉，我就决定，我永远都不要再穷了。

我二十岁那年，我的哥哥马尔切利诺因为肾病在阿斯卡莱西医院住院，当时已住了两个星期。那是一段让人感到荒诞无比的日子，因为与此同时，唐·杰皮诺也在这家医院住院，而且已经超过一个月了。一个要切除肾脏，另一个要做说不清第几次眼部手术。我记得很清楚，每次去医院，我都要一连守上两夜。一夜在第一层我哥哥的房间，另一夜在第二层我父亲那里。那里所有人都认识我，护士们对我很好。

我先在马尔切利诺那里。他是个安静的人，喜欢闲聊。接近午夜的时候，我悄悄从他房间出来，去到楼上，尽量不被人注意到。楼上病房里的情况不算很好，因为唐·杰皮诺睡觉时说梦话。自从住进医院，他戒了酒，就说起了梦话，这可真奇怪。就这样，他跟房间里其他病人起了矛盾。如果说住院时有件事很重要，那就是不要得罪任何人，因为在那里，所有人都能够伤害到你。

然而那天晚上，我父亲向我保证他不会再胡言乱语了，他竟真的没有再说，于是，在经历了不知多少个疯狂夜晚之后，我终于能够睡上一觉。清晨时，一个护士突然叫醒我，让我赶紧去楼下，说马尔切利诺的病情恶化了。

我冲了下去。医生告诉我不能再等了，必须马上手术。去手术等候室之前，我又回到我父亲那里。那段日子他已经几乎看不见了，他像个老瞎子一样摸着我的脸，那是他第一次也是最后一次抚摸我，假如那算是抚摸而不是检查的话。

“你没刮胡子？”他生气地说道，“你像什么样子哪。”

“没时间，爸爸。”我回答道，“我要在哪儿刮胡子？如今我算是住在这医院里了。”

“你该害臊的。”他坚持着，“你哥哥要做一个危险的手术，而你却像个乞丐一样转来转去。”

“好的，爸爸。”我试着让他平静下来，“我明天就刮，我向你保证。”

“太晚了。”他总结道，“所有人都看见你这副样子了。”

我没把他的话太当回事，唐·杰皮诺就那样。我哥哥一直是他更喜欢的那个。此外，那天我还有其他的事要操心。我母亲和我的姐妹们也过来帮忙了。可怜的马尔切利诺，医生们正准备摘除他的左肾，同时向他的静脉里输入了污染了的血，他正在坟墓边缘徘徊。但那时我们没人能想到即将发生的事情，我们所有人都对医院和医生抱有坚定不移的信念。我们是穷人，穷人总是觉得懂科学的人比他们事实上可靠得多。有那么一位外科医生，他具有一种救世主般的气质，我母亲在他面前说话会变得结结巴巴，会目不转睛地盯着他那稳重的目光，那目光给人一种他很有能力的假象，让人满怀希望。这么说好了，那是主教座堂里的圣雅纳略雕像才有的目光。

他通知她马尔切利诺死了的那天，很可能她还是用同样的方式仰望着他。

那天早上，电话惊醒了我。“快来，爱德华，”母亲抽噎着说道，“你去通知你父亲……这世上最违背天理的事莫过于白发人送黑发人。”而我，没立刻去叫醒他，让他赶紧起床，告诉他我们要去医院：因为你的长子死了。相反，我把自己锁在厕所里，人生中最细致地刮了一次胡子。

后来每回想起来，我都感到内疚，在刮胡子浪费掉的那些时间里，我母亲独自在医院守在马尔切利诺中毒的尸体旁。我记得那天早上我往脸颊上涂剃须膏的时候，脑子里唯一的念头便是：我要让医院里所有的医生、护士、麻醉师都不再觉得我是个胡子拉碴的乞丐，我要让他们觉得我是逝者气质非凡的弟弟。

我永远也无法从记忆中抹去唐·杰皮诺抚摸着我哥哥的脸默默流泪的画面。尽管我知道那天马尔切利诺才是焦点，但那一整天我都在希望我父亲会转过身来，看着我，注意到我那完美的下巴。然而，他什么也没说，继续抚摸着我哥哥那粗糙的暗黄的脸。就在那个时候，我还在想：唉，看吧，他并没责怪马尔切利诺还没刮胡子就死了。

几个星期后，右眼里最后一缕微光也抛弃了我父亲。就这样，还不到五十岁，唐·杰皮诺便拒绝再多看这个世界一眼。从那天起，他就把自己关在卧室里，在黑暗中听着收音机，再也没离开过那个房间。

22

你想让我跟你说什么，美国小鬼？我在一张写字桌前度过了二十七年的光阴。我从一开始就明白，在那不勒斯银行工作会很枯燥，但我喜欢枯燥，它给了我时间去计划，去做决定，这样可以赚到很多钱。我付出了很多时间和努力，最后，我还是成功了。

大多数时候，我等着酒席桌上的面包屑掉进我嘴里，当我趴在那些官员的脚边，就像是一只小狗伸着舌头，因乞食受挫不得已变得懒洋洋的。

然而，我并不想要面包屑，我想要整块面包，我想要跟那些脸颊丰满红润、穿着晚礼服坐在桌边的官员喝一样的东西。

我从小份额的股票开始做起，我买下来，再卖出去，利润少得令人发笑，但总归是利润。在那个年代，经济还是件简单的事，每个事实都只有一种正确的解释，要迅速地了解信息，要懂得点决疑术[①]，但

① 决疑术：伦理学和法学中常用的一种推理，通过对个别案例的分析得出能够解决新案例的规则。

如果脑子够用，你只须翻翻《二十四小时太阳报》，就能明白该在哪匹马身上下注。

我在预测股市走向方面是个魔法师，我的上级却从不重视我这种能力。

一家银行，本该是资本主义的圣殿，相反，我却感觉像是活在人们描绘的斯大林时代的苏联。

领导、政治家、工会领袖、承包商，每天我看到他们在银行的走廊里三五成群谈笑风生，我都会想，那些婊子养的明明知道他们掉的面包屑就够让我买到任何我渴望的东西，任何我妻子和我儿子渴望的东西。然而，欲望的问题关键在于底线定在哪里。

后来，突然之间，那不勒斯银行消失了。砰!

毫无预兆，他们就那样拍下我的肩膀，捧出一把饲料，对我说：“走吧，老好人，享受退休生活吧，现在这里是我们的天下了。”

然而，要是说有个永远也不该犯的错，那就是低估一个还没意识到自己欲望底线在哪里的人。

从股市玩家的角度来说，帕斯夸雷·索马压根儿不值一提，但他算是头脑敏捷的人，并且很真诚。遗憾的是，他那个一无是处的儿子搞大了一个在私人电视台工作的虚荣无知的女人的肚子，被迫要娶她。他们买了套房子，因此负了债。接着，有一天，那浑小子被炒了鱿鱼，帕斯夸雷被逼无奈担保了他的贷款。

那时，受互联网泡沫影响，我们的日子并不好过，因此，我就陪我的朋友去石头脸那儿借了一笔钱。

在那之前，我一直都跟那些保持着距离。但我不是从月亮上来的，我是在街上长大的，我知道暴力是种策略，也许还是最有效率的策略，当你要让对方接受你的生意的时候。然而那时，我还是不懂它真正的含义。我还是个年轻学生，还在准备着关于海关税务的论文时，我已经很清楚，商业世界正在向相反的方向前进。肉体强迫和威胁恐吓都只会适得其反。我无法理解，面对无限的可投资资源，黑社会帮派固执地守着原始的金融规模，不去寻找新大陆是为什么。如今，市场在谈论全球化、国际贸易、财富虚拟化，这些守旧的为荣誉而战的人依然在内裤里别手枪，在瓷砖下藏现金。这也就意味着没同伙背叛你，开枪打爆你的脸，或者警察没抓到你，满足这些条件，你确实能走得长远。

必须有所改变，即使是思想保守的帮派分子也能明白这一点。

然而，那天我陪帕斯夸雷去借钱，我还没意识到我那个发现潜力非凡，我也没想到石头脸这种级别的大佬，身边竟没人有为他指明方向的能力。

“你们好，先生们。”那个身材矮小粗壮的男人用带有神秘感的语气说道，“有什么我可以为你们效劳的？”

“我的朋友最近遇到点难事。”我指着可怜的帕斯夸雷说道。帕斯夸雷双手捧着帽子，两只发红的大耳朵支棱着，像是挂在脑袋两侧的两顶草帽。

“好吧。”石头脸用令人安心的语气回答道，“那我们的任务就是让那些难事都过去。”

几个月后，肥皂匠的儿子连一笔钱也没还上。按照惯例，我作为贷款担保人，被喊到阿莱那卡赌场做出解释。

“您好。”石头脸像个普普通通的人那样微笑着，“请坐。”

我在台球桌旁一把破旧的椅子上坐下，而他拿着台球杆继续练习。在接下来的十分钟里，我意识到他对我做了全面调查。

他掌握了我所有的信息：我在哪里出生，我父母是谁，我是怎么认识我妻子的，我在银行的职位是什么。他甚至知道有一段时间娜娜在流浪汉食堂很活跃，还有，我儿子在大学里成绩优异。

滔滔不绝说出我的主要信息之后，他把台球杆放回架子上，注意到了我的忐忑不安。他走到房间另一边，打开冰箱，取出两瓶啤酒打开，递给我一瓶，在写字桌后面的椅子上坐下。“别担心，”他低声对我说道，“你很安全，我在这儿就是为了帮你。”

他根本不在乎帕斯夸雷欠的那点钱，那点钱的问题很容易解决。“放轻松，”他说道，“我喊你过来，是因为我想成为你的朋友。”

“朋友？”我感到难以置信。

“朋友。”他回答我。

“那处在这个新朋友的位置上，我该做些什么？”

“正常情况下每一个好朋友都会做的事，”他补充道，“提出建议。对你来说，这是个绝佳的机会，一个那不勒斯银行永远也不会给你的机会：证明你的能力，去运作真正的钱，一大笔钱，你甚至无法想象是多少。作为回报，你会得到丰厚的酬金。”

起初，我有点震惊，甚至感到被冒犯了。我反驳说还有些事他并不知道：银行给过我机会，让我得以离开我儿时生活的贫民窟，让我变成了受尊敬的人，一个丈夫，一个父亲。接着，如果那是指职位，许多年前，我曾有机会去领导香港分行。“如果我接受了，”我对他说道，“我能变成一个重要人物，一名高层领导。”

“那你为什么没接受？”他打断我。

“我妻子不想去那么远的地方生活。”

“唉，你看到了吗，你是个受害者。你一直都是。”

“不，我不是。”

“你是个受害者。你本可以成大事，但他们不允许。”

“也许那就不是我的命。”

“如果一切由那该死的命运做主，像我们这样的人甚至都不该出生。我们是街上混出来的，所有我们得到的东西，都是我们用手上的汗水换来的。命运永远站在有钱人一边，它就不认识我们。”

“但我们并不在同一条街上。”

“恰恰相反。”

“甚至手上的汗水也不同。”

“没什么两样。所有你一直梦想的东西，现在你都可以得到。”

“没时间了，我老了。”

“时间有的是，爱德华。”

“没有了。”

“既然你遇到了我，我就告诉你你有时间。”

他对着我微笑。就这样，站在六十岁的门槛上，我意识到我才遇到了第一个朋友。

是的，我知道你在想什么。你在想，我这么做是为了钱。你在想，一个我这样的人，有那样的过去，对钱肯定是贪婪的。那些钱当然让我垂涎欲滴，我还从没见过哪个聪明人看到一堆窸窣作响的卡拉瓦乔[①]心跳会不加快呢。

但我不是为了这个，美国小鬼。

我这么做是因为我喜欢，因为有生以来，我还从没像当时那样感到充满活力过。我盲目相信的唯一真理就是：钱是仅次于上帝的人类历史上最伟大的发明，但跟上帝比起来，它更有趣，而且你真的可以摸到它。

没人会在我身上下赌注，哪怕是一分钱，甚至连我自己也不会，然而我还是做到了。我离开了黄楼，我清理掉了衣服上那用来建造这座城市的腐烂的火山碎屑岩的气味，我为银行尽职尽责，直到他们把我像只流浪狗一样扔出去，再之后，我舔舔伤口，找到了新主人。

在二〇〇二年年初，石头脸就有所感觉——恐怖主义的威胁将会占用政府情报部门数年精力，他因此有空间和机会把他那笔巨大的有味儿的财富洗干净，使其转化为一个诚实的企业大亨的可靠财富。

我就这样正式成为乌贼 3000——意大利南部规模最大的冷冻食品批发公司——的税务顾问。事实上，在那些装满冷冻章鱼和虾的巨大冰柜后面，在我的小办公室里，我在跟时间赛跑。每天我都在为石头脸寻觅有钱可赚的投资项目，这些都要抢在奥萨马·本·拉登从巴基斯坦或者阿富汗的山中被找到之前。

奥萨马逃脱追捕越久，我们就越能从容不迫地在世界范围内计划

---

① 卡拉瓦乔：指意大利 1994 至 1998 年发行的十万面额的里拉，因为上面的人物头像是画家米开朗基罗·卡拉瓦乔（1571—1610）。

投资，与外籍投机商人合作成立空壳公司，确保抢下一些项目的承包合同。比如说在哈萨克斯坦建设公路和机场；在撒哈拉沙漠安装摄像头；为卡塔尔供应零部件；在南美洲买卖房地产。要不是每天都有数百万人严肃认真、一丝不苟地重复“全球化”这个词，没人会对全球化就是一个地拉那的毒贩子跟一个阿曼的体育场承建商借由一个爱台球爱得发狂的那不勒斯混混儿日益增长的地理知识建立了联系这回事感到怀疑。

短时间内，我就成功地把来自当地毒品市场的粪堆转化成了一个香气宜人的经济帝国：我把过去变成了未来。此外，我还多赚了一大堆钱。

23

几年前的一天，我儿子比说好的时间晚了许久才回到家。我记得那段时间我常在夜里突然醒来，接着便再也无法入睡。就是在那时，银行里流传开存在财务黑洞的消息。

因为那天夜里听到动静，我决心臭骂他一顿。但也许那只是因为我需要跟某个人说说话。

我把耳朵贴在厕所的门上，立刻意识到不对劲。我不知道他遇到了什么，事实上，我不知道关于他的任何事。也许是为个女孩痛苦，也许是跟谁吵了架。我本打算回卧室叫醒我妻子，让她去看看儿子遇到了什么，他把自己锁在厕所里已经一个小时了。但我又改了主意。

自他出生起，我听他哭有一千次了。我见过他从自行车上跌落摔伤，见过他不小心吞下一个玩具小兵差点窒息。他有过发高烧、肚子疼和患腮腺炎、出水痘，有过两次直奔急诊，还有一次他腹部没来由地一直疼，令娜娜整整一夜都处在崩溃的边缘。然而，在那天之前，我还从没为他做过任何能称得上“父爱”的事。

我能肯定，那个把自己锁在厕所里的十五岁的人独自苦守着一个秘密。我打消了臭骂他一顿的念头。

第二天早上，我得知有人放了一把火，烧掉了流浪汉食堂。

过了几天，我回到家，专等我妻子出门去买菜。她走后，我走进马尔切罗的房间，拉开窗帘，打开窗户。他突然惊醒。等他醒过神来，他问我：“发生了什么事？”

“今天是星期六。”我对他说道，“去刮胡子，你陪我去看爷爷奶奶。”

不到一个小时，他就崩溃了，就在给杰皮诺和阿玛莉亚墓前的花瓶换水，再插上两束菊花的时候。

他把一切都告诉了我，汽油弹，火灾，骑卡利弗内逃亡。最后，他忍不住痛哭起来。“你能原谅我吗？爸爸，”他说着，“你能原谅我吗？”我决定帮他掩盖一切。那是克敌制胜的关键一步。

接下来的几个月里，他不再跟你往来，埋首于学习。他开始走上正轨。那年夏天，作为奖励，我送他去伦敦参加了一次为期两周的夏令营。我盼着他能遇到新人，不会在八岁揣着刀到处转悠的人，不住在阴暗的小巷子里的人，不一天到晚把那三两句方言挂在嘴上的人。仿佛只用了一瞬间，他就变成了我一直希望拥有的那种儿子，我也变成了我一直希望成为的那种父亲。每一天，我都爱他更多一点。

他进入大学时是个博学的、无拘无束的、热爱帆板运动的年轻人。他没有当冠军的才能，但能与最优秀的人在一起竞争。每年夏天，他为了找到合适的风向寻遍整个欧洲。我想象不出还有什么更好的方式让他远离所有那些堕落。每次临到他起程出发，他母亲都会哭，而我正相反，全身上下每个毛孔都充满喜悦。我所知道的能防止那些堕落再次吞噬你的方法只有两种：清理它，或者离开它。我不是自觉能改变世界的爱幻想的穷人中的一个，所以我想尽办法维持住第二种也是最后一种方法。

二十四岁的时候，他以满分的成绩从商业经济学专业毕业。一个月之后，我亲自送他到米兰，他决意再攻读一个经济与环境管理硕士。

我喜欢马尔切罗想问题的方式，我喜欢他谈未来的方式。他头脑清醒，他明白这个世界不会再回到原地。要在经济危机、恐怖主义袭击、环境污染的轮番进攻下得以幸存，唯一的方法是在某个行业中成为最好的那一个，找一份高端的工作，无论走到哪儿都要扎下根来，这没的商量。

硕士阶段尾声，他被一家专门设计绿色热能系统的荷兰公司录用为实习生，公司的客户是来自哈萨克斯坦的新贵阶层，以及所有曾参与建立苏联的“下等民族”。实习结束后，他们向他提出月薪三千欧元，另有奖金和补助，作为整个学徒期的薪酬，并且，工作地点定在阿姆斯特丹的总部。正是在那儿，他认识了丽贝卡。

她出生在荷兰，爸爸是弗兰芒人，妈妈是刚果人。她比他大两岁，二十八岁时就已是实验团队的首席工程师，参与研究了首个太阳能热能共生系统，该系统同时提供电能和热能。

他们开始以同事的身份往来，日趋亲密。十个月后，他们一起参加了位于布鲁塞尔的联合国组织的气候变化议题的会议，返回荷兰前一晚，他们上了床。接下来的几个月里，他们继续在工作场所之外见面，直到丽贝卡搬到马尔切罗的公寓里。

“我想让你们认识她，都等不及了，爸爸，我盼圣诞节快点到，我们好回去。”

“你母亲给她占了星。”我对他说道。我希望他别介意。

“你是怎么知道她的生日的？”

“你觉得我们不会在搜索引擎上输入某个名字按回车，还是你当我们老糊涂了？”

“对不起，我没那么想。无论如何，再过两个星期我们就回去了，到时候当面告诉你们你们想知道的，什么都行……”

“我可记住了啊。”

“放心，我们会回去的。”

在互联网上读过一些关于某人的信息就自以为很了解这个人，是我们这个时代典型的幻觉。当丽贝卡走进我们家，用生硬的意大利语说能认识她的小乖乖的父母她有多么高兴，我本该意识到在我们这个家庭会发生点什么的。然而，我低估了这种危险，忽略了她的异族身份。

一个像从雕像里走出来的女孩，黑皮肤，年龄比我儿子大，到毕业之时已经周游过世界。这个疯狂世界的一块碎片碰巧掉落在我们位于卡波迪蒙特的公寓，碰巧在到处飘着松饼和洛可可蛋糕香气的圣诞节。跟她相比，迄今为止，我们的生活都局限在一小块地面上打转。

我们会有黑皮肤的孙子吗？他们会说意大利语吗？我妻子跟我那天夜里在我们的卧室里小声地争论不休。我把所有这些快把我脑袋撑爆的问题都归结于我和娜娜的褊狭闭塞，最后，我恼怒地关掉了床头柜上的台灯。我当时料想不到在我们的家庭接受了她之后，我儿子会被推向深渊的边缘并向下望去。那是绝对不该发生的。

他们的皮肤只是有点黑，双胞胎，他们长得不怎么像丽贝卡，至少不全像。

在被调到公司的米兰分部之后，她为照顾孩子申请了休假。那不是她的本意。我儿子一直向她施加压力，直到她选择了母亲这个身份。最后，在从每个角度通盘研究过之后，他断定她和孩子都需要一定的时间来适应环境，他觉得这并没有多大男子主义。

二〇〇八年，马尔切罗还不到三十岁，跟我以前同事的儿子们相比，他挣的钱要多得多。另一方面，我在乌贼 3000 的工作也让我攒下了丰厚的积蓄。所有这些钱我拿来做什么？我打算为双胞胎建一个信托基金，这样一来，等他们长大了，就可以将这笔钱用于学业。然而，尽管我非常努力，那种现代化和全球化的家庭前景还是让我有不真实之感，以至于我没法想象它能永续。

丽贝卡觉得是时候换工作了，便接受了大学的一个工程师团队的委托，研究智能手机在环境领域的应用前景。凭她的履历和人脉，那份工作就像小孩子过家家一般手到擒来。这样一来，她说道，她会有更多的时间陪双胞胎。我儿子同意了。

最初几个月，娜娜经常跑去米兰帮她一把，做家务，带孩子。但丽贝卡出生在六月的最后十天，没过多久，就像所有的巨蟹那样，她的固执就原形毕露，随之而来的还有不锈钢般坚硬冰冷的对于独立的要求。一旦涉及我妻子，她就一副非要辩个分明的架势。

对于娜娜来说，在她清洗并分类消毒了家里每样东西，甚至每一平方厘米之后，她的儿媳该向她表达的感激，丽贝卡全都给了多丽娜，那个她和马尔切罗慷慨付钱请来的女佣。家庭成员之间理应相互帮忙这种符合人性的想法，对那个黑维纳斯来说，竟是完全陌生的。

“不是说丽贝卡不是个好女孩，”有一次我妻子回那不勒斯后跟我讲，“那个家是个大问题。谁能信任一个每分每秒都跟电话长在一起的摩尔多瓦女孩？天知道她在电话里说了什么，又是跟她十个男朋友中的哪个说的。”

“你这么说，我觉得不太合适。”我回答她。

“合适也好，不合适也罢，那女孩根本不懂该怎么干活儿。”娜娜反驳道。

“可是你去看他们的时候就一定要干活儿吗？你已经六十岁了，娜娜。你就不能做点别的事吗？”

“爱德华，你不懂。”

事实上确实是我不懂。我妻子意识到了什么，她只是不知该如何描述。

又一次，我觉得自己赶不上娜娜的层次，又一次，我违心地给予了丽贝卡高于她实际应得的评价。也就是说，又一次，我忘了该去保护我的儿子。

24

我在马雷基亚罗我最爱的酒吧露台上放松身心的时候，不时会接到马尔切罗的电话，他告诉我关于全球绿色经济的新消息。有时，那不勒斯海湾就像个巨大的游泳池，水也好，鱼也好，人也好，没什么能从这里逃出去。从这里看无论什么，视角都是破碎的，难以真切呈现，而地平线就像一堵围墙，任什么都透不进来。

我在乌贼 3000 的工作开展得十分顺利，用财富繁殖更多财富。有时候我会问自己，当我的建议不再被需要，我该做什么，石头脸还会和我是朋友吗？这个想法困扰着我。我仔细观察着波西利波山上那些有钱人的房子，不由生出一种怀念，怀念在过去的时光里发家致富没那么多见不得人的秘密，怀念在过去的日子里每一张钞票都对应着一个不同的梦想，不像现在，钞票的存在只是为了带来更多的钞票。也许我该买下那些别墅中的一栋，跟娜娜搬进去。

要说面对着这样的景色度过我们的暮年，没什么不好的。

“他们终于让步了。”我儿子补充道，语气很是满意。

“什么意思？”

“你还记得巴拉克·奥巴马第一次全国演讲吗？他认为《京都议定书》势在必行。面对经济危机和所有糟心事，西方国家必须改变想法，以更绿色的方式发展经济。这条路已经很明确地在铺了……”

“是的，但等到这条路铺好，”我跟他开玩笑，“你已经退休很久了。”

“所以呢，”有点恼火的马尔切罗问我，“你才是一直相信未来的那个，不是吗？我的个人利益有什么要紧的？也许我的孩子们能生活在一个更好的世界里，这对我来说就够了。”

算是不欢而散。我又点了一杯普洛赛克。接近一点，我付了账，叫了辆出租车。自从我退休，我妻子每天都和我一起吃午餐。

晚些时候，午休时间，我在床上翻来覆去睡不着，我回想我儿子的话。未来，他真的相信未来。有很多年我也相信，但我从没为别人考虑过未来，只考虑过我自己的。相反，那家伙算是给我上了一课。我拿起电话打给他。

“听着，今天我很抱歉。”我对他说道，不容他插话，“你对你的工作感到满意，我真的很高兴，这是件很棒的事。真的抱歉，好儿子。”

但他什么也没说，他正抽噎着。

“怎么了？”我低声问，担心起来，“出什么事了？”

电话另一端是长时间的沉默，最后，他号啕大哭起来。

“丽贝卡，”他说道，“丽贝卡昏迷了。”

我无论如何也想象不出这个世界上还有人那样干。起初，我都没能搞懂到底发生了什么。丽贝卡昏迷了，我明白。原因是她窒息了，我明白。但这到底是为什么？

“一个男人。一个跟她有关系的男人，爸爸，大学里的某个人。”

“她跟某个人有关系，”我重复道，“丽贝卡有个情人？”

“是的，爸爸。一个情人。我们聊过这事。”

“什么时候？”

“一段时间以前。”

“你们还在一起吗？”

“当然了，爸爸。她是我妻子，我孩子的母亲，我爱她。现在她昏迷了。”

“但她有个情人这事又不会让她窒息，也不会让她昏迷呀。”我记得我是这样说的。

接下来的日子里，为了能就近掌控局势，娜娜和我搬去了米兰。丽贝卡插着管子，靠氧气罐呼吸。

“他们当时正在做‘日式绑缚’。爸爸，他把她绑了起来，但他绑得太紧了，丽贝卡先是血液不循环了，然后心脏停跳了几秒。等他放开她时，丽贝卡昏迷了。”

“他强奸她了？”

“没有，爸爸。他们在玩‘日式绑缚’，你懂吗？一种日本传统艺能。按理说是安全的，但也确实存在风险。”

“那个男人呢，大学教授？”

“有被起诉，但现在逃了。当时还有另一个人跟他们在一起。”

“另一个男人？”

“另一个女人。”

我已经无法自制了。“天哪。你别跟你母亲说，我求你。你甚至也不该跟我说。”

“好的，爸爸。对不起。”

“我们就说发生了点意外。”

“的确是意外。”

“是的，但这算哪门子意外！”

“别大喊大叫，爸爸。”

“你也别再替她说话。”

“我没替她说话，我只是单纯地不想她死。”

我想她死。我想。但我没说出来。

五天之后，丽贝卡醒了，屎开始四散飞溅。

首先，律师——不得不说，活人祭的花样他摸了个门儿清——跟我们说，涉案的另一位女性不会提出指控。她的理由与丽贝卡后来说的一样，就是游戏无罪，在她看来，这里面没半点伤害的企图。再说，这也不是 W. P. 第一次把她带到他位于加里波第区一栋高层住宅十一层的家中扮演她的主人了。

那男人是个中高手，他心灵手又巧，能把绳子收束得恰到好处，捆出怪有意思的形状。快乐随之而来。说到这部分，律师卡顿起来，寻觅着替代词汇，以降低从嘴里射出来的炮弹的威力。

女孩点出了几个关键，如完全把自己交由他人摆布，如通过被剥夺自由人的自由去感受自由，如作为束缚的果实的快乐。她说，据她所知，丽贝卡是第一次，但她很想试试。他们先来了点酒和大麻，然后，男人取来了麻绳和安全刀。他提议她俩一起尝试一种新姿势，他把它称为“跷跷板”。他把她俩分别绑在一根绳子的两端，就像一对平衡物，一个女孩落地时，另一个女孩被吊起，处于窒息状态，他与落地的那个嬉戏，如此循环往复。

玩了一会儿，另一个女孩膝盖一软，丽贝卡被弹了起来。先是血压升高，接着感到被勒得越来越紧，最后是心脏宕机。只有 W. P. 身上的安全刀才能割断绳子，让她不至死掉。

律师边扯开衬衫最上面的纽扣边补充说，这里面还有一点需要理解，那就是缺氧与快感的关系，尽管正宗的“日式绑缚”不包括这个。

“很遗憾。”他总结说，“必须能够证明有谋杀意图，必须能够证明那个男人在渴望极致快感的同时也渴望死亡。总而言之，这是丽贝卡能起诉他的唯一方法。”

接着，还有他的名字。

W. P. ——沃尔夫冈·帕坦尼，邪恶的化身。夜里，那个名字在我脑海中响起，像是有人在敲鼓。有时，我会突然惊醒，不停地重复那个名字，试图把它印刻在我的嘴唇上。沃尔夫冈·帕坦尼，我在网络上搜索，我从大学网站找到一张照片，他看起来神秘兮兮，挡风墨镜压塌了鼻子，温柔的脸庞被深色鬈发环绕。他还留着迷人的小型连鬓胡子，酷似达达尼昂。

作为助理教授，他在大学里声誉还不坏。据说，他从不掩饰自己对于“日式绑缚”的热情——我第一次用这个词跟娜娜解释整件事情时，我都得看着别处才能说出口，他和丽贝卡在同一个研究团队工作，而他当时就那么直勾勾地盯着她，一点不害臊。

他迫不及待想要用他的绳子把那个黑雕像绑起来。

教授沃尔夫冈·帕坦尼。

目空一切的沃尔夫冈·帕坦尼。

没羞没臊的沃尔夫冈·帕坦尼。

但丽贝卡无视这些，没打算起诉他。

接下来怎么办，他们一直在讨论。马尔切罗一直在分析、理解和原谅，以他软弱的意志；丽贝卡一直在抗拒，以她骨子里的顽固。她，只有她，才知道事情的经过。

尤其是这一点让我不能原谅她，她在要求归还她的自主权，我瞧不起这个。几个月来，她肆无忌惮地欺骗她的丈夫，欺骗我们，现在需要撒个小谎去对付那个畜生帕坦尼——律师建议把策略放在操纵这个点上，她突然间就意识到了诚实的重要性。而我儿子还在鼓励她——“敞开你的心扉吧，我的爱人，就这一次，敞开你的心扉说出一切吧。我想知道你是谁，你的内心里藏着什么，这是我们最后的机会了。”

每次我把耳朵贴在医院病房门上时，都能听到他在重复那些屁话，而黑雕像躺在那儿接受着康复治疗。我甚至无法做到去看她的眼睛。如果由我做主，我会带上双胞胎登上最早一趟火车走人，带他们逃离那个疯狂的家，有多远走多远。

“她怎么可能不想起诉他？”我们穿过医院胸科时，我问我儿子。

“她不想提这件事。”

“她已经决定好怎么做了？我是说，接下来会发生什么？”

“我不知道，爸。我知道这很难理解，但我不想就这么离开她，在发生了这么多事之后。她必须去寻求专业帮助，我们会谈的，会一起找到解决方案的。”

二十二天后，医院负责人同意她出院。就在丽贝卡跨出医院大门前三十分钟，在他们位于罗马门的公寓里，我妻子合上了她的旅行箱，亲吻孩子们的额头跟他们道别，又紧紧握了下多丽娜的手，叫了辆出租车。在中央火车站，她登上了最早一趟回那不勒斯的火车。世界上再没什么能让她跟那个脏女人共处一室哪怕一分钟。我跟马尔切罗说了她的想法，而他睫毛都没颤一下就接受了。

他们讨论了几天，几天拉长到几个星期，又几个星期过去了，依旧毫无进展。季节正在变化，渐渐地，白天在拉长。在那片巨大的充斥着钢筋混凝土道路和楼房的居民区里，春天来了，来到了公园里、花坛里，还有所有的人造绿色空间里。

无论丽贝卡还是我儿子都没赶我走：双胞胎需要我在。我常带他们去公园，没人问一声我们要去哪儿或者我们都做了什么，他们对孩子的漠不关心让我恐惧。丽贝卡总在睡觉，马尔切罗总在工作。我试图从多丽娜那里了解一些情况，但她慢吞吞的吐字方式让我明白她不愿多说。

那是一段非常令人纠结的日子，比秘密会议还要让人神经紧张。我儿子进进出出丽贝卡的卧室。我不知道他们什么时候才会开始讨论离婚。他们不断地说，但都说了些什么呢？尽管马尔切罗避免跟我提这个话题，但我肯定他正在思考离婚牵涉的方方面面。最理想的情况是丽贝卡彻底滚出我们的生活，然而她是双胞胎的母亲，不太可能她就这样一个人走掉，尽管我敢肯定发生所有这些事之后，没哪个法官会认可她的抚养权。然而，万一她把他们都抢走了呢？怎么做才对所有人都好呢？要不要为彻底摆脱那个小婊子冒失去孩子的风险？

天刚亮，一阵嘈杂惊醒了我，我起床走进厨房。丽贝卡正端个杯子小口小口地喝着什么，眼望窗外。我必须承认那是我见过的最迷人的睡衣女人。“你好，爸爸。”她向我微笑着，好像什么事都不曾发生，“你想喝杯植物奶吗？”

准确地描述是什么使我第一次有了那个想法是困难的，我不知道是不是那种确信，在那个清晨的短暂相处中攫住了我的直觉般的确信。我确信她永远不会成为一位像样的母亲，我确信这一点或许就单因为那个微笑。在让我们的生活变成焦点新闻之后，她的脸上没有一丝内疚或者羞愧的迹象。对她来说，我们不过是些平庸之人，就因为我们不会像绑香肠那样把自己绑起来，也不会冒着窒息而死的危险让随便哪个走过路过的人搞自己？

是的，正是那个微笑使我第一次有了那个想法。

我知道我一直都是个肤浅的人，贪婪的人，懒惰的人，保守的人。我从没真的为什么深刻含义之类的东西费过神。对于我这个人类，我选择不去审视他的灵魂深处，也不去审视别人的，作为回报，我得到了巨大的宁静。我喜欢为复杂的问题找到简单的答案。即使是给帮派大佬做顾问，我也能守住一个小职员的理智，还有像是从蚂蚁之类动物那里遗传来的温和。我确曾错过一些需要争取才能获得的机会，我儿子在他那些无意义的软弱的话语中说的那种机会。在十年炼狱般的时光里，我从没去过巴里古城，我只是抽着我的烟，观察着自己的生活，稍稍触碰一下自己思想的表层。

这就是为什么我决心彻底摆脱丽贝卡，我要完成那个愚蠢的沃尔夫冈·帕坦尼没能完成的献祭。

那是让她不再那样微笑的最快捷径。

你好，爸爸。你想喝杯植物奶吗？

我没说话。我站在那儿不动声色地看着她。她裸露着的脖子上能隐隐约约看到青肿残留的瘢痕。

“那么，爸爸，来杯牛奶？”

我咬紧牙关，强迫自己直视她的眼睛。“你知道他叫你什么吗？”我低声说，“你知道吗，黑雕像，他就是这样叫你的。而你什么都不做，任他胡来。”

没等她回答，我回了我的卧室。

接下来的几天，我尽可能不待在家里，我抱着一种随它去的态度等待我儿子让我离开的那个时刻的到来。我不想把我的孙子们扔在那样的环境里不管，但如今我也知道，我不能再为他们做什么了。有一天，我从运河边散步回来，马尔切罗告诉我，当晚丽贝卡外出，我们该点张比萨，在电视上看部电影。

半小时后，我渴望知道她跟谁去了哪儿的病态好奇退潮了，我开始沉浸于令人放松的晚间时光，这还是这么久以来头一次。这个插曲也证明了没她整个世界都会变好。后来，快到半夜，家门被推开了，丽贝卡出现在门口，穿着带红点的白衣服。她脱下高跟鞋以免刮花木地板，并随手把鞋扔到一个角落里，以一副目中无人的姿态走进了卧室。我儿子马上跳了起来，像只小狗一样跟上她。那天夜里，他们吵架了。

对于我这样一个混过社会的人来说，摆脱她没多难。这会花一大笔钱，但我付得起。当有一天你意识到你可以花钱雇人去杀死你的敌人，你会感觉自己充满宇宙般强大的力量，就像在游乐场里发现新天地的小孩子所感受到的，那可是相当激动人心的。

接下来的几个星期，丽贝卡越发频繁地外出。她开始看心理医生。她不关心双胞胎，大多数时间把他们丢给多丽娜，有时候丢给我。她跟她丈夫说话也越发勉强。夜里，隔着我卧室的墙，我经常听到他们在吵架，声音很低，没完没了。不可能都听清，但无非就是有些事丽贝卡想干，我儿子不想干；有些事我儿子想干，丽贝卡不想干；然后还有些事他俩都想干，但方式不一样。

一天夜里，我在他们门外偷听。

“求你了，让我走吧。”她说道，“难道你不明白一切都结束了吗？”

“你的家在这儿，”马尔切罗回答道，“和我还有你的孩子在一起。”

听到这段对话，我替我儿子感到无限痛苦。我感到的这种痛苦，唐·杰皮诺也感到过。有一次，我们路过里雅斯特与特伦托广场上的冈布里努斯咖啡馆，我想要个冰激凌，他流着泪向我坦白，说他口袋里没那么多钱。

而如今我能给我儿子买下任何东西，但我发现，他想要的我不允许自己给他。

一天下午，我决定跟踪她。在米兰，跟踪一个人而不被发现是不可能的，因为即使在最拥挤的地方，也躲不开令人焦虑的沉寂，人们在街上游荡，低压电流穿身而过一样麻木不仁，只须一点点线索就能发觉自己被跟踪。

但相反。

我在地铁里挤在人群中间紧紧跟着她，从克罗切塔地铁站到图拉蒂街那段路，我的双眼一刻也没离开过她的背影，直到走上蒙特贝洛街附近的一条偏僻小路。步行一小段之后，她去到一座很普通的建筑的大门口，按响了门铃，几秒钟之后，她便消失在门后。我又等了几分钟，然后走过去查看门铃上方的名牌。我对能找到什么心里没谱，根据我的经验，一个能在大学厕所里乱搞的人绝对有能力干出匪夷所思的事来。我扫视着名牌上的那些姓名，跟我脑海中不停回响着的那个姓名做着对比，我的心跳得飞快。当我意识到我不会看见“帕坦尼”了，又发现一块名牌上写着“认知心理学诊所贝利萨里奥医生”的字样，我才又开始呼吸。

大约一个小时后，她走了出来。她看起来筋疲力尽，像是经历了非常不愉快的事。我鼓励自己去怜悯她，有那么一瞬间，我甚至想要走过去靠近她，表达我对她的支持。可我是谁，我凭什么那样看待她？她的剧本我已了如指掌：她不想再要现在这种生活了。然而，我儿子却一直以双胞胎为由强留她在身边。

也许，我思索着，最终以一种致命的方式被捆住就是丽贝卡的命运。

我拉开一段距离，在新门大街上跟着她。她看上去就是普通大都市里的普通居民，在这里有数百万人都跟她一样，在商店的橱窗前流连，一边用手机发信息一边放慢脚步，但一刻不停地走着。当时我全神贯注于跟踪，以至于都没意识到我们到底走了多远。我对那一片街区不熟悉，之前从没来过。

突然之间，所有楼房都变形了，变得更高、更冷漠，深色的玻璃后面看不到任何东西，一阵寒风扫过白色的石板路。丽贝卡的鞋跟在花岗岩石板上敲出的声音回荡开来，让那个地方变得更加险恶、更加无情。甚至连有轨电车的站台也消失了，那是那座城市里唯一不令我生疑的东西。不知过了多久，在那个异世界的某个点上，丽贝卡停了下来。我屏住了呼吸。

我以为她发现了我，本能地躲到了一座水泥拱廊下。她从我的视线里消失了。但当我再次向她望过去，我看到她正用手势跟一扇玻璃门后的某个人说话，我看不到那个人。她先是微笑，接着举起一只手挥舞着。那个人推开了门，来到冷清的街道上，指着一间酒吧。酒吧里挤满了人，音乐震天响着。男人迎着她跑去，抱住她，丽贝卡献上一个热情的唇吻，接着，他们进了酒吧。

我认出了他，就是他，就是我在大学网站上看到的留着连鬓胡子的神似达达尼昂的男人。

那天晚上，丽贝卡心情大好，对孩子很好，对丈夫很好，在彼此漠不关心的前提下，对我也很好。要是有个市场营销顾问碰巧在那个当儿来了，能当场签下合同，让我们在广告里出演一个快乐的家庭。我为我曾想怜悯她感到脸红。

第二天，我问马尔切罗知不知道他妻子每天都去哪儿，他回答我说她去心理医生的诊所。

“每天下午？”

“好吧。”他表情痛苦，从扶手椅上站起来，“我认为你是时候回那不勒斯了。我很感激你在这段时间里做的一切，我们所有人都很感激你。”

我相信让双胞胎在没有母亲的情况下成长会很糟糕，比让他们在一个婊子母亲的养育下成长还糟。我不能让他俩变成孤儿，那样的话我没法原谅自己。接着，我又感到，马尔切罗猜到了我的想法。

站在我面前的这个人是我人生中最大的失败。多年以来，我一直渴望让我儿子的命运远离堕落，我插手了一个地方小流氓的成长之路，为了完全控制局势，我让他远离了他最好的朋友，再把他转变成我希望的样子——一个理性、现代、富有的男人，然而事实上，他成了个软弱的人，无力踢开绊脚石，他被他包容四海的思想奴役着，沉迷于一个女人。但那都是我的错，是我让他长成所谓君子，直到他失去了整个自我，就这样，当他站在深渊的边缘向下望，为了不跌落进去，他激活了对一个有文化的好男孩来说唯一的选项——彻底超凡脱俗，得道成仙了。

现在是时候纠正错误了，我必须以造物主的姿态予以干预。那感觉就好像是回到了那不勒斯的冈布里努斯咖啡馆，挑一个极好的位置坐下，点一份唐·杰皮诺没能买给我的冰激凌。

我直视我儿子的眼睛，希望他能明白我有多爱他。“好的，”我回答道，“给我两天时间。”

那天夜里，我在网上搜索沃尔夫冈·帕坦尼，得知第二天他在梅扎诺特宫参加一场大学组织的会议。

如果说我有一个为之神往的圣地，那就是米兰证券交易所所在地。遗憾的是那座地道法西斯风格[①]的圣殿，几十年来在我心中神话般矗立着的圣殿，当年从那不勒斯银行证券办公室发出的所有买进卖出指令都会抵达的圣殿，如今已消失了，缩水成了会议中心和旅游景点。喊叫大厅被模块式的空间取代，帕坦尼之流轮番在那里喋喋他们温和进步主义的演说，著名的大阳台变成餐饮区，还有那以苍穹为灵感源泉的星座天顶，也已被一面现代天窗替换掉了。

突然间我明白了。

我这一辈子一直在怀念我从不曾有幸拥抱的生活。站在数以百计羊群般蠕动着的人中间，看着他们礼貌地交换信息，比如说如何到达黄色大厅、蓝色大厅、卖维生素饮料的酒吧或是残疾人厕所，直到此刻我才意识到，我的时代已落幕，那充满了爱、恨、希望、斗争和为成功奋身一搏的时光一去不返了。当年那些追求佣金的证券经纪人，他们的喊叫、唾液和汗水，如今能到哪里去寻觅呢？

在那场大学组织的会议上，沃尔夫冈·帕坦尼叫卖着他构想的世界——工业无污染，消费合尺度，经济越发绿了，科学研究永远推动进步。在那个世界里，昨之恶棍今之好人，无一例外，明日只有富人。在那个世界里，因利益而起的暴力不再肉眼可见，而是在数十亿公里那么长的电子高速公路上一往无前，这条路上买进紧跟着卖出，如滔

① 法西斯风格：20 世纪 20 年代末在西欧法西斯国家流行起来的建筑风格。仿效古罗马建筑，追求高大，注重对称，但线条刚硬，很少或没有装饰。法西斯建筑反映法西斯主义价值观，被墨索里尼、希特勒等用为“统一”民众思想和展现统治“力量”的工具。

滔江水，连绵不绝：那是一个用鲜血建成，却又不见血的竞技场。

我等到会议结束，大厅里的人拥向餐饮区。沃尔夫冈·帕坦尼注意到了我，脸上露出白痴般的微笑。

“这是您的。”我说道，递给他一张支票。

畜生一脸困惑，好奇地盯着那张支票。“我用它来做什么？”他轻蔑地问我。

“兑现，然后挥霍。”

他把金额看了又看，确定没看走眼，震惊地望向我。

“都是您的，”我补充道，“只要您永远离开丽贝卡。”

“我不明白。”他低声说，他似乎被那串数字驯服了，突然变得温和起来，“这跟丽贝卡有什么关系？您是谁？”

“请将这份礼物看作是不流血解决问题的方案。”我说道，“好好考虑一下。请记住，协议有效的前提是没有第三人知道这次会面。”

我递给他我的名片，留他独自愕然。我离开了梅扎诺特宫，感到惬意，米兰终于向我敞开她的美。夏日的空气散发令人陶醉的气息，广场中央竖着的中指[①]完美契合我的心情。一想到我买下了那个男人，一想到我以准确的出价拿下他从而摆脱掉他的纠缠，我从心底感到平静。

我容光焕发地走在回家的路上，决定第一时间返回那不勒斯，在给双胞胎留下礼物之后。我儿子在家用微笑迎接我——他那个笑容现

① 竖着的中指：指意大利视觉艺术家毛里齐奥·卡泰兰（1960— ）的雕塑 *L.O.V.E*（意大利语“自由”、“仇恨”、“复仇”和“永恒”的首字母缩写）。2010 年揭幕。白色大理石制成，连座高约十一米，造型为一只右手，中指指天 其余四指自根部折断。至于其含义，一说是对法西斯致敬礼的讽刺，一说是对金融机构的抗议。

在我已经记不清了，他对我说他说服了丽贝卡一起去海边散心。

“出门透透气是个好主意。”我回答。

第二天早上，当我醒来，他们已经出门了。我不慌不忙刮胡子，调咖啡，向多丽娜道别。去海边是好事，我想，大海能治愈一切。

出租车司机给我开收据的工夫，电话铃响了，是沃尔夫冈·帕坦尼。

“我不接受那张支票。”他又变得轻蔑了，“我不会放弃她，永远，不讨价还价。当然了，我更不会因为一个有可怕口音的帮派分子说点什么就妥协，这事还轮不到他做主。您和您的儿子到底在想什么呢，找上门用钱收买我吗？”

很多话涌到我嘴边：我可以直截了当，告诉他我的提议绝对是出于我个人的考量；我可以循循善诱，让他明白我的往事，这笔钱的出处和他拒绝收钱的决定之间会是一个什么关系；我可以反唇相讥：姓帕坦尼的算哪门子北欧人，他又怎么敢说我的口音可怕。

但我没跟他废话。

我拉出行李箱拉杆。回家的火车在等着我。我缓慢地走着，从容不迫，正如一个我这个年纪的老人那样。我怎么会傻到没有 B 计划。

火车到了那不勒斯站，我会乘出租车直奔石头脸的办公室，我等上一会儿就能见到他。他会问我有什么事能让我不预约就跑去，我会跟他说，有那么一个危及我家庭的男人，我需要让他消失，为此我可以出上一大笔钱。

石头脸会用怀疑的目光审视我，会再三确定我是否理智，几分钟他问我答之后，确定我想要的就是沃尔夫冈·帕坦尼从这个世界上消失之后，他会跟我摆后果，提示我所有可能的风险：一旦尸体被发现，无论我俩的交情，还是所有我们一起取得的成就，都不能救我一命。到那个时候，我会告诉他：我没有异议．你放手去做，我接受后果。

好的，就这么定了。他会补充道，然后我们紧紧地握手，明天，最多后天，完事之后会有人通知你。

谢谢，我的朋友。我会回答。那之后，我回家拥抱我的妻子。晚上我们会出去吃饭，也许去费利奥雷享用比萨。

一切都按我想的实现了，分毫不差。

我的计划只忽略了一个细节，一个十分重要的细节，我现在在这儿，而等下你得为我收尸，都是因为它。

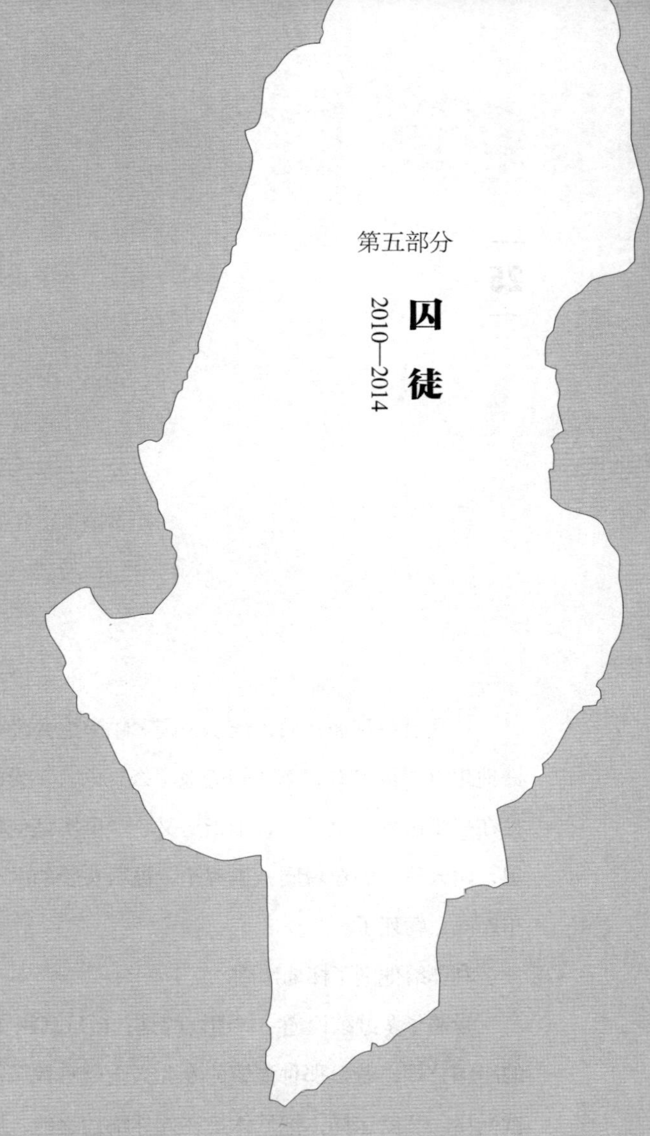

第五部分

囚徒

2010—2014

过去，它会永远在那里，但已不复存在。

——尼可拉·基亚罗蒙泰 [1]

① 尼可拉·基亚罗蒙泰（1905-1972）：意大利政治家、哲学家和作家。

25

“我没料到通话后，沃尔夫冈·帕坦尼并没处理掉那张支票，也许他想给丽贝卡看，鬼才知道他怎么想的。”爱德华多说道。他双肘拄在那张破木头桌子上，十指交叉。“事实是他把支票插在左裤口袋里，两天后，他穿着同一条裤子，被石头脸的两个手下绑到某个地下车库里，勒死了。”

利奥给他倒了杯葡萄酒。

爱德华多继续说道：“遗憾的是，自从乌贼 3000 变成了备受尊敬的跨国公司，昔日那种谨慎的专业人士就难找了。”他拿起酒杯，一饮而尽。“就这样，把尸体扔在郊外路边之前，那帮没用的家伙忘了掏口袋。”

从爱德华多来到流放地，整整一下午，美国仔一直在给他倒酒。作为乡下卑贱的掘墓人，除此之外，他不知道还能怎么陪这个被判了死刑的人走完最后一程。而在子弹射入他身体之前那几个小时里，爱德华多把利奥当成了意外到来的忏悔神父。

“我只有一个遗憾。”最后他说道。

“什么遗憾？”

“今天早上我对我妻子说我会回家吃晚饭，我知道不可能了，但我只能那么说。”

“既然知道，还遗憾什么？”

爱德华多的脸色暗了下来。“我们过了一辈子，就那样分开了。我不该对她撒谎。”

利奥打开了卡里姆藏酒的柜子。

“有一件事我至今搞不懂。”他继续说道，已经不记得爱德华多这是第几杯了，“关于我父亲，你为什么要撒谎？”

“你说的是哪件事？”

“你说他在那列火车上放了炸弹，小达尼艾尔·男洋娃娃坐的那趟。你让所有人都信了。那是胡说八道，你明明知道……”

爱德华多双手摊开在桌子上。“我那样说是为了让你们不来往。”他回答道，“那时候，我希望我儿子离那些圈子远点……”他抬起头，痛苦地微笑着。

利奥把酒瓶子放到桌子上，仿佛刽子手最后一次翻转计时沙漏。

“唉，”他说道，又一次给爱德华多满上，“这才是你该遗憾的。”

越野车载着块根状鼻子回到流放地时，夜幕已降下好一会儿了。车很随意地在垃圾处理站附近一横，美国仔感到他们在赶时间，该不会超过半个小时，一切就会结束。

爱德华多有气无力，与其说是等待和酒精害的，不如说是说话耗尽了他。此刻他躺在一张躺椅上，半睡半醒，一张毛毯搭在他膝盖上，蚊子像是嗅到他胸口散发出腐肉味，围着他嗡嗡乱飞。

卡里姆出现在院子里，表情严肃地说：“他们到了。”

爱德华多突然不安地抽搐起来。尽管他认命了，到最后一刻，他仍不免抱着一线希望。石头脸该相信的，即使进了监狱，他也不会说的。然而他们有言在先，爱德华多没什么可抱怨的。

对于那些发现了沃尔夫冈·帕坦尼尸体的宪兵来说，只须查证一下支票上的签名就足够了，他就是嫌疑人，躲不掉的。接受讯问时，爱德华多要求见律师，石头脸派出了王牌。那位律师头发油亮，肌肤黝黑，戴橙色框架眼镜，驳回了每一项指控，让爱德华多以自由人的身份离开了警察局。

但是，离他再被抓回去审问能有多久？能指望那些调查的警员花多久才会把支票、谋杀和他在乌贼 3000 的顾问工作联系起来？石头脸绝不会为一个毫无坐牢经验的头脑发热的前银行职员赌上自己的帝国。

爱德华多从躺椅上站了起来。他活过了，现在他将死去，他想，这似乎没什么不对。来到生命终点站，眼前这幅景象没他想象的那么糟糕。他将被深埋于地下，他想着，至少身体不会散发下水道反上来的那种臭气。他深深地吸了一口气，想到很快就可以再次拥抱唐·杰皮诺和阿玛莉亚，便高高地举起酒杯道：“我们走。”

卡里姆向马厩那边走去。“我们动起来吧。”

在那一瞬间，爱德华多做了一个将彻底改变利奥命运的举动：他紧紧地抱住了他，温情满满，像是抱住了马尔切罗一样。“永别了，美国小鬼。”他在他耳边说道，“好好照顾自己。”

当卡里姆把爱德华多从拥抱中拉扯出来的时候，他涕泗滂沱，眼泪那么汹涌，那么苦涩，是他这辈子都没有过的。他对着利奥嘟哝着，利奥只当那是将死之人的胡言乱语。很久以后，很久以后他全身血腥味，拖着尸体来到河边，远离其他所有无名尸体；很久以后他感到手上的老茧隐隐作痛；很久以后他把爱德华多的尸体安放在坟墓里，他才终于明白那些话说的是：**告诉他一切，你要活下去，告诉他一切**。

接下来那个秋天发生了一场可怕的水灾。四个小时，一百二十毫米，雨汇聚而成的洪流淹没了整个乡下，到处是淤泥和漂浮物，这样的景象在当地前所未有。

除此之外，坎波拉塔罗大坝开闸泄洪的可怕举措，萨莫奈农民对所有不是地里种出来的东西那种出了名的不知所措，都加重了灾情。几个世纪以来，农民面朝土地，对天缺乏研究。道路变成泥潭，桥塌了，树被连根冲走，庄稼完了，地窖平了，死牲口漂得到处都是。

第二天天放亮，隆隆作响的地狱之水平静了下来——令人哀伤的平静。流放地，他们正在计算损失。

“我听说有两个人失踪了，”卡里姆说道，边清理淤泥。“也就是说，有两个人遇难了。”埃及人继续说道。

利奥立刻意识到自己错失了一个机会，倘若他反应够快，趁洪水躲起来，也许此刻他已重获自由。失踪等于遇难，等于换个地方活着。他曾有二百四十分钟可以用来自导自演一次胜利逃亡，可当大雨像冰冷的子弹一样落在他的房车上时，他想的却是屋顶不要塌，河不要决堤，那些马不要淹死，想的是自己别出意外，好继续那肮脏的无意义的存在。他没失踪，没遇难，也没活着。

两天后，地表绝大部分的水进入了土中，美国仔觉得路上可以走人了，他套上靴子，向河边进发。他的目光中有一丝焦虑。

桑树和合欢树一棵压一棵地倒向一个方向，河堤被冲得支离破碎，河床足足扩展了五米，吞掉了沿岸的一切。幸存的植物挣扎着露出水面，就像是在热带雨林中那样。利奥向前走着，踩过残砖断瓦，穿过岩石缝隙，来到关着狐狸的笼子前。钢丝网已经被愤怒的洪水冲走了。谁知道呢，他跟自己说，它们是钢丝网消失前被淹死了，还是钢丝网消失后被冲走了。

有什么东西滑落进了水里：那是一具狐狸的尸体，载沉载浮地随着水流向西漂去。

他焦虑的目光落在那座泥煤小山上。幸好没坍塌。他的秘密还是个秘密。

“明天你要仔仔细细地检查垃圾处理站。”晚些时候，卡里姆一边下命令，一边用木棍拨着火中的煤块，“那些货物可别翻上来……”

接下来的几个星期，洪水制造的景观渐渐地融入环境，不再让人觉得突兀了。不久，路上遍布的障碍物，斜坡上倒下的橡树，还有已经变成植物泥浆池的烟草种植场里那堆积成山的残砖断瓦，就都不再能吸引到目光。然而，环境自我适应得这样快，回归旧日乡村生活轨迹就难了。

规律被打破，去小镇上购物变得不可避免。自然，是有条件的妥协，卡里姆匆忙地向他解释着，必须在早上七点之前赶到，不能偏离事先说好的路线，把与当地居民的接触降到最低。利奥接受了。

卡里姆提交的申请理由合情合理——已经有一段时间，美国仔在流放地承担的职责与日俱减。随着帮派的经济活动日益合法化，送货的频率和数量都在降低，终于在那一年年末变成了零。

利奥常质问卡里姆，要是再不送货来，他们该怎么办？起初，埃及人从容不迫、理直气壮地回答："我们为犯罪分子工作，犯罪分子会制造尸体，尸体必须消失，埋尸也就不能停止，这就是市场规律。"但最近这段时间，只要一提，那男人就一副苦涩的表情。"我不知道，鬼才知道。"他很烦，"你干吗揪住这个不放？"

利奥自己总结，如果帮派决定压成本，要裁撤掉掘墓人的空岗，又岂会保留空监狱看守人这样一个冗员？所以很清楚：卡里姆给他那份购物委托是基于不被裁员的考虑。出于同样的理由，利奥积极配合，接下了购物委托。就这样，每星期三次，他起大早去买东西，为维持流放地做出贡献，尤其是此时菜园已经毁了，牲口也只剩下马了。

但马也在减少。

最近一段时间，有几匹马得了病，相继死去。美国仔有几次看到卡里姆在那女孩父亲的马厩里转悠，忧心忡忡。有一天，利奥碰巧远远看到兽医给一匹马打了一针，几个小时后，那匹马就死在它自己的舍栏里。他问埃及人，埃及人回答说，那些牲口得了一种具有传染性的难治的肺病。

他来到小镇超市后面，一个跛脚、扎马尾辫，仿佛战争幸存者的五十多岁男人打开仓库的钢门放他进去，一声没吭，甚至没看他一眼。

通常他跨过门槛，他要的东西已经打好包等着他了。利奥只须把它们塞进后备厢开车走人，十分钟内便回到流放地。但他会贪婪地看着四周，研究每一个小细节，呼吸那甜蜜而有毒的自由的气息。他会问自己，自己一上车，跛子会不会就给卡里姆打电话，说囚徒正在回去的路上？

夜里，敲门声响起，他睁大眼睛，一跃而起，打开房车的门。燃着的香烟头将笼罩着乡村的黑暗驱开一小团，他意识到，他父亲站在他面前。他一头金色长发，看起来很年轻。

“来吧，”蜘蛛侠说道，“有个人得去埋掉。”

利奥一声不吭地跟着他。

他们并排走在一段没有尽头的时间隧道里，美国仔感到很轻盈、很快乐。

“爸爸！”他喊道，“爸爸！我还记得你夹克上的味道，你枕头上的味道，那些香烟的味道，你的味道，爸爸……”

他们来到垃圾处理站附近，蜘蛛侠拿出一把铁锹，递给他。“挖吧。”他命令道，“记住，好儿子，挖深一点。”

利奥开始挖坑。

他心无旁骛，一心一意挖得深一点。他挖着，额头上沁出了汗，直到出现一根烧得通红的火把，照亮了蚁穴般错综复杂的地下隧道。谁能够建造出那个迷宫？

幸福感消失了。“爸爸！”他叫嚷着，回声反弹到他身上。“爸爸！”他重复着，进入地下隧道。火把的火焰烧得正旺，很热。利奥开始流汗。

“好儿子。”他听到远处传来一个声音，“过来吧，不要害怕。”

利奥没有害怕。

他走了几小时？几天？几个月？手里拿着火把，他每走一步，靴子就深深地插进地里，到处是坑坑洼洼的沼泽和裹住他小腿的淤泥。他听到狐狸在远处奔跑着，听到偏执的充满恐惧的嚎叫。突然一阵风吹来，地下隧道开始坍塌在他身上。

“爸爸！”利奥叫嚷着，“爸爸！这里所有东西都要塌了！”

没有回答。

他开始奔跑。隧道在他身后坍塌，化作粉末落下，扬起的沙子和灰尘淹没了所有去路。“爸爸！你在哪儿？”他号叫着，声嘶力竭。

接着，火把熄了，一片漆黑。利奥停下脚步，从一片废墟中辨认出一扇敞开的门。只有几百米，冲过去他就安全了。他看看自己的双脚，靴子已经不见了。

“爸爸！”

“对不起，好儿子。”蜘蛛侠说道，不过，此刻蜘蛛侠换上了块根状鼻子的脸。

“文森佐去哪儿了？”

男人疑惑地打量他。“你在说什么，好儿子？是我，你看不到我吗？”他问道，“是我，蜘蛛侠。你瞧，我们来了……”

利奥仔细观察着隧道的尽头，那外面有阳光。河水的汩汩声传到他耳旁。

“走啊。”块根状鼻子说道，“走啊。”

“去哪儿？”

“外面。”

他没等他说第二遍。他趴在地上，开始手脚并用向前爬。他穿过了隧道，从另一头出来。“我哪儿也去不了，”他对块根状鼻子说，“有钢丝网挡着。”岩洞与河流之间被一块厚厚的钢丝网隔开了。“我该怎么办？”

块根状鼻子耸了耸肩。“你瞧。”他说道。

他仔细望过去。水痘先生，他儿子的木偶，此刻被放在河床上。渐渐地，木偶开始肿胀。利奥全身瘫软，被恐惧包围。“不！不！”他号叫着，“维尼，不！”

水面不停上升，吞噬着水痘先生的身体，美国仔的喊叫变得越来越悲痛。“不！维尼，小心！”

利奥转过身。在他身后，块根状鼻子坐在地上，跷着二郎腿。“帮帮我！”他逼视着他，“让我从这里出去！让我从这里出去！”

块根状鼻子从衬衣口袋里掏出一包好彩牌香烟。“叫我爸爸。”他说道，点了一根烟。

“但你不是。”

“快叫我爸爸！”他对他喊，“不然你就出不去。”

用了几秒钟，美国仔看看上涨的河水，河水只差一点就要淹没那个木偶，他转身面向那个男人，低下了头。“好吧！”他号叫着，“爸爸……”

块根状鼻子在一块石头上掐灭了香烟，站起来。他张开双臂，微笑着。

突然间，水涌入牢笼，利奥刚意识到那是狐狸的牢笼时，洪水就淹没了他。

26

亲爱的哥哥：

这次我是怀着满心的喜悦写信给你。你不会信的，但尼可拉真的向我求婚了。我本来已经不抱希望了！我自然是答应了。你记得吗，下个月我就满三十五岁了。婚礼的日期定在了夏天。我希望那一天，你能在我们身边。关于这一点，我跟相关负责人聊过了，他跟我说，在接下来的几个月里你要是表现好，这个可能性是有的。我希望如此！我需要有人牵着我的手走上圣坛，还有谁会比我的哥哥更合适呢！

你能想象吗，我要结婚了，跟尼可拉！那个你总是取笑他的椰子头的小男孩！我不该说出来的，因为这种事谁能预料呢，但我坚信我们会有幸福美满的婚姻。

现在我得走了，坚持住，好好照顾自己。

拥抱你的皮奴西娅

二〇一三年年末，皮奴西娅来信中那些异常天真的文字——卡里姆翻来覆去看了好几遍，还是一脸狐疑——令利奥的脑子彻底乱了套。

几个小时以后，美国仔回到房车，盯着镜子里的自己，果真，他已经认不得自己了。三十七岁。消瘦的脸，被漫长的冬天折磨得衰弱的身体，泛白的长发，荒草样的胡须，暗淡无光的蓝眼睛。上一次他对镜子里的自己感到满意过去了多久？十二年的囚徒生活之后，那个野性十足的爱说大话的男孩，那个在衬衣口袋里插一把梳子，在头发上搞造型的男孩，已经变成了一个没有个性的委顿的野人。

他忍不住流下眼泪。他想要大喊大叫，在喊声就要破喉而出之际，他忍住了，将拳头砸向房车的轧钢墙。

压倒他的、让他屈服的不是那封信，甚至也不是参加婚礼的可能，而是耗尽他的孤立状态的被入侵，被疯狂地入侵，被琐事入侵——*我需要有人牵着我的手走上圣坛*……被虚伪入侵——*我希望那一天，你能在我们身边*……被世道变迁入侵——*我跟相关负责人聊过了*……而相关负责人已不能像从前那样威胁他妹妹，所有这些入侵都揭露了一个不容否认的事实：别人的生活都在前进，而他，三十七岁正值壮年的他，在时间的夹缝里与世隔绝十二年，穷途末路。

白天的时候，在无止境的闲暇中，他在流放地走来走去，为绳套寻找一根更结实的树枝。那棵合欢树看起来更适合上吊，尽管水灾之后它就死了，而且那个位置卡里姆能从主屋里看到。

河边的橡树可能是完美的选项，它们顶住了洪水的冲击，也肯定能承受他的重量。他也可以服下大剂量的马用克伦特罗把自己毒死，即便如此，他也要选在河床那片地方。等他吞下那致命的药水，他就用最后的力气爬上那座小山，从那儿他眺望银河，就那样离开这个世界。这样死去不是很完美吗？没人会去报复米娅或者文森特的。遗憾的是，他醒悟得太晚了。

到了夜里则相反，他会梦到自己已经死去。当马用轻泻剂在他体内翻腾，或者挂在橡树树枝上的绳子勒紧他的喉咙，他感到自由和快乐，为自我解脱而快乐。那自由和快乐的感觉是如此强烈，强烈到让他猛地醒过来，紧接着，他意识到自己还活着，紧接着，他大哭起来。

直到一天早上，天刚亮，他睁开双眼，从房车里拿出了一架梯子，静悄悄地沿着小路向河边走去。渐渐地，天色亮了起来，他来到河边，把梯子靠在橡树上登上去，将一根绳子挂在最粗壮的树枝上。

他将绳子打结，伸头钻进绳套，用双脚撑着自己，闭上了眼睛。从山谷里吹来一阵寒流，拍打着他的后背，摇动着橡树的枝丫，梯子也跟着晃动起来，只差一点，他就要跌落下去。

美国仔睁开眼睛。“风随意向那里吹，你听到风的响声，”他回忆着，“却不知道风从哪里来，往哪里去……”他从没信过福音书上哪怕一个单词，甚至此时此刻他也不能说他信。然而，《圣经》里那一段执着地从他记忆深处浮了上来。“人已年老，怎样能重生呢？”法利塞党人尼苛德摩问耶稣，“难道他还能再入母腹而重生吗？”

他低头望着那座泥煤小山，脑海里回响着爱德华多最后的话，第一次觉得他听懂了。

戈德瑞克迈着大步跑了过来，它睁大双眼，吐着舌头，恐惧地低吠着。利奥钻出绳套，将绳子从树枝上取下来。他走下梯子，向流放地走回去。他回到房车里，盯着镜子，抚摸那张他已认不出的脸。他抓起一把剪刀。

一个小时后，当流放地在冬日温和的阳光下苏醒，刮了胡子、剪过头发的利奥叫德国牧羊犬上车，他启动了引擎，喃喃自语着：**告诉他一切，你要活下去，告诉他一切。**

就在他重新进入母亲的子宫第二次出生后的第一天早上，他要去小镇上买东西。

跛子从不说话，但他喜欢狗，每当他看见戈德瑞克从车上跳下来，他的脸色就开始放晴。那天早上也是，德国牧羊犬懂那个男人的心情，全身心地信赖他，任他抚摸，等待着小饼干。

“一切都好吗？”利奥问他，引他说话。

“你刮胡子了。”跛子说道，推开仓库的大门，“你看起来就像一只刚剪过毛的绵羊……”

他把手伸进口袋，掏出一块小饼干，扔给戈德瑞克。德国牧羊犬像往常一样安静地、贪婪地吃起来。跛子用好腿撑住身体弯下腰，替它理着背毛。

利奥翻看袋子里的东西。“全都在这儿了？”

“全都在这儿。”

“马的草料呢？”

“不在今天的清单上。”

“怎么会不在？三袋五公斤的。”

“没在单子上。”

“好吧，不过还是要拿。你去拿吧。”

跛子带着惯有的烦躁的神情看看他。“我不知道仓库里还有没有。”

“快去拿。”利奥重复着，“我先把这些放进车里。”他吹了声口哨，戈德瑞克跟了上来。

美国仔点上一根香烟等着。他观察着四周。渐渐地，仓库外面热闹起来。汽车突然多了，街道对面通常他离开时还关着的金属卷帘门，此刻已打开了，一家咖啡馆半睡半醒，正做着营业准备。过了一会儿，来了个年轻人，利落地打开了街角加油站大门上的锁链。自从他被囚禁在流放地，这还是他第一次有机会看到世界醒来的模样。那种生命力的爆发让他激动不已。

他走进仓库。“有人吗？”他喊道，谨慎地移动着步子。

一片寂静。

他向仓库深处走去。木架子上排列着用玻璃纸包裹起来的商品，这些商品将会被摆放到超市的货架上。他意识到，这个地方比他想象的要大得多。

“哎，伙计，我得走了……”

他的声音撞到仓库最深处的墙上，反弹回来，变得缓和。他看到在走廊的尽头有一扇敞开的门，门里溢出黄色的嗡嗡作响的霓虹灯光，他决定走过去。

无窗的阴暗的小房间，空气污浊、肮脏，充斥着一股子煤气味。写字桌上一堆胡乱放着的文件，亮着的电脑屏幕，一杯冷了的茶。离桌子不远，是一个托架，上面放着露营专用的小炉灶和小锅。

他听到仓库里发出“砰”的一声，片刻之后，传来智能叉车运行的声音。利奥正要出去，就在出门的一刹那，他在写字桌上一个角落里，在茶杯和纸张中间看到了一部手机。

他有了一个想法。

他抓起那部手机，把它塞进口袋，离开阴暗的小房间，向仓库大门走去。他不知道自己在做什么，也不知道为什么要这样做，只是听从直觉。

但是晚了，跛子正从智能叉车上把装着草料的袋子卸下来。“你去哪儿了？”他问道。

“我正想问你呢。”利奥回答道，尽量表现得从容一些。“我去找你了。”他补充道，抓起一只袋子扛在肩上，“时间太长了……”

“绝不能离远了，明白吗？”跛子反驳道，“你想给我找麻烦吗？”

“我？我能找什么麻烦……”

男人严肃地看着他，犹豫要不要信他。他没再说话，开着智能叉车返回仓库。片刻之后，钢门“砰”一声狠狠关上了，利奥被独自一人留在街上。

折磨人的等待。他感到一切都在跟他作对。

不出所料，卡里姆为晚归骂了他一顿，并支使他去菜园干活儿。那时候正好是新月，冬播的任务落在了他身上。番茄、青椒、茄子，还有罗勒。晚些时候，埃及人找到他，说有一匹马肺部积水，当晚兽医会过来一趟。他继续干，又开始移植蒜头和葱头。

下午的时候他一直在算时差。他必须等米娅回家，可以肯定的是尽管石头脸每个月都给她寄钱，她仍需要找一份工作。必须是米娅接电话。

但要是他们搬家了呢？有这个可能性，必须计算在内。在那种情况下，新住户能给出他们的新号码吗？问题堆叠起来，在他脑海中加速旋转，又分裂出越来越多他不曾想到的新问题：要是文森特接电话呢？他父亲的事他知道吗？

你父亲死了。

你父亲走了，一次漫长的旅行。

你父亲连把刀都用不好，现在他是个奴隶了。

你父亲觉得报仇比我们重要。

你父亲……[①]

当屈膝插下那些该死的蒜头和葱头，潮湿的空气紧贴着他的后背时，他脑海中浮现出最可怕的念头，但也是所有的念头中最简单的，在多年的分离和沉默之后这也是难以避免的事：要是米娅身边又有了个男人呢？要是她去买信纸那家店的帅气店员不断邀她共进晚餐，随着时间推移，她动心了呢？有没有一个令人心碎的可能，就在他直起身来脱手套的这个瞬间，文森特正对着另一个男人喊爸爸？

十二年过去了，他能责怪她什么？

十二年了，没见面，没碰触，没说过话。想想看，她嫁给了一个男人，跟男人生下一个儿子，接着，男人回意大利参加他母亲的葬礼，再也没有回来，十二年了。

---

① 原文为英语。

晚饭后，他坐在他那张行军床上，表情呆滞、茫然，无精打采。哈特福德那边已是下午将尽。他打电话的欲望甚至已经消退，他面对的是一个机械运动，就像垂死之人的呼吸。

他回想起他到美国几年之后，在电影院里的饮料自动售货机前遇到米娅的情景。之前几个星期，他已经发现她没再跟男友一起出现了，她的男友是那种典型的哈特福德东区青年，浑身肌肉的金发牛仔。而她有着深色皮肤，甜美的眼睛里没有阴影，不过还是有点忧伤。她穿着一件下摆刚过膝的绿色连衣裙，腰上束一条花丝带，深色的袜子，擦亮的带跟鞋子，这些都暗示她就住附近。“你是这一片的？”他问道。

米娅点头。“我父母来自波多黎各。”

“我就知道。你太美了，不可能是纯美国人。”

“在康涅狄格，没哪个女孩是纯美国人。”她双手紧握着咖啡杯。“你要买什么吗？”她问他，注意到他站在那儿不动。

有那么一瞬间，他们的目光相遇了，交织在一起，彼此都不能张口说出哪怕一个词。直到售货机的蜂鸣器发出声响，沉默被打破，两个人才都松了一口气。

“那个家伙呢？”利奥回过神来，问道，心跳加速，“你们不在一起了？”

米娅对着他微笑，把咖啡杯扔进垃圾箱，向入口走去。

“哎！”他喊道，“你就这样走啦？”

“快点，赶紧的。”她提醒他，“电影马上就要开始了。”

他掀开手机翻盖。很多年前，他也有过一部这样的手机。他的手指已因多年的田间劳作变得粗笨，费力地在键盘上移动着。终于，他输好了号码，摁下绿色的按键，把手机贴在耳朵上。他咽一口口水，眼睛死死盯着正前方。

不知过了多久，电话通了。

手机向人造卫星发射的以百万计的无声粒子，还有那一瞬间他内心体验到的以百万计的无声情绪交织在一起。人类造了道路、水渠、宫殿，还有桥梁、金字塔、火车、飞机、人造卫星；人类在太空中旅行，克隆出不差分毫的另一个人，在大海最深处找到油田，然而没有任何一种能与他此时此刻给她打电话这个成就相比。

“喂。”一个声音说道。

不会错，是米娅的声音。比他记忆中稍微沙哑一点。

“米娅。是我。”

“利奥？”

“是的。”

“哦，我的天哪……”

“我们没多少时间，信号可能会断。你怎么样？”

“我怎么样……我很好……你从哪儿打过来？”

“从意大利。”

“我以为我再不会接到你的消息了。”

“我知道。”

“我已经很久没你的消息了，你后来再没给我回过信，也没人告诉我点什么。如果不是你妹妹偶尔……哦，我的天哪……”

“我有一段过得很糟糕，但现在好点了。”

“你知道多久了吗？”

“太久了。”

“十二年，利奥。十二年。”

“我一刻都没有停止过想你。”

“没有一刻我不在问自己，为什么你这样对我们。”

“要是早知道，我绝不会……但事已至此。我没法重来。”

“浪费太多时间了。我们的生活，你的和我的，还有我们儿子的。”

“我知道。”

“爸爸四年前死了。你缺席了他的葬礼。”

“老阿尔曼多……”

“为什么是现在打来？”

“……”

“所以呢，你想要怎么做，利奥？”

“我想回到你和维尼身边。我想回家。”

27

他来到柏树篱笆旁，那是一道保护着垃圾处理站的防风屏障。他从树枝上取下可口可乐易拉罐。利奥仔细观察那些绿色树叶，它们生得密密匝匝，几乎不透风。树叶与往年一样，薄薄的，带着刺，中间混杂着另外一些树叶，那是新长出来的，更光滑，颜色更鲜艳。春天就这样宣告着自己的到来，冬天渐渐地投降了，苍白无力。

春天的时候，干活儿是件令人愉悦的事，不会太艰苦，尽管如此，他更喜欢在冬天干活儿，冬天的土地在为收成做着准备，它会倾尽所有去抵抗那试图摧毁它的自然力量。想要幸存下去的精神才是真正的生命力。杂草、雨水、淤泥、大雪，都是它要顽强抵抗的。不经历这些考验，到了夏天，番茄酱的味道就不会那么浓郁，更不用说那些脆弱的春季蔬菜，还有那些诱人的水果，它们像是挑剔的名媛，外面绝对干净、安全了才出门。

利奥用力推开堆草房的门。女孩躺在草料堆上，赤裸着。听过米哑的声音，面前的这具肉体对他来说再没意义了。

“卡里姆跟你父亲整天都在捣鼓什么？”他问她，语气粗鲁。

女孩微笑着，露出腐坏的牙齿。“为什么你不停止问问题？”

利奥毫不犹豫地抓住她的头发，把她拽倒在地板上，拖着她走。“快说，”他咬牙切齿，“不然我就杀了你。”

女孩顺着他的动作，用膝盖支撑着身体。“好。”她哀求道，“我什么都告诉你，快松手……”

利奥松开了她，一小撮肮脏、干枯的头发留在他的手指之间，他把她推回到草料堆上。“所以呢，为什么他们总在窃窃私语？”

“这么多年过去了，你还是一点都不明白这里的事……”女孩嘟哝着。

“那你告诉我，”利奥回答道，“我该明白什么？”

“你没想过为什么那些马都病了吗？它们死法都一样，你不觉得奇怪吗？”

“卡里姆说它们有肺病，相互传染病毒……”

“是啊，怎么能不传染呢？”她冷笑着说道，“地下赛马的病毒……”她的声音又变得刺耳了。她的脸开始扭曲，像是紧张时刻的抽搐那样。“是我父亲帮他给马下药，”她继续说道，“你知道什么药吗？青蛙汁……那种药叫皮啡肽，青蛙皮提取的，可以让马感觉不到疼，这样比赛时它们就跑得更快。但也会让马的骨头变脆，然后断掉，那时就只能宰了它们……”

利奥用一只手去摸下巴。“为什么不等它们骨头长好呢？”

女孩恶毒地微笑着。“马要是腿不好了会引起怀疑，你明白吗？

病毒那一套说法不过是为了不让大佬怀疑。”

利奥吃了一惊。“你是说石头脸对地下赛马不知情？”

女孩点头。“你去转一圈看看，那些马根本站不起来，全都脚踝细，胸很壮，都是为了让它们跑得……”她向前趴去，变成跪姿，“现在你可以放马过来了吧？”

利奥俯下身，看女孩沾满灰尘的脸。他用双手托起她的头，仔细观察她那双棕褐色的眼睛，那双扁平的眼睛像堵墙，墙后面是无底的深渊。他什么也感觉不到。有那么一瞬间，他试着唤起对她的怜悯。他感到像是冬天过去了却什么都没来，甚至春天也没有。他松开手，捡起堆在地上的衣服，扔在她身上。“拿着。”他说道，“穿上。”

“都明白了吗？”利奥问道，紧紧握着手机。

“明白了，明天我给在圣胡安的桑塔叔叔打电话。”

“好的……然后呢？”

“然后？”

“你爱不爱我？”

“你先从那里出来，然后我们再谈这个。”

“那就是说你爱我。”

“你先从那里出来！”

“好的。”

“顺便问一句，什么时候出来？”

“很快。”

“很快是什么时候？”

“很快。”

“……”

“米娅？喂，米娅，你能听到吗？”通话中断了。起初，美国仔听从他的心去看待通话中断，通话中断之后他心跳加剧，他觉得那突如其来的沉寂是对他的谴责。

渐渐地，他开始用理智看待通话的中断：偷来的手机总是会自动关机的。不管怎样，通话的中断反而刺激了他，让他的逃跑计划设计得更现实、更具体。天知道米娅来没来得及听清他第二个“很快”，第二个“很快”他说得远比第一个坚定。

接下来的几个星期还是不能离开流放地。卡里姆说他得去小镇上办事，购物就由利奥代劳了。

一段时间以来，埃及人的行为举止发生了变化。可以肯定他并不知道跛子手机丢了，否则等不到现在，利奥早就被他一枪打死，埋到地下了。应该是跟那女孩有关。也许卡里姆发现了，或者她跟他说了。事实是埃及人变得充满敌意，但他极力掩饰，那几乎像是在说，他想表现得镇定、有耐心，想假装没人跟利奥过不去，假装没人正计划干掉他。利奥必须保持警惕，睁大眼睛。

一天晚上，在向他滔滔不绝了一番牲口和蔬菜的琐事后，埃及人漫不经心地跟他聊起了皮奴西娅的婚礼邀请。

“信什么时候能来？”利奥问道，他坐在地上，肩膀靠着一块石头。

卡里姆熟练地使着火钳。“我不知道。”

“最后一次有人从那不勒斯过来送信差不多是十天以前了！”

埃及人耸了耸肩。“应该是吧……”

利奥克制住怒火，转身面向另外一边。山谷那边涌来一股凉爽的气流，那是地狱般炎热的日子里唯一的慰藉。他不该表现得咄咄逼人。

“那婚礼日期呢？”

“九月底，我觉得。”卡里姆说道，将一块羊排放在烤架上。肥肉在火焰上方发出吱吱的声。

“什么时候才能知道我能不能去？”利奥咬住不放松。

埃及人镇定地把火钳靠在炭火盆一侧，抓起啤酒瓶，灌下一大口。

“我不知道，我说了不算。”

“但你可以说两句好话。”

卡里姆突然激动地转过身来，他脸颊通红，眼睛发亮，烟雾和酒精起了作用。“我只关心那些马和这块地，监督你干活儿。”他傲慢地回答道，“我不会替任何人说好话，更别说为个奴隶……”他向地上吐了一口口水，又去照看炭火盆。“现在抬抬你的屁股，把托盘递给我。”他继续说道，把羊排翻了个个儿。

28

七月最后一个星期天，利奥走进主屋，看见块根状鼻子坐在单人沙发上，伸直的双腿搭在壁炉上。他叼着雪茄，短胡须新修剪过。他正跟两个穿西装打领带的陌生家伙讨论地板，楼下的陶砖地板，楼上的瓷砖地板。

“伙计们，喜欢镶木地板吗？我老婆一直念叨想要镶木地板，真是烦死了。木头在卫生间里容易腐烂，我跟她说过……”

卡里姆待在角落里，像块褪色的挂毯，那副样子就像个迎风冲下断崖的人。他身旁是那女孩，右眼下面一大块青肿，还有她父亲，像个试图从脸上赶走苍蝇的牛倌，跟其他男人的优雅西装以及大理石桌子极不般配。

“喂，美国小鬼，你在这儿啊，进来……”块根状鼻子对他说道，“来杯咖啡？一块小糕点？味道很不赖，是马西米诺从莱切带来的。”他张开双臂，指着两个陌生人中的一个。“我们正商量怎么把这里重新装修一下。”他继续说道。

“重新装修？”

“大佬对这个地方有个新想法，要搞点有档次的东西。他决定生产上等葡萄酒。你知道的，人们狂热地念叨所谓有机食品，都是瞎扯淡……”

利奥在唯一一把空椅子上坐下来。

“那么，美国小鬼，你还好吗？”块根状鼻子指着另一个陌生人，这人坐在中间，“你还记得大佬的儿子埃托鲁乔吗？他也是在你那个街区长大的，当年他没在街上玩，他可不是你那样的小痞孩……”

利奥向着埃托鲁乔抬抬下巴，埃托鲁乔则微闭下眼睛算是回答。

实际上，那大男孩没法跟卡莫拉分子的后代联系起来。他脸上的线条精致、柔和，也没有刻意晒黑的痕迹。他穿带垂直细条纹的衣服，看起来很朴素，却并不显得优雅。他的眼睛里也没有那种光，他还没杀过什么人，这点可以肯定。也许他大学毕业了，甚至在国外拿到了博士学位。一直都是这样，也永远都会这样，利奥想着，有心眼儿的人老实待在家里，长大后再出去抢那些傻瓜。

“不，我不记得了。”美国仔承认。

“很遗憾……”埃托鲁乔有点失望地收回目光。

“那么，你来块小糕点吗？”块根状鼻子插话进来，“还是热乎的，马西米诺费了老大劲从莱切带过来的……”

块根状鼻子果断地抓起一块小糕点，掰成两半，把一半塞进嘴里。利奥趁着这个当儿，朝卡里姆、女孩和她父亲那边瞥了一眼。那边的气氛不怎么妙。

“怎么了，美国小鬼？我看你不太对劲。你确定你没事？你整个人病恹恹的……”

“该怎么说呢，”他开始说，“我没想到会在这儿碰到你们，这么多人，我已经不习惯……”他指着那张桌子。“然后这些什么方案，我也没准备……”

块根状鼻子舔着油乎乎的手指，用不容置疑的语气说道：“美国小鬼，在这里，时间过得飞快。我们该聊聊。”

“跟我聊？”利奥咽下一口口水，“聊什么？”

男人轻蔑地瞥一眼卡里姆，把雪茄从嘴里拿下来，说道：“我们得解决一下你搞了埃及人女人这事。”接着，他看着女孩和她父亲。“你得承认，那可不是什么好点子……”他微笑着。马西米诺和埃托鲁乔也跟着笑了起来。突然，门开了，聋哑人出现在门口，利奥感到血管里的血液结成了冰。

“起来，”块根状鼻子说道，“跟我一块去看看那些马怎么样了。”

“我觉得名字里一定要有这条河、这座山。”块根状鼻子说道，从副驾驶座探头窗外，“但这些该死的活儿该马西米诺来干，他是建筑师，该由他来为这个地方整点什么……”

聋哑人将越野车开到垃圾处理站附近。车门锁弹起，利奥下了车。块根状鼻子打开车门，一次挪出一条腿，颤抖着，撑着车门内侧的把手，直到整个身子都挤出来。“过来，美国小鬼。”他说道。他让利奥搀着他的手臂向马厩走去。“那些家伙是多么英俊，多么有表现力。”他补充道，“它们肯定比人类更有尊严。”

利奥思考“尊严”这个词儿。马的尊严是那些并不真正了解它们的人，那些从没见过它们死去、分娩、拉屎、折断一只蹄子的人凭空制造出来的真理之一。

一阵狂风突如其来从山谷吹来，吹乱了块根状鼻子勉强遮盖住秃顶的头发，从那蓬乱的浸过乳汁般的黏黏的头发中间扒出有斑的粉红色头皮。“这儿总刮这种该死的风，嗯？”

利奥点点头。

马西米诺的想法，也就是石头脸和他儿子埃托鲁乔为之叫好的想法是建一座农庄，附带豪华餐厅和酒店。他们打算在这块土地上生产莱切小糕点。经典配方包括用糖与蛋液和的面团，还要加入猪油，那也就意味着要养猪，如果用牛油替代猪油，那就要养母牛，还需要养母鸡，以生产糕点用的奶油和蛋。整个零公里食品产业链就建在这片未开垦却已由无数尸体滋养过的土地上。

还有公寓、游泳池和高尔夫球场。空间不是问题，因为站在这里，目之所及，一直到阿皮切，甚至更远，都是石头脸的地产，而他已经决定将余生都奉献给这份新事业。

“你觉得怎么样，美国小鬼，你喜欢这个想法吗？”

利奥用余光去找聋哑人的身影，他的缺席让利奥不安。突然，他发现自己就身处垃圾处理站中央，独自与块根状鼻子在一起。有事要发生，但他不知道会是什么。如果他们想要开枪干掉他，此刻最合适不过。

“酸樱桃……”他突然小声说道。

块根状鼻子困惑地看着他。“哦？”

“也需要酸樱桃，”利奥继续说道，“为了小糕点。”

“没错！”他豁然开朗，拍了一下利奥的肩膀，“我要告诉马西米诺在方案里加上几丛酸樱桃……”

“树。”利奥纠正他，“酸樱桃都长在树上。”

这次利奥得到一个冷冰冰的眼神。“无所谓。我们能让它们长在任何东西上。”他们来到了马厩门口，他松开了利奥的手臂，“从这儿你自己走，他正在等你。”聋哑人可能埋伏在任何地方，这话是动手的暗号。

美国仔停在那儿，一动不动，盯着自己正前方，等待昏暗中炸出一小团光，再从光里飞来一颗子弹。

他的命运迟迟没有到来，所以他决定前去迎接它。

他深吸一口气，将腐败干草的恶臭吸进肺里。他沿着过道向前，踩过马粪，穿过疯狂旋舞的成群苍蝇。

他从昏暗中穿过，发现前面一把木椅上坐着一个老态龙钟的人，他正试图解开草料捆的绳子，好给可怜的吉米喂食。

“这是我仅存的种马。”石头脸说道，口齿不清。“我下不去手，这可是阿里的儿子……阿里那么棒，我真不该卖掉它。”大佬继续说道。

美国仔点点头。“很遗憾，它撑不下去了。”他说道，抚摸着吉米的脸，“它病了。”

一束阳光照在石头脸满是皱纹、干枯暗黄的脸上，及系着扣的韩式衬衫衣领里冒出的一小撮毛上。他头顶的头发白而浓密，两鬓的头发短而稀疏。他的脸是长方形的，从嘴开始，松弛的面颊向下垂，形成三层皱褶，这让他的表情看起来颇像严肃的鹅。那张脸曾属于一个健康的人、一个快乐的人、一个会微笑的人。而现在他不再是了。

“在马的世界里，有时候两匹种马会成为朋友。”他又开始说道，“你相信吗？”

“我从没见过两匹种马相安无事的，它们会为了一分高下你死我活，至死方休。”

“还是有可能的，两只小马驹一起长大，亲密无间，以至于不需要把对方逐出马群。”

“一个没有统治者的马群？”

“一个统治者与其下属是生死之交的马群，它们共享同一群母马。”

利奥仔细观察吉米的脸，它神情忧郁，缓慢地呼吸着氧气，用来鼓起它那漏气气球一般的肚子。“它们共享母马？”他问道。

“很明显。”石头脸点点头。“下属的交配率比统治者低得多，一般来说，它倾向于偷偷地交配，不被看到……”他抓起靠在空舍栏上的手杖，“其实它有什么想不开的呢？你要从这匹年轻种马的角度去设想。它在一场搏斗中被与它旗鼓相当的另一匹种马打败了，然而没谁赶它走。它有强大的朋友，有能交配的母马，还有接受它照顾的小子孙。此外，它无疑还有个优势，那就是它不用作为领袖捍卫马群，也就没有要为此面对的所有危险。”

利奥停止抚摸吉米，转过身来。“说到这儿，我想知道，统治者的优势是什么？”

石头脸露出微笑，嘴巴张开，扭曲着，像是中风前兆，或者，是已经中风的标志。他把手杖立在石头地面上拄着。“好吧，”他继续说道，“实际上恰恰是这一点说不通。统治者有可能会不知道它的马群里有个叛徒吗？或者，它知道但假装不知道？”他拄着手杖站了起来。“你知道专家们管这种行为叫什么吗？生殖寄生。他们就是这样叫的……”

利奥观察着大佬：薄薄的嘴唇，毫无生气的眼睛。他费了很大劲才站稳，看起来就像个普普通通的老人。第一次，利奥不再感到害怕。

“我不知道。”

“好吧，现在你知道了。”他想要表现得坚定，语气里却有一丝颤抖，“但我们不是野马！你不可以搞别人的女人，明白吗？”大佬中的大佬，或者说曾是大佬的生病的老人开始咳嗽起来，他掏出手帕，把痰吐在上面。

美国仔趁这个当儿问道：“你们大老远跑到这儿来，就是为了这个？”

但其实，利奥在问自己：那个向所有人发号施令并要求尊重和绝对忠诚的无情的卡莫拉分子，到哪儿去了？那个老谋深算的战略家，那个纵横捭阖的外交家，那个敲骨吸髓的企业家，那个蛊惑人心的演说家，那个以话语为剑、以花圈为他无限权力旗帜的人，到哪儿去了？那个杀死别人父亲、囚禁他人儿子的有权有势的人，到哪儿去了？

利奥无法接受。那个摧毁了你整个人生的人不能就这么消失。邪恶要么是绝对的、永远年轻的，要么就压根儿不是邪恶。那把曾刺穿你的剑必须每次都提醒你你根本不可能赢，你没那个能力。然而，如果不是这样，你究竟是被谁击败的呢？被一个由沉迷莱切小糕点的人们簇拥着的、衰老虚弱的、不停咳嗽的退休罪犯？

“我知道你拿了跛子的手机。”石头脸突然说道。这是第一次从他嘴里蹦出清晰可辨的单词，这些单词精准无误地飘进了美国仔的耳朵里。

跛子的手机。他怎么没想到这一点？他错看了年迈的大佬。又一次，就像那天避开了刺向喉咙的一刀，石头脸又一次只用一步就将死了他。这次他不需要向他的某个手下求助，他只须一个计谋，让利奥的想法出偏差，让利奥相信他来这里只是为了那女孩的事。

“不是那样。”

“我老了，但我不傻。我半辈子在街上混，各种各样的人我差不多都见了。另外半辈子我在监狱里，各种各样的人我见全了。每当我遇到一个撒谎的人，我都能认出来。”

“我不是一个撒谎的人。”

“你完完全全像其他人一样是一个撒谎的人！”男人提高了嗓门，“单是你还活着这件事，就该让你懂得在我面前要心怀感激。数不清有多少次我本该杀了你，但相反，我还留着你这条小命，我常常问自己为什么要这样做……”

利奥又深吸一口气，腐败干草的恶臭冲击着他的肺。“我想是因为愧疚。”他说道，“您杀了我父亲，接着也想过要杀了我。但那是不可能的，因为一个人像您这样背叛了一个朋友，就再也没任何机会救赎了。”

石头脸镇定自若，又给吉米递过去一捆草料。“救赎？”他忽然问道，嘲讽地微笑着，“美国小鬼，救赎这种事跟我们这样的人有什么关系？”

“这个我不知道，不过我知道您曾经相信过，否则没办法解释为什么我试图杀了您，那之后您却还让我活着……”

“你闭嘴！”石头脸试图打断他，“你什么都不知道。”

但利奥继续说道：“站在您的荣誉准则的角度看，把我放逐到这儿是种善行。您给了我条生路，如此一来，您就觉得对得起您的良心。”

吉米突然嘶叫起来，摇晃着它的头。有人走进马厩。“难道不是这样？”石头脸问道。进来的那个人让他感到安心。从那人在阴影中躲闪的方式判断，应该是聋哑人。

“不，不是这样。因为像您这样的人根本就没有良心需要去安抚。”这次美国仔向后退了一步，石头脸的目光跟着他。“我拿了手机没错，我想听听我妻子的声音。”他继续说道，“您觉得把我送过来为您要处理掉的尸体挖坑是拯救了我？不，您没做到。十二年，远离我妻子和我儿子……即使在监狱里我也不会如此凄惨！所以，如果现在您想杀了我，尽管动手……”他用目光示意着过道尽头。“我肯定，只要您一个眼神，那婊子养的就会一枪打爆我的头。没问题，我不怕死。多亏了您，我比在这里的任何人都更知道死是什么，我知道那没什么可怕的。”

“挖了太多坑让你疯掉了，你知道吗？”

“我不觉得。是您高估了死这件事。您，还有其他那些用死惩罚别人的人，高估了！如果人们不那么害怕死，如果人们知道一个人死了脸上会一片平静没有痛苦，您就会失去所有对别人的权力。”

石头脸爆发出一阵大笑，但第一次，他的目光中现出了不安。从来没人这样跟他说过话。

“真是遗憾，美国小鬼。曾经我挺欣赏你的，你是头脑最敏捷的那一个。如果你没做过所有这些乱七八糟的蠢事，我会让你跟着我。”

“看看最后我都做了什么，您要是那样可就大错特错了。”

“对。”大佬审视着他，“不过，送你见造物主之前，有件事我想知道。”

“是什么让您相信我会告诉您，如果无论如何您都要送我去见造物主？”

石头脸狐疑地盯着他，他从没见过有人这样坦然赴死。一般说来，人们在他面前会害怕，会低下头，会求他饶命，会期待着能获得他的怜悯，就这样，人们忘了犯罪分子这个职业说到底也仅仅是一个职业。没哪个好大佬会享受鲜血，即使在那样的时候，也是需要计算金钱、风险、效用的。如果需要杀掉你，那就杀掉你。如果需要让你活着，那就让你活着。

“如果你这样说，那我们就不得不来一场谈判。”石头脸回答道，他又开始咳嗽起来，抽出手帕向上面吐痰，“肺部传染病这套瞎话我根本没信过。你必须告诉我，我的马是怎么死的。”

29

“谈判的第一条规则就是不要去谈判。”

“那第二条呢？”

“如果你不要，没人会给你。”

“那第三条呢？”

“如果你不努力，就没人在乎你。”

“什么意思呢？”

意思是如果你不为生活做好准备，生活就不会在乎你。

意思是只有去爱才会被爱。

意思是为了幸存下去，需要承担所有的风险。

如果你不努力，就没人在乎你。

跟很多年前一样，很多年前在卡波迪蒙特，马尔切罗和利奥紧靠着躲在阴暗的小巷子里，学着当歹徒，用小刀去扎车胎，很多年前的那个时候，他们不懂那几句话的含义，而如今，它们浮出水面，清晰起来。

面对那个摧毁了他生活的男人，美国仔突然做了个决定，他选择了无所畏惧，就像一个赌命的愣头青那样，他选择了唯一可能的解救自己的方式。

以不谈判的方式去谈判。

要求是为了被给予。

努力是为了被在乎。

他讲了卡里姆，讲了女孩的父亲，讲了兽医，讲了地下赛马，讲了青蛙汁，讲了死去的马，讲了所有事情。

谈判在进行，美国仔感到威胁在散去，直到消失，直到他跟大佬达成协议——“你取代埃及人，为新产业工作，负责牲口和蔬菜。等着瞧吧，我们会把眼前这片墓地变成一个令人惊叹的旅游胜地。”直到此时，他感到豪赌一把的时刻到了。

“我想见我妻子和我儿子。一次，一次就好。”

石头脸转身面向过道，做了个手势。利奥想起昏暗中的聋哑人。会发生什么？他是让聋哑人动手吗？

“你确定要这份工作？”

“确定。”

“你背弃了我的信任，现在又求我再给个机会？”

“我已经把埃及人还有那个女孩父亲的事都说了。”

事实上老人在想，他并不为在人生道路上遇到这样一个男人感到遗憾。在那个时代，很难遇到这么有勇气的人，他遇到了，接着，他把他驯服了，他成了他的奴隶，而傲慢又直爽的奴隶，反而有助于推高和传扬主人的形象。

“你比你父亲更顽固，你知道吗？”他说道。他忍下了逼到喉咙口的痰。

“我不知道。”利奥回答道，“我没来得及更好地了解他。”

浅浅的微笑从大佬脸上消失了。“好吧。”石头脸总结道，“但你现在去做另一件事。”他拄着手杖，又开始抚摸吉米。“你挖最后一个坑，”他说道，“不，两个。”

“两个？”

石头脸点点头。“挖深点。”

过了一会儿，几声枪响从主屋那边传来。

接着，门打开了。

他像是这个世界一个裂开的伤口，而这个世界远远地挥着小手：*欢迎回来，利奥，我们在等着你，你可是花了不少时间才回来。*然后，调侃他是个笨蛋，没能早点从堕落中摆脱出来。

竟是如此容易，如此容易就让他觉得发生的一切无法忍受。十二年来，他被一群比他更愚蠢、更无能的人囚禁着。所以说，真正囚禁了他的，只有他自己。

直到贝内文托火车站，一路上，他都摊在越野车的后座上。聋哑人开着车在弯道上行进的时候，有两次他长时间注视着车窗外移动的小山丘，但他没真在看。各种念头在他的脑子里马蹄般奔来踏去，视觉成了次要的官能，甚至毫无意义。

“两天后，我们就在这里碰面。”块根状鼻子说道。那一刻之前，坐在副驾驶座上的块根状鼻子都一言未发，内心深处，他并不赞成大佬给利奥开绿灯。“记住，别做蠢事。”

利奥抓起包，下了车。

男人自车窗探出他的块根状鼻子。“美国小鬼，”他对他喊，“好好享受。不要再想着埃及人了，都过去了。”深色车窗关上，越野车开远。

发往那不勒斯的火车停在一号站台，没有发动机器，静静地卧着。四周人很少，一个男孩肩背露营包从咖啡吧里走出来，一个老女人正坐着翻阅一本杂志。

美国仔走近列车，呼吸着站台上温暖的带钢铁气味的空气，闭上了眼睛。有那么一瞬间，他又看到那个女孩扑向她父亲尸体的场景，她头发上沾了血，眼睛里满是恐惧，对被独自一人留在那里，在她新的命运里苟活着、堕落着的恐惧。从那一天起她也变成了囚徒。“你会下地狱的！”他挖好了她父亲和埃及人的坑之后，女孩向他号叫着，“你会下地狱的！”

他睁开眼。扬声器里传出声音，带着粗俗的口音，宣告火车就要出发。背露营包的男孩站在站台边沿探身观望，老女人将杂志塞进挎包。过了一会儿，一个穿铁路制服的男人冒了出来，向火车走去。登上车头之前，他停下脚步，看了看站台上等待的人，包括那小心谨慎的老女人，他碰了碰帽檐，打个招呼。

“准备出发。”铁路职工嘟哝了一句，消失在车头里。片刻之后，火车舒了一口气，车厢内的灯亮了。

接着，门开了。

30

那不勒斯，在崎岖的群山间飘摇着，像一张大床单在太阳下招展。利奥从园林里的大露台上探出身子，欣赏着风景。波旁济贫院的轮廓像是在城市中间撕开一个裂口，往左，蒂雷松纳勒中心区高耸的摩天大楼像是向反方向运动的断层。再远一点，古罗马老城区的老房子一栋紧挨一栋，细窄的街道拒绝阳光乘隙而入。再远，最远的地方，是大海。

“利奥，是你吗？”

一个女人的身影，黑色的头发，微胖的身材，犹犹豫豫接近。利奥转过身，还没完全从风景中醒过来。

“是我，哥哥。”身影小声道。

美国仔一只手搭在眼睛上方挡住阳光。他屏住了呼吸。“皮奴西娅？”他迈前一大步，他们抱在了一起。“让我看看你，你太美了。”良久，他说道。

“美什么美，我都胖成这样了。”

“哪有。你看起来很健康。”

“你看到没，连你都发现了。都是尼可拉的错。之前他还吹嘘说要戒烟，后来准备婚礼却连指头都没动上一动……全都是我一个人在搞……”她边流泪边微笑着，“你，却正相反，你看起来很糟。感觉像是老了一百岁。”

利奥做出恼火的样子。“谢谢恭维！”

“不客气，”她说，“我总不能假装没看到你的白头发吧。”

“那好吧，现在我觉出你是真胖了。”

“浑蛋！”

然后是一阵沉默，有危险味道的沉默。

“所以呢，”他问她，“你怎么样，皮奴西娅？”

“像个得到了最想要的结婚礼物的女人那样。”她回答道。“这个世界上只剩下你和我了，哥哥。你意识到了吗？只有你和我。那些发生在你身上的事情，”她又开始哭起来，“是一件……一件……”

美国仔捧住她的脸。“嘘……”他低声说，“不要这样，今天是个美好的日子，明天，当我陪你走上圣坛，会更美好……”

“是的。”她啜泣着说道，“但是之后，你还得回那儿去。”

利奥从口袋里掏出手帕，他事先准备好的。“现在不要去想那个，拿着。”

皮奴西娅擦干了眼泪，渐渐快活起来。利奥看着他妹妹的眼睛，那双跟他一样的蓝眼睛，他有种负罪感：他利用了她的婚礼才从流放地出来。客人们会议论纷纷，这样一来，新郎新娘就成了配角，婚宴变成世界八卦日。

“你不知道能再见到你我有多高兴。”美国仔说道。

“我也是，哥哥。这意味着拥有整个世界。”皮奴西娅把手帕叠起来，摇了摇他的胳膊，“快，我们走吧，尼可拉在等着我们。我带你回家，再帮你打扮一下。”

利奥微笑着，想起来自己还穿着流放地穿的破衣服——他没别的可穿。

“现在跟紧我，我做什么你就做什么，”皮奴西娅补充道，挽起了他的手臂，“之前我们没机会排练，现在就为明天彩排一下吧。”

“我同意，我们走吧。”

“准备好了吗？”

“准备好了。”

兄妹俩紧紧挽起手臂，向出口走去，像两个舞者那样。他们步向圣坛，仿佛圣坛就在眼前。

他在卡波迪基诺机场的到达区等待。他穿着尼可拉的干净衬衣和裤子，他站在写有拗口姓氏的各式牌子下面，试图在举牌子的酒店司机中间占据一个醒目点的位置。美国仔想起他还是个孩子的时候，每年夏天的尾声，总是九月的某一天，他和他母亲，还有皮奴西娅拖着行李箱从那扇自动门里走出来，此刻，那同一扇自动门正紧紧地关着。

突然地，他感到难以忍受，这里的一切都令他窒息。周围的人以及他们的快乐，都让他感到厌烦。文森特和米娅或许没上那趟飞机——这疑虑在他内心积聚着，刹那间，疑虑变成害怕，害怕又化为悲痛，而悲痛渐渐地在他皮肤下扩张，要整个儿地吞了他。他感到自己正被那恐惧——对不知第几次击中他的魔法的恐惧——撕成碎片。

自动门发出窸窸窣窣的声音，像是老鼠蹑手蹑脚走过，一次又一次，间隔越来越长，他变得麻木而疲惫。周围的人声正在减弱，附近的身影越来越少。

接着，门又一次打开了。

一个五十多岁的男人拉着行李箱走了出来，而跟在他身后的一个身影引起了利奥的注意：那是维尼。

他一眼就认出来了。

他不可能认不出，他儿子的脸有跟他相同的特征：一样桀骜的神色，一样的嘴唇，一样的美国仔眼睛。多年前的利奥被复制到了男孩身上，而利奥本人，像是来自外星球的一块碎片，掉落在了卡波迪基诺机场到达区。

他看着他。这就是我儿子。他想着。像我一样被困在时间的缝隙里，迷失在这个世界上，因为生下来就迷失的人，成长的时候必会迷失。等你随着时间推移对这种迷失有了点意识，生活突然就变得没那么难了，但那只是表面现象，一种幻觉，因为迷失的命运时刻在暗中窥伺着你，伺机而动。只要一瞬，你母亲不见了，你父亲无法从人群中认出你，没人在乎你。你只身一人在这个世界上，没有这个世界的使用说明书。耳朵上戴着耳机，你随时会被偷袭。

男孩打量着四周，终于把视线停在他身上。

“维尼？”利奥叫着。

文森特确定那个年老的影子是在跟他说话。他摘下耳机，眼神不再犹疑。她肯定把他出现在这里的事说给维尼听了。

“维尼？是我，爸爸。”

“什么？”他儿子回答道。他发出少年才有的那种走调刺耳的声音。他在同龄人中算是胖的，那种在家里和公园里长大的孩子。

“你爸爸……”利奥纠正道。

“老爸？”文森特问道，颇为警惕。他看起来对面前这个老男人有点失望。

“是的，伙计。你老爸。”利奥尴尬地重复，“你妈妈呢？”说英语几乎让他觉得疼，他已经不习惯了。

文森特对着他微笑。“妈妈在……”他发出咝咝啦啦的声音。

自动门又一次窸窣作响，利奥抬起头，看到了她。她神情疲惫，推着行李车，东张西望，在人群中寻找她的儿子。时间待她是宽容的，却还是磨光了她的柔软，让她的下巴更尖，脖子更细，手臂更瘦，颧骨凸了出来——苦难就像是面纱，让她棕色的明亮的身体变得朦胧。

米娅与利奥四目相对。

两人都感觉恍若置身郊区小剧院舞台上的一幕，置身一个渐渐远离噪声和人群的气泡里，在那里他们慢慢缩小成两件物品，颜色慢慢变淡，变简单。很像是昏厥前的瞬间，只是他们并没昏厥，很像是眩晕时天旋地转的感觉，只是最终眼前没变得漆黑一片。

米娅对他微笑。

利奥回以微笑。

而男孩站在他俩中间，十二年来第一次体会到了迷失是一种什么样的感觉，就因为有那么一瞬间他失去了那种感觉。

31

男人睁开眼，打量四周。脸上落下一阵亲吻，接着，一个声音小声道："醒一醒，做爱吧。"

他妻子溜出房间到走廊里，去旁边房间门口侦察了一下。他睡得像一块石头。她进来，关上门，拧上锁。

"过来这里，"男人重复着，"过来我这里。"

他妻子靠过来，睡衣敞开着，露出里面赤裸的身体。男人扣住她的臀部，亲吻着她。睡衣滑落到地板上。

"你会原谅我吗？"

女人目光难以捉摸，流露着一种被逼迫的坚强。"还有时间，"她低语，"前面还有生活。"

沉默。只有两具身体在颤抖着。男人打破了沉默。"你真是这样想的？"他问，"你确定吗？"

"要么是他们，要么是我们，"女人回答，"要么你自己退回过去，要么我们一起向前走。”

男人用头示意门外。“如果他恨我们呢？”

“他会明白的。”

“如果他不明白呢？波多黎各是个穷地方，他不会有美国那样的条件。”

“他会明白的。没什么是爱不能原谅的。”

男人和女人相互凝视着。“你画好地图了吗？”她问他。

男人点点头。

“好。”女人说，钻进了被窝，“现在做爱吧。”

整整一夜，亲吻和喘息，颤抖和爱抚，话语和香烟，直到眼泪。

黎明之际困意袭来，分离十二年的痛苦会像伤疤那样淡去。

伤疤会留在那儿的，永远，但此刻已不疼了。

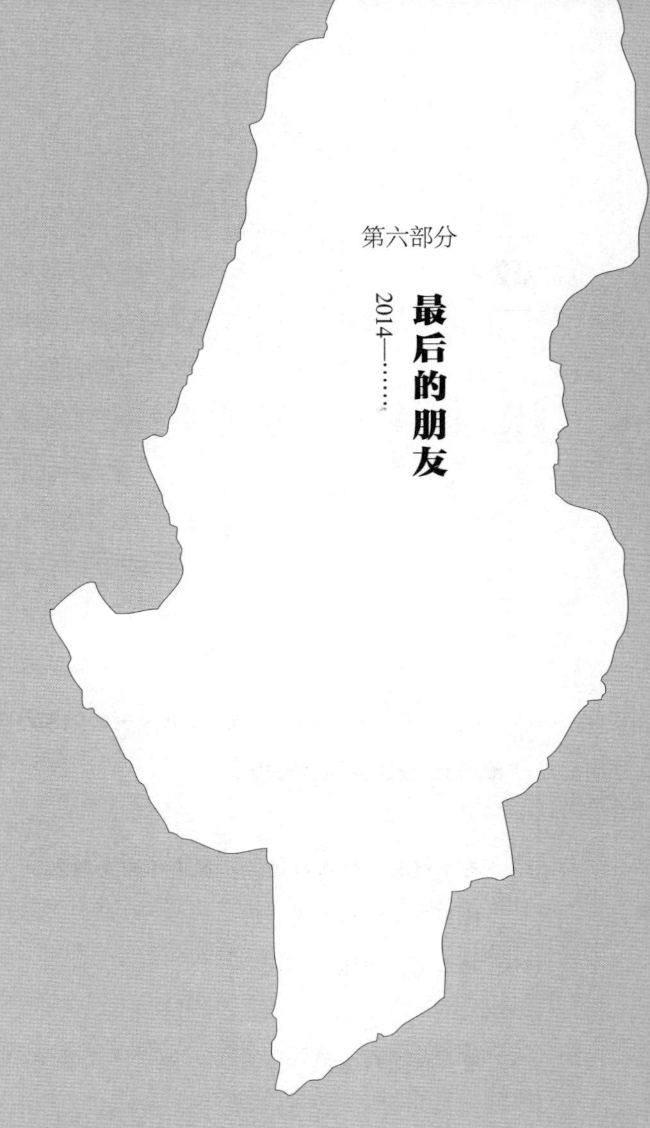

第六部分

最后的朋友

2014——……

为什么倒霉蛋儿往往比幸运儿更有人味儿？

——纳尔逊·艾格林[1]

① 纳尔逊·艾格林（1909—1981）：美国小说家，作品主人公多为遭社会遗弃或不适应社会的人。这里这句话引自作家 1956 年出版的小说《漫步荒野》之勒口文字。

32

二十一年杳无音信之后，美国仔重新出现在我的生活中，出现在冰箱门上一张黄色便利贴里。

有个叫利奥的人找过你，说是你的老朋友。

他留下了电话号码。

晚上见，吻你。

艾玛

附：谁是利奥？

理论上来说，我回答那个问题很容易，他不也自我介绍说是我的一个老朋友吗？然而，我觉得那样说太过空洞，不能准确传达利奥在我生命中占据的重要位置，又或者说，谁知道呢，我在他生命中占据的重要位置。

跟艾玛互留便利贴，是我们最爱做的用来打发时间的事之一。我们交往有一年了，仍处在恋爱初期，我们还没到那种地步，就是为填补激情退去留下的空洞而喋喋于每天的各种细节：你去哪儿了，你要去哪儿，你中午吃什么了，跟谁吃的……最近几个星期，艾玛选定我的公寓作为她的庇护所，而我继续按计划训练自己形成一些新的生活习惯。我经常慢跑。当我的双脚再次踏上那不勒斯，我的第一个念头是：我想要一间能看海的办公室。

每天我都靠一片药效神奇的止痛片忘记过去。渐渐地，我和丽贝卡的失败婚姻变成了一段褪了色的回忆，那是一段恐怖的回忆，一场噩梦，而我选择回老家这个最经典的方式来逃离。为了能逃离，我不得不放弃双胞胎的抚养权，成了那种每十五天陪他们过两天的父亲。周中的日子里，工作让我保持忙碌的状态。我创立了一家专门给环境领域的企业提供咨询的小公司。某些晚上，我会去我母亲那儿，晚饭后她给我占星。我们从不提我父亲，关于他，我们不知道说什么。

周末在米兰跟双胞胎一起过，对我来说是一种慰藉。我们一起在户外待很长时间，我觉得街道才是唯一有利于他们成长的地方。我喜欢跟他们待着。他们恰好处于对什么都好奇的年纪。大的那个从丽贝卡肚子里早出来一分钟，对跑酷着迷，小的那个热爱画画。我们会去博物馆和公园，漫无目的地闲逛。他们肆无忌惮地交换身份、意见，甚至是怨言，就像是一个喜怒无常的人。

“爸爸，我的脚疼。”一个说。

“我的不疼。”另一个说。

“我们停一下吧，求你了。”

“我们接着走！”

街上的行人会对我们微笑。他们有着深色的皮肤，可仍跟我很相像。我们三个看起来有点奇怪。走着走着，之前嚷嚷着要接着走的那个脚疼了，之前哀求停一下的那个又要继续走。

“我就知道，你总觉得他有理。”

“你总觉得他有理！”

“我想回家。”

“我不想回家！”

为了不至粉碎信任，我倾向于不挑起战争。我本可以赢的，我的律师甚至认为我赢下官司毫无悬念，但是，那要付出什么样的代价呢？那意味着我不得不把所有不堪在法庭上展示出来，伤疤会再被揭开，痛苦将再次爆发：难道我们所有人还没受够吗？

不存在成为好父亲的秘诀，我只知道我想静静地陪在儿子们身边，尽量不侵入他们的生活。不强加任何想法，不进行任何干涉，不制订扰乱他们个人生活的任何计划。没有什么一定要打赢的战争，有的只是对平复伤痕的期许，这是我唯一想要给予他们的教导。如果我父亲也教过我这一点该有多好。

美国仔之后我再没有过朋友。并不是没机会去结识，尤其是那些同事，但我跟所有人的关系都止于简单而浮浅的交流。我们甚至都没有发展友谊的时间。

我们的领域越来越狭窄，竞争越来越激烈，工作节奏飞快，迫使我们缩减休息时间，远大前程把我们从一座城市驱赶到另一座，从一个国家驱赶到另一个。突然间，我们的女人想要孩子、房子，想要稳定。我们也想要。也许我们想要却不想通过那种方式得到，也许她们也不想通过那种方式得到却仍然表示想要，但如此一来，我们都确信自己想要一些事实上我们一点也不想要的东西，你拉我、我扯你，勉为其难地走进这座集体精神病院——我们称它为“家庭”。

我后来遇到的友谊与我跟利奥的友谊相比，都不值一提。没什么令人激动的发现要我们去探索，也没什么宏伟的事业要我们去实现，更没什么时间能让我们耽于聊天、音乐和香烟。我们在波澜不惊的交际和体验中成长，将所有的个人满足都托付给建立在忠诚或者一些没有意义的事情之上的夫妻关系，尤其托付给商法律师的定期来电，那些来电警告我们不要冒险偷税，心安理得地开发票就好。

丽贝卡昏迷的那个时候，我已经知道我没什么人可以指望。如果那时利奥在我身边，我会第一时间向他求助。跟别人说我妻子在跟她一个男同事，还有另一个女人做爱时差点窒息而死，我办不到。我记得在医院周旋于护士和粗粮粥之间的那些日子里，我想念过美国仔。我问自己：他究竟在哪儿，在做什么？

说实话，那不是第一次，也不是最后一次想起他。很多很多次，当我偶然想起过去，我们相伴度过的日子都会浮现在脑海里。

有一次，那时我跟丽贝卡还没结婚，我们在那不勒斯度过短暂的圣诞假期，丽贝卡让我陪她去卡波迪蒙特公园。几个小时后，我们漫步于林中小路，她跟我讲着卡波迪蒙特博物馆的收藏在国外不为人知，真让她感到难以置信，说着说着，我们来到了一片草坪上，我还是小男孩时在这片草坪上踢过几场令人难以忘怀的足球赛。

与当年相比，除了流浪狗的数量以令人眩晕的速度增长了，这里并没太大改变。草坪依旧，小孩子们为了一个界外球或者一个无效进球争吵不休甚至动手——他们自己既是球员，也当裁判，进球有效无效谁说了算呢？球门依旧，还是用书包和夹克充当。一切依旧，喊叫、辱骂和打斗，都还是那样。

我记得当时丽贝卡说：“真不像话，草坪都被踩坏了，其他人就没法享受了。”我立刻表示赞同，毫不吝惜鄙视和批判，针对那些小孩子，针对那些小孩子的父母，针对那不勒斯人在开发这块宝地和让它产生收益方面的无能。

我就是用了“收益”这个词儿，丽贝卡点头赞同。毕竟，我正是为“环境”专门去拿了一个学位。

我们是年轻的情侣，受过教育的欧洲人，有体面的工作，我们的前途比在草坪上快活地、野蛮地、笨拙地踢着球的绝大多数人更光明。只有亲身经历过的人，就像我，才知道他们玩耍的空间多么有限，他们出生的小巷多么狭窄、多么阴暗、多么拥挤，他们上的学校多么潮湿，他们住的房子多么逼仄，他们父母端上桌的饭菜多么粗劣。我们在一个监狱般的世界里成长，可以去践踏的草坪才意味着自由。正是在那些草坪上，如茵绿草被粉碎成浓密的暗黄的斑点，他们才借此创造出那些幸福的夏天，无所畏惧地，酣畅淋漓地。

很可能就是在那样的时光里，远早于我跟凯瑟琳上床，我彻头彻尾地背叛了利奥。

利奥是我最后的朋友。我本该这样回复艾玛，但我没有，我脱下

被汗水浸湿的衣服，冲了澡，换上休闲装，像每个能干的进步主义顾问那样，奔向会海。我违反了便利贴交流第一条也是唯一一条规则：无论如何都要回复。我敢肯定，当她回到家，当她整理瑜伽包准备去健身房，她瞥一眼冰箱，然后，大失所望。

抱歉，时间来不及了，稍后跟你解释。晚上见。

附：晚饭我要买些什么？

但是那天晚上，艾玛没再问我，也许她忘记了，也许她认为该由我主动提起这件事。如果我不说，那就一定有原因。幸运的是我们都足够成熟，不会用不必要的事折磨彼此。

我们是在死亡心理课上认识的，我们在课上学到的第一条准则是：**不要执着于寻求不可能的答案，而要善于提出合乎逻辑的问题。**艾玛上这门课是因为她失去了最亲密的朋友，而我则是为了面对我父亲的突然失踪。我们的目的都很明确。我们的情绪都处于剧烈的波动中，对宗教或科学关于死亡本质的回答都不满足。第三次见面，我们决定放弃学习，并躲到酒吧里。

“所以你想知道你父亲此刻在哪儿？”她问我。

“是的，但我对他在天堂还是地狱并不关心。我不相信那些。我就想知道他此刻在哪儿。”

她盯着我，并不明白。“也许你该试着去墓地。”她带点讽刺地说道。

“这正是我想说的，他不在那儿。甚至也不在其他地方。”

我把我知道的都告诉了她：谋杀和沃尔夫冈·帕坦尼尸体裤口袋

里的支票，警察的推测，接着是爱德华多的失踪，因为找不到尸体，警方的调查也就中断了。

我们每人又喝下两杯啤酒，随后她邀请我去她家。第二天早上我醒过来，躺在那儿看她睡觉。五月的风夹杂着灰尘从窗户吹进来，吹拂着她那头红发的发梢。她那细长的脖颈有点像小马驹，又像是一根石柱，连接着方形的脸，白皙的皮肤，干净又精确的线条像是雕刻出来的。那是我在那一系列事件之后第一次跟人做爱。

我们的晚饭是从公寓楼下中国餐馆打包的日本菜，完事后我们看了会儿电视剧。夜里一点左右，我们睡下，第二天早上，我像往常一样醒来，然后出门慢跑。她去了火车站，她要回普利亚大区的父母家，那里有一场早已定下的家庭聚会。

再见，亲爱的，我们后天见。

再见，亲爱的，等你到了给我打个电话，周末愉快。

晚些时候我饿了，却发现冰箱是空的。于是我在厨房里站着，盯着那张黄色便利贴——附：谁是利奥？我有了一种感觉，二十多年后，我最后的朋友重新出现在我的生活中并非偶然。

33

“我变成烟鬼都怪蜘蛛侠。”美国仔说道，推开了门，“我还是小男孩时他就总叼根好彩牌香烟跟我道晚安，我的睡衣上都是烟味。”

我转过身，看着他那双海报模特般的蓝眼睛。“我记得。”我回答他，“你的房间闻起来就像棋牌室。”

我们在宴会经理的办公室里坐下。曼努埃尔，一个三十多岁的男人，把水族馆蛋糕放在我们桌上，我们问他有没有一个可以安静聊天的地方，他挑了挑红嘴海鸥翅膀形状的眉毛，说道：“那就去我的私人办公室吧。”

我陷在曼努埃尔的寿司单人沙发里，利奥拉开了玻璃窗的帘子，透过玻璃窗，能看到举办宴会的场地。一群客人手持盛着法兰娜酒的酒杯，互相推搡着，寻找最后一缕阳光。好一会儿，我们都望着他们，就像坐在深色车窗的车里看风景那样。

“那么，我的老伙计……”美国仔开口了。他坐了下来，寿司单人沙发几乎将他整个吸了进去。他从晚礼服内口袋掏出一包香烟，递给我一根。

“不，谢谢。我戒了。”

其实我没戒，我只是想给他留下个我并非一成不变的印象。

“你做出了最好的选择。”他对我说道，声音里有些许失望。他脸色憔悴，很消瘦，头发里杂着几缕灰色，皮肤晒得很黑。他全身上下散发着一种艰难维持的活力，一种近乎粗野的优雅，不修边幅，就像是骑着速克达[①]的律师。

比起他邀请我参加她妹妹婚礼的动机，我们之间或许无话可说更让我感到可怕。天知道他记不记得我承诺过许多次要娶皮奴西娅为妻。我站起来，走到窗前面对窗外。

所有喝多了还能维持体面的人都让我烦。在婚礼上，打扮得再时尚，看在我眼中，也都是一副颓丧相。宴会已进入尾声，皮奴西娅和尼可拉正按惯例为客人们派发糖果盒，那些银纸包装的巴色特猎犬形状的糖果盒是新郎匆匆忙忙从非法集市的一辆拖车上挑的。啊，原来皮奴西娅长得这么像她母亲？我竟然不记得了。

一张餐桌前坐着个小男孩，与一个琥珀肤色的女人在一起。小男孩整个宴会期间一刻也没离开过那个位置。小男孩是他父母的完美结合体，继承了母亲的肤色和父亲的蓝眼睛。女人很美，尽管有些忧伤。

几个小时前美国仔向我介绍：“她是米娅。这是维尼。”

米娅意大利语说得很不错。她低声与人交谈，不时回到餐桌前关

---

① 速克达：英语 scooter 的音译。指踏板式两轮摩托车。经济实用型多采用小轮或低轮，有供双腿平行放置的低矮平台，起步排量五十毫升。意大利比亚乔公司于 20 世纪 40 年代中期创立的维斯帕牌曾是世界范围内最著名的速克达品牌。

照一下她的儿子。在宴会经理提醒下，人们要我们就坐。我看了下座位安排，发现我要跟四个不认识的家伙坐在“汤米·奥尔苏普”那桌，略感失望。

“文森特看起来很机灵，”我说道，“他眼睛很有吸引力。他几岁了？”

“十二岁。”利奥回答。他在用眼睛寻找烟灰缸。“他刚出生那会儿，我总是亲他，一直亲到他哭为止。他比我还要强壮。我根本停不下来。有一次我给他换尿布，亲着亲着便咬了他一口，我太用力了，以至于有那么一瞬间他停止了呼吸，我以为我把他害死了……”

他忍不住笑了起来，把烟灰弹到酒杯里。

一个系奶油色宽领带的客人抓着银纸包装的巴色特猎犬形状的糖果盒，望着出口方向夸张地微笑着。就在那一刻，我想起我们有太多事要跟对方说。你不可以在一九九三年就那样撇下了你最好的朋友，让他恨不得照着你的脸狠狠来上一拳，而二十一年后你们在阿马尔菲海岸一家餐厅重聚，就为了听他说他有多么爱咬他儿子的屁股。

我转过身。“那么，”我突然问他，“我们为什么会在这儿？”

美国仔报以感激的目光，尽管在他的剧本中剧情不是这么写的。“好吧，我的老伙计。现在坐下吧。”

我再次向窗外望去，新郎新娘还在派发糖果盒，米娅和文森特依然待在他们的座位上。服务员们正在收拾桌子，他们转来转去，仿佛秃鹫围绕它们的猎物盘旋。

“我要跟你讲你父亲的故事。”利奥补充道。

告诉他一切，你要活下去，告诉他一切。

我用嘴轻轻吸进一缕空气，再吐出。

利奥张开双臂。“就这些了，”他说，“现在你知道了所有的事。或者，几乎是所有。”

外面，天色暗了下来。一切似乎都消失了。花园消失了，游泳池消失了，餐厅消失了。客人们回了家，待在被窝里。新郎新娘离开了。服务员们也不见了。一夜之间，你发现你父亲才是最大的那个骗子，他被他的帮派朋友们杀了，然而最令人震惊的，是你意识到尽管发生了这样的事，其他人未受任何影响，对他们来说，世界运转如常。

“我该做些什么呢？”我还不想把我对这个世界的敌意表现出来。

美国仔在酒杯里摁灭烟头，那不知是第几根了，一缕灰色的烟雾向天花板飘去，像一个邪恶的灵魂匆匆逃离。他看着我。“我知道，这挺难接受的，不过，故事的结局得你来写。我要走了。”

“去哪里？”

“波多黎各。米娅的亲戚们会帮我们重新开始。这事已经定了，明天一大早，我们就飞费城，从那里转飞圣胡安……”

“波多黎各……”我打断他，像个快死的人那样用出气轻声说，“你想过在那边要怎么生活下去吗？”

他耸耸肩。“米娅的舅舅们经营着一家旅馆，他们会给我一份工作。据说，那里的大海很美……”

“如果那些人找你呢？”

“他们找不到我的。”

“你那么肯定？你知道那些人，只要你还活着，他们始终会把你看成个隐患，他们就是这样想问题的。他们可能会抓走你妹妹，你有想过吗？”

利奥挠了挠眉毛，像是在努力理清思路。“我们的问题在于，我们总高估那些人，”他开始说道，“甚至我们还没成帮凶的时候，就被那种魔法降伏了。我们喜欢让其他人相信我们脚踩善恶两条船，犹豫不决，结果是恶变得神秘了，这尤其是我们的错……”他把玩好彩牌香烟的烟盒。“现在，我的存在没了意义，他们把全部精力都放在了如何洗黑钱和避免坐牢上，他们不再需要我这个奴隶了，也许我的消失甚至是在帮他们的忙……”他总结道，苦笑着。

沉默像阴影一样笼罩着我们，我的胃开始抽搐。空气静止了，像被腐蚀了一样。

“去你的，利奥！”我爆发了，“为什么要告诉我这些？为什么要告诉我你去哪儿？”

我脑子里乱作一团，被恐惧洞穿。我觉得这些都不该发生，他竟然如此不负责任地把我推进这样的处境里。我不该回他电话，我真该撕掉那张便利贴，专心在家搞垃圾分类。

“今天所有人都看到我了！”我憋不住了，“客人们绝大多数还住那个街区，肯定有人注意到我们避开别人单独在一起！”我的声音都有点歇斯底里了。“如果我是那些人中的一个，明天不见你从火车上下来，我马上就能知道该从哪儿找起……”

“你冷静一点，没什么可担心的。”

“你怎么这么肯定？”

他突然大笑起来，他的笑声在房间里回荡着。在他的笑声里，这间小办公室突然成了这个世界上最遥远的地方，像是回到我们还是小男孩的时候，他跟我再一次迷失了，在一个不接纳其他任何人的地方。然而这一次，我不信任他。

“到底什么让你觉得这么有趣？”我问他，越发紧张，“你妻子和儿子去哪儿了？”

利奥向窗外望去。“回家了。这里的事一了结，我就去跟他们会合。现在不要去想那些问题了，怎么样？你又要开始拉肚子了，我的老伙计……”他从寿司单人沙发上站起来，径直走向宴会经理的写字桌，拉开一只抽屉，取出点东西，回来坐下。“你拿着。”他说道，递给我一个信封，“阻止那些人来伤害我们这个任务，就交给你了。”

天花板上氖光灯发出凄凉的光，一闪一闪的。我的视线落在刷了白漆的墙上。我不知道哪件事更让我觉得恐怖，是他精心计设计了逃亡当天全部细节，还是犯罪分子从第二天起便跟着我，抑或眼前这个信封里藏着的一万种可能。我双手颤抖着接过信封，它太轻了，以至于我根本无从猜起。“这里面有什么？”

美国仔凝视着我，双眼仿佛暗夜里的两座灯塔。“一张地图。”

“一张地图？”

“这十二年来我埋葬尸体的地图，我给每一具尸体都起了个虚构的名字。”我翻转着手中的信封，像是被它灼伤了。“我不知道他们是谁，也不可能知道他们的真名，除了你父亲……”他继续说道，“我把你父亲埋在远离其他尸体的地方。我不能向你保证他被挖出来的时候还能完整无缺，但 DNA 检测可以证明是他……”

我们陷入了沉默。爱德华多那腐朽的尸身浮现在我脑海中。

已经过了这么久，我没抱着他还活着的希望。也许，知道一切之后，我甚至不愿去找已经死去的他。

这么多年之后，利奥跟我见面，竟然是为了把他的墓地地图，还有那难题都交给我。在皮奴西娅和尼可拉的婚礼上见面还能为了什么，叙旧？吃饭？今天早上，在他狠狠拍一下我的肩膀跟我打招呼之前，我的脑子里还塞满了关于他的无关紧要的问题——他变成了怎样的人，这些年来他都做了什么……而他早就知道他会见到一个再没什么可失去的人。在我面前展现他自己，只是让我陷入恐惧的手段，他想让我替他那被夺走的人生报仇，而现在我必须在他的敌人找我麻烦之前向他们发起进攻。

“你想让我做什么？”我问他。

“做你认为正确的事。你父亲就在那里的地下。我再说一遍，我要永远离开了。”

我早就该想到我被安排坐“汤米·奥尔苏普”那一桌的原因。我也早该明白，以我们的亲密关系，我始终是他信任的那一个，尽管我们都没能拥有我们小时候梦想的人生。魔法替我们做了选择，让我念高中，让他去当抢劫犯，就像里奇和汤米抛掷二十五美分的硬币，通过猜正反来决定他俩谁上那架该死的飞机，在音乐死去的那一天。

“你还记得，对吗？”美国仔突然说道。

“什么？”

“你跟我说我父亲在小达尼艾尔·男洋娃娃那列火车上放了炸弹。”

没错，是我。根本无从确认蜘蛛侠跟这件事有关。我只是转述我那大骗子父亲告诉我的。我俩终于扯平了。我俩扯平了，但又都输了，都成了没父亲的孩子。圆圈终于闭合了。

“我以为你会为这件事恨我。”

“是我先挑衅的。”他反驳，“你那时信以为真，才那么跟我说。”

“我只是为了伤害你。再说，很明显，那就是个谎言……”

美国仔叹口气。“很难抵挡想要相信自己父亲的诱惑。”

他是对的。我们每天都在掂量所有的事、所有的人，我们留意每一个细节，害怕被骗，我们掂量伴侣之间的爱，掂量同事之间的尊重，掂量老板的信任，掂量银行账户里的钱，掂量头发和阴茎的长短，然而我们却没能力去质疑那些也是凡夫俗子所说的话，这些凡夫俗子唯一高过我们的地方就是生了我们，他们就是我们的造物主。

“为什么你要那样做？”

“为什么我要那样做什么？”

“为什么你要把他埋在远离其他尸体的地方？”

“我内心希望有一天你能找到他，或者警察能找到他。只要那些人不知道他的尸体在哪儿，他们就摆脱不掉这个隐患，而这能让他们完蛋。再说，为了他，我也该那样做，他临死说的话救了我的命。”

“而你却又冒着被杀的危险告诉我他的事？”

“不止他的事。我儿子应该知道他父亲是谁。我唯一能给他的只有真相，这样一来，他可以自己去选择将来成为什么样的人。”利奥把那包香烟插进晚礼服内口袋里。“很晚了。”他说道，“现在我们该走了。”

“好吧。”我回答，把装着地图的信封插进我夹克的内口袋里。

我们站了起来，发现这是今天我们唯一一个谁都没设想过的时刻。

很明显，他一切都考虑到了，除了告别。不知该如何告别是因为我们不知道自己对于对方到底意味着什么。紧紧地握手？拥抱？点头？我们不是不想，也非不能原谅对方，我们只是已经无话可说。

他陪着我到出口。“再见了，我的老伙计。”他说道，紧紧地握住我的手，“保重。”

“再见了，美国仔。祝你旅途顺利。”

我上了车，启动引擎，挂上倒挡。我明白，我并没为他将我推到这样一种处境里而生他的气。

利奥站在门口，一动不动，车前灯照亮了他的脸。穿过逝去的时间、经历的痛苦、流过的鲜血，有那么一瞬间，我又一次看到了那小痞孩式的微笑，从巴里到那不勒斯后第一晚我看到的微笑。我想起他的红球衣，足球撞击大门玻璃的声音，突然弹出的小刀，鞋子在大楼地面上制造的踢踏舞般的声音。

我挂上一挡，离开了。

我向出口驶去时，成排的柠檬树从两侧划过，轮胎无情地碾着路面的砾石，而我望着后视镜：美国仔举起了手，对我说永别。

34

“美国仔是白羊座，”娜娜说道，“就像所有白羊，他内心有魔法和真相。正是这两者之间的冲突造成了悲剧。为了走出悲剧，迟早两者中一个会占据上风。”

“两者中哪一个？”我问她。

“一个或者另一个。”她回答道，“魔法会让你习惯于失败，让你接受现实本来的模样，而真相会激励你去反抗，会说服你改变是有可能的。只有这样，悲剧才能结束。”

她把塔罗牌留在脚凳上，从阳台间的单人沙发上站起来，摇摇晃晃地走开，像是壁钟的钟摆。她径直走进厨房，拿了沙拉碗走回客厅。

“美国仔选择了真相。”我听到她在嘟哝，语气间似是十分满意，“他一直都是个聪明的人……”

我的目光一直跟着她，看着她走到那张摆着晚饭的桃花心木餐桌前，将沙拉碗放在上面。“原谅我，没别的了……”她说道，“今天一整天我都觉得浑身酸痛。”

我在餐桌前坐下来。沙拉是切成片的番茄和从牛奶罐里取出来的马苏里拉奶酪片，把它们拌在一起，再配上橄榄油。“谢谢，已经很好了。”

母亲皱着眉头看我。皱纹深深地刻在她的前额上，一副每次她听到感谢都会有的狐疑表情。她又回到阳台间，坐到单人沙发上去。我们陷入沉默。只有餐具轻碰发出的声音、我的咀嚼声，还有她的身体即使静止不动也会发出的那种叮当声。好一会儿，我出神地看着太阳向下滑落，现在它是躲在特伦托雷米海湾后面的一枚生锈的圆形筹码。海浪拍击着海滩上的礁石，风被海浪推起又落下。

“所以，他们找到他的尸体了？”

“嗯，一只拉布拉多警犬嗅到了他的气味。”

“那是在哪儿？”

“在河边，就在地图标的地方。他们逮捕了所有那些人。”

我们继续像谈论一个失踪的人那样谈论他，我们还是习惯停留在最初的不确定性里，自从警察通知我们在沃尔夫冈·帕坦尼尸体的口袋里找到一张有我父亲签名的支票，我们就那样了。从那个时候开始，在我们的对话中，死亡和生存只有细微的差别。我们唯一能确定的是他的缺席。没有任何关于他的消息，这让我们感到烦恼，但从某种意义上来说，我们习惯了这种状态，甚至对我们来说，把他的缺席视为失踪已经成了让生活继续下去的唯一方式。这就是我们思考这种不确定性的方式。

“有一次，那是很多年之前了，”她开始说道，“你父亲跟往常一样一大早来接我，我立刻就发现他那辆菲亚特 850 车前窗没了。风就那样直接拍在脸上，让人又好气又好笑。我问他出了什么事，他对我说：‘求求你，别说话。’我从没见过他那个样子，他看起来很愤怒。我知道他是借钱买的那辆车，那时他还不在银行工作，口袋里没有一分钱……他在学校门口放下我，便离开了。”她看着阳台间外面的景色。“那天下午，我在房间里待着，没心情看书。我不知道他去哪儿了，我被吓坏了。那天晚上，我在健身房外看到他，他像往常一样在等我。那辆菲亚特 850 的车前窗又回来了。他容光焕发，但我注意到他的脸上有抓痕，从他转动方向盘的动作，我意识到他应该是弄伤了一只手臂。‘你都做了什么？’我问他。‘没什么。’他回答我，‘所有的事都搞定了。’‘是的，但你是怎么搞定的呢？’我坚持要个答案。过了一会儿，他说道：‘不要担心，娜娜，重要的是我们很好。’我心里相当肯定他是跟别人干了一架，也许是跟偷车前窗的人，也许是跟卖保险的人。后来到了我家楼下，我们像往常一样亲吻和告别。到了第二天，一切恢复到从前。渐渐地，抓痕消失了，手臂痊愈了，我也没再问他到底是怎么解决的。就这样。”她补充道，“他退休后刚干那份新工作也是这样，他说忙点对他有好处，他不能整天无所事事。”她用鼻子示意阳台间后面，像是在埋怨他。“后来，突然地，我们就变成了有钱人，非常有钱……”

“为什么你不问他那些钱是从哪儿来的？”

她耸了耸肩。“我心里知道我不会喜欢那个答案。”她说道，“在某种意义上，我也愿意保持沉默，但我没想到有一天他会想杀人……”叮当声是因为她总摇晃，摇晃时身体会蹭到其他东西，碰到它们，让它们颤动。自从帕金森综合征降临，这个世界就变成了一支管弦乐队，而她是指挥。“我懂什么？”她总结道，“活了一辈子，我什么都不懂。先是我父母，再是你父亲，他们总是替我去懂所有那些需要懂的事……”

“那占星学呢？只有你懂占星学。”

她想了想，也许那是第一次有人提醒她这点。太阳开始一点点斜下去，暗下去，房间染上了一层海蓝。

“那不是真的。”她喃喃自语，“我从没搞懂过任何东西。”

“那现在呢？去参加他的葬礼吧，你觉得怎么样？也许是时候给他个像样的葬礼了……”

突然，叮当声停止了，所有的晃动都移到她的眼睛里，变成了液体，她开始哭起来。我后悔说了那些话，那是第一次我越过了不确定性的门槛，以说一个已死的人的方式说起他。

“我觉得我不会去。”我母亲说道，“我老了，也病了。”她转过身看着我，已经熄灭了火焰的晚霞映照在她的肩膀上，也印刻在她的眼睛里。“你去做你认为正确的事。”她继续说道，“那是你父亲。没人能忘记他做过的事，但是我剩下的日子不多了，而你的路还长，你比我更需要让内心得到安宁。”

尾 声

男人交叉着双腿坐在海滩上，等着日出。等着他妻子和他儿子醒来，等着生活再次开始。

他望着大海，深深地呼吸着从礁石堆里升起的海盐气息。他把目光投向港口，咖啡吧紧闭的百叶窗，随波漂动的小舟，一只被海浪吓坏了的狗。

一只手落在肩膀上，小小的，暖暖的。男人转身。“嘿。”小男孩说道。

小男孩看着他，揉着惺忪的睡眼，好奇他坐在那儿干吗。

“你不再多睡一会儿吗？”

小男孩摇了摇头。

“你能听懂我的话？”

“一点点。妈妈偶尔会说意大利语。”

男人微笑着，摩挲着小男孩的头发。“你看，”他对小男孩低声说，用一根手指指向天空，“太阳马上就要升起来了。你看过日出吗？”

“没有。”

“那就过来吧，我们一起看。”

小男孩犹豫片刻，钻进了父亲的怀抱。

就是为了这个，男人想对他说，就是为了这个我才活了下来。为了告诉你一切，万事万物都有属于它们自己的光亮。